Louisa Vogel

AF178236

Wunder passieren

UNTERWEGS

ROMAN

Francke

Über die Autorin:
Louisa Vogel lebt mit ihrem Mann und ihrem Sohn in Dresden, wo sie Grundschullehramt und Prosaschreiben studierte und heute an einer Grundschule unterrichtet. Ihre Reiselust verschlägt sie in ihrer Freizeit in immer neue Ecken Deutschlands. Die Menschen, denen sie dabei begegnet, inspirieren sie zu Songs und Geschichten, in denen auch ihr Glaube an Gott immer eine tragende Rolle spielt.
»Wunder passieren unterwegs« ist ihr erster Roman.

louisa_vogel

MIX
Papier aus verantwortungsvollen Quellen
FSC
www.fsc.org
FSC® C014138

Bibliografische Information der Deutschen Nationalbibliothek
Die Deutsche Nationalbibliothek verzeichnet diese Publikation in der Deutschen Nationalbibliografie; detaillierte bibliografische Daten sind im Internet über https://dnb.de abrufbar.

ISBN 978-3-96362-410-0
Alle Rechte vorbehalten
© 2024 by Francke-Buch GmbH
35037 Marburg an der Lahn
Umschlagbilder: iStockphoto.com / Kyryl Gorlov; NYS444
Umschlaggestaltung: Francke-Buch GmbH / Marion Schramm
Satz: Francke-Buch GmbH
Printed in Czech Republic

www.francke-buch.de

Für Judah.
Mein kleines Wunder.

Prolog

Leipzig
September

Mit kreischenden Reifen kam der Toyota direkt vor dem Eingang des Kindergartens zum Stehen. Finn ließ den Motor weitertuckern, riss ruckartig die Handbremse hoch und stieß dann die klemmende Fahrertür auf. Mit langen Schritten, in deren Takt die Kamera dumpf gegen seine Rippen schlug, hielt er auf die Erzieherin zu, die im Garten Zwergenstühle aufeinanderstapelte. Frau Reichel oder Richter … er würde sich ihren Namen wohl nie merken.

»Entschuldigung. Ich weiß, ich bin wieder mal spät dran!«, rief er ihr entgegen und hielt dabei schon nach dem Dreikäsehoch Ausschau, der um diese Uhrzeit meistens versuchte, seinen Rekord im Hochschaukeln zu brechen. Heute allerdings stand die Schaukel still.

»Wenn Sie nach Mattheo suchen; der ist schon lange fort«, trällerte Frau Irgendwer, zuckte dann jedoch sichtlich zusammen, als Finn sie mit zusammengekniffenen Augen ins Visier nahm.

»Wie meinen Sie das? Fort?«

»Frau Winkler … äh, entschuldigen Sie, ich meine Frau Schmidt, hat ihn vor vielleicht zwei Stunden abgeholt. Sie sagte, das wäre abgesprochen.«

Finn taumelte rückwärts, wäre beinahe gestolpert.

»Alles in Ordnung mit Ihnen?« Die Erzieherin streckte eine Hand aus, als wollte sie ihn stützen.

»Schon gut.« Fahrig winkte er ab, lief davon, ohne sich zu verabschieden, und zerrte dabei sein Nokia-Tastenhandy aus der Hosentasche. Hektisch klickte er durch die Kontakte. *L... Da!* Er tippte auf die Anruftaste und presste das Handy ans Ohr.

»Komm schon!« Das gleichmäßige Klingeln folterte seine Nerven.

Sie ließ ihn volle dreißig Sekunden zappeln, bis sie endlich abnahm.

»Hallo, Finn, ich dachte schon, du rufst gar nicht mehr an. Hattest du mal wieder vergessen, dass der Kindergarten um 5 Uhr schließt?« Ihr fröhlicher Tonfall klang aufgesetzt.

»Wo ist Mattheo?«, platzte es grollend aus ihm heraus.

»Wir sitzen am Inselteich im Clara-Zetkin-Park und essen Eis, nicht wahr, Schatz?« Sie sagte es, als sei es das Natürlichste der Welt.

Im Hintergrund konnte er Mattheos Stimme hören: »Him-Himbeer, stimmt's, Mama?«

»Da hörst du's. Wir essen Himbeereis. Komm doch vorbei, wenn du gerade nichts anderes, wahnsinnig Wichtiges, zu tun hast.«

Ein Tuten und die Leitung war tot.

Finn atmete im Stakkato, während die Panik ihn wie eine Flutwelle erfasste. Unaufhaltsam. Bedrohlich.

Justus hatte ihn gewarnt. Er hatte gesagt, es sei nur eine Frage der Zeit.

Mit schwitzenden Händen riss Finn an der Fahrertür. Als sie wie immer nicht kooperieren wollte, trat er mit einem wilden Schrei dagegen. Dann rüttelte er so lange, bis sie aufflog, schwang sich hinters Lenkrad und gab Gas.

Er fand die beiden problemlos. Immerhin war der Inselteich früher ihr Platz gewesen. Damals, als sie noch darüber gestritten hatten, ob Kinder unbedingt das Abitur brauchten, um es im Leben zu etwas zu bringen. Die zwei saßen auf derselben rot-weiß karierten Decke.

Als Mattheo ihn entdeckte, erhob er sich ungelenk und winkte stürmisch mit seinem Pappbecher. Natürlich hatte sie ihm keine Waffel gekauft, obwohl er die so mochte. Es war einfach sicherer.

»Haaaallo!«

Finn hätte die Stimme seines Sohnes unter Tausenden wiedererkannt. Kehlig, immer ein wenig kratzig, als sei er dauererkältet.

»Hallo, Großer.« Er wuschelte Mattheo durch das wilde rote Haar, das seine Mutter ihm vererbt hatte, und grüßte sie mit einem knappen Nicken.

Leonie sah wunderschön aus. Ihre Locken rahmten das schmale Gesicht mit den Kirschlippen und der Aristokratennase ein wie das einer Königin. *Einer Schneekönigin*, schoss es Finn durch den Kopf. Denn ihre grünen Augen blitzten wie zwei Eiskristalle.

»Du siehst … gut aus«, brachte er über die Lippen.

»Und du wirkst gehetzt.« Sie klopfte auf den freien Platz neben sich, doch er dachte gar nicht daran. Lieber ließ er sich auf der anderen Seite neben Mattheo ins Gras sinken.

Der streckte ihm, kaum dass er saß, seinen Eisbecher entgegen. »Bin satt.«

Sofort förderte seine Mutter ein Taschentuch zutage und tupfte ihm damit den Mund ab. Während sie es anschließend mit angeekeltem Gesichtsausdruck zusammenknüllte und Finn den letzten Rest Himbeersoße aus dem Becher schlürfte, steuerte Mattheo mit ungleichmäßigen Bewegungen auf den Teich zu.

Sie erinnerten ihn im selben Moment daran, nicht zu dicht ans Wasser zu gehen, und der Blick, den Leonie Finn daraufhin zuwarf, spiegelte sein eigenes Unbehagen.

»Seit wann bist du wieder hier?« Finn richtete die Augen wieder auf Mattheo.

»Seit ein paar Tagen.«

»Mit Vladimir?«

»Er heißt *Andrej*.«

»Ich weiß.«

»Ach so?« Er spürte ihren frostigen Blick auf sich. »Genauso wie du weißt, dass Mattheo vor fünf abgeholt werden muss oder dass Kinder nicht in einem schrottreifen Wohnmobil hausen können?«

Die Härchen in seinem Nacken stellten sich auf. »Das war eine einzige Nacht, Leonie. Du weißt genau, wie sehr ich mich anstrenge, Mattheo ein guter Vater zu sein.«

»Ich weiß, Finn.« Ihre Stimme nahm einen sanften Klang an: »Aber das ist leider nicht genug.«

Alarmiert studierte er ihren Gesichtsausdruck und spürte, wie die Welle erneut über ihn hinwegspülen wollte.

»Du … Du meinst doch nicht …? Du wirst doch nicht …?«

Er sprang auf, bereit, es hier und jetzt mit ihr auszudiskutieren, doch sie blieb ganz ruhig sitzen und ihr Blick war genauso mitleidig wie verächtlich, als sie die fünf Worte aussprach, die Finn endgültig den Boden unter den Füßen wegzogen.

»Ich habe es längst getan.«

1

Goppeln, bei Dresden
4. Dezember

»Nicht vergessen: morgen Abend bei uns!«, hörte sie Emil gerade noch rufen, bevor die Beifahrertür des Volvos zufiel. »Um Punkt 19 Uhr. Wie jeden zweiten Samstag im Monat«, zwitscherte Mia und rang sich ein Lächeln ab.

Ihr Bruder winkte euphorisch, wendete und brauste dann über den Feldweg zurück in die Zivilisation.

Mia, der die Kälte bereits unter den Mantel kroch, musste nur zwei Schritte machen, schon sprang der frisch von Emil installierte Bewegungsmelder an und tauchte die beiden Eingangstüren in einladendes Licht.

Die rechte führte in Mias Wohnung. Die Wohnung, die ihre Eltern für sie renoviert hatten, als sie reumütig wie Hänschen Klein aus der weiten Welt zurückgekehrt war. Hinter der linken verbarg sich eine minimalistische, selten genutzte Ferienwohnung, gerade groß genug für zwei Abenteurer, die weder Dusche oder Küche noch sonstigen Komfort benötigten. Es kam einem Wunder gleich, dass sich überhaupt ein Pärchen für Silvester angemeldet hatte. Schließlich tauchte Goppeln in keinem Reiseführer auf. Hierher verliefen sich allerhöchstens ein paar Spätbucher, die den Trubel um den Dresdner Striezelmarkt unterschätzt hatten und wie das heilige Paar keinen Raum mehr in den Herbergen fanden.

Mia entriegelte das Schloss und wurde sofort von einem kläglichen Maunzen begrüßt. Tiffany, die greise schwarz-grau melierte Katze, die Mias Eltern der dementen Frau Steinke zusammen mit ihrem Häuschen abgekauft hatten, strich schnurrend um Mias Knöchel herum. Anschließend heftete sie sich wie ein Magnet an sie, begleitete sie in die Küche, zum Heizkörper, zum Kühlschrank, zur Mikrowelle und schließlich zum Esstisch, wo sie es sich auf Mias Schoß gemütlich machte, während diese Kartoffelsuppe vom Vortag löffelte und nebenbei am Laptop lustlos nach einem Rezept für Samstagabend suchte.

Sie ging gerade die Zutatenliste für einen süßen Flammkuchen durch, als ihr Mailprogramm mit einem lauten *Bing* verkündete, dass sie Post bekommen hatte. Mia warf einen flüchtigen Blick auf den Absender und verschluckte sich. Das Husten vertrieb Tiffany von ihrem Schoß, doch Mia bemerkte es kaum. Ihre Augen klebten förmlich an dem angezeigten Namen.

Vincent Procházka.

Betreff: Und jährlich grüßt der Alexanderplatz!

Mias Herz raste wie nach einem Hundertmetersprint. Das musste ein Scherz sein. Nur, dass er nicht witzig war. Kein bisschen.

Ihr erster Impuls war, die Nachricht zu löschen. Sie bewegte den Cursor über die Anzeige. Doch dann zögerte sie. Noch nie in ihrem Leben hatte sie eine ungelesene Mail gelöscht. Schließlich konnte man nie wissen … Ein paar Sekunden lang kaute sie noch auf ihrer Unterlippe herum, dann ergab sie sich mit einem Stöhnen.

Hohoho, es ist mal wieder so weit: Die Procházkas verschicken Weihnachtsgrüße.

Eine Rundmail. Wie um alles in der Welt war sie nur in den Verteiler geraten? Bereitete es Vincent etwa diabolische Freude, in ihren Wunden herumzustochern?

Hinter uns liegen aufregende Monate.

Beinahe hätte Mia gelacht. Das war die Untertreibung des Jahrhunderts.

Inzwischen sind wir zu viert. Margarete liest schon ihre ersten Sätze und Luise ist ein pausbäckiger Wonneproppen, der Carla und mich in den Nächten ganz schön auf Trab hält.

Mia fragte sich, was wohl mehr Kraft erforderte: nachts ein schreiendes Kind zu beruhigen oder jahrelang ein Doppelleben zu führen.

Obwohl Margarete ihrer Mama im Haushalt wie eine Vorzeigetochter hilft, habe ich nun endlich den Posten als Dramaturg am Stage Theater des Westens hier in Berlin angenommen, um ihnen noch besser unter die Arme greifen zu können. Das heißt, ich sehe meine drei Mädchen jetzt viel öfter und das genießen wir alle.

Die Worte verschwammen vor Mias Augen, sodass sie nicht weiterlesen konnte. Lügen, nichts als Lügen.

Sie scrollte zum Ende der Nachricht und zuckte zusammen, als Vincent und seine perfekte kleine Familie sie plötzlich vom Bildschirm her angrinsten. Sie posierten auf einem roten Sofa zwischen Kissen mit Rentiermuster. Vincent hielt Baby Luise in den Armen und Margarete, die stolz ihre fehlenden Schneidezähne präsentierte, kuschelte sich an seine linke Seite. Carla Procházka schmiegte sich von rechts an ihn. Alle trugen winzige Weihnachtsmannmützen auf den Köpfen. Eine klassische, vollkommen ahnungslose Bilderbuchfamilie.

Mias Blick wanderte hinauf zu Vincents blauen Augen, gegen deren Magie sie auch heute noch machtlos war. Sie weckten unzählige Erinnerungen: an leere Theatersäle, an den Weinkeller in der Theodorstraße, an Alsterspaziergänge, an ein Zuhause, das sich im Januar plötzlich als Fata Morgana entpuppt hatte …

11

Die Türglocke brach den Bann und Mia fuhr zusammen. Hastig wischte sie sich die Tränen aus den Augen, klappte den Laptop so eilig zu, als sei sie bei einer Straftat ertappt worden, und ärgerte sich dabei maßlos über ihre Träumerei. *Dumme, naive Mia. Wann wirst du endlich aufhören, ihm nachzutrauern?* Im Flur warf sie einen prüfenden Blick in den Wandspiegel. Ihre rote Nasenspitze und die glasigen Augen verrieten sie, aber das ließ sich nun einmal nicht ändern. Sie hoffte nur, dass es nicht ihre Eltern waren, die da vor der Tür standen. Ihr Kreuzverhör würde sie im Moment nicht ertragen. Sicherheitshalber strich sie ihre viel zu langen blonden Haare und den Pony, so gut es ging, glatt.

Doch es waren nicht ihr Vater und ihre Mutter, die da draußen vor Kälte zitternd von einem Bein auf das andere traten. Mia hatte den dunkelhaarigen Mann, den sie auf Mitte dreißig schätzte, und den Jungen an seiner Seite noch nie gesehen.

»Hallo.« Der Fremde nickte ihr zu und legte dabei seine Hand auf die bunte Wollmütze des Jungen. »Entschuldigen Sie, dass wir Sie um diese Uhrzeit rausklingeln, aber wir sind praktisch direkt vor Ihrer Haustür mit unserem Wohnmobil liegen geblieben.« Mit dem Daumen deutete er über seine Schulter, wo Mia in der Dunkelheit die Silhouette eines altmodischen Campingwagens ausmachte.

»Das … tut mir leid. Wie kann ich helfen?« Normalerweise hätte sie allein schon die späte Stunde misstrauisch werden lassen, doch dass der Fremde ein Kind dabeihatte, beruhigte sie.

»Ich habe vorne an der Kreuzung ein Schild mit der Aufschrift *Ferienwohnung* gelesen, und da die Heizung gerade auch irgendeine Macke zu haben scheint, dachte ich …«

»Natürlich! Sie brauchen einen Schlafplatz.« Ein Lächeln stahl sich auf Mias Gesicht und mit einem Augenzwinkern fügte sie hinzu: »Da haben Sie aber Glück. Normalerweise ist die Wohnung ganzjährig ausgebucht.«

Der Fremde grinste schief. Er wirkte erschöpft, fand Mia.

»Also ein Zimmer für zwei oder …?« Sie blickte in Richtung Camper, auf der Suche nach der fehlenden dritten Person.

»Genau, nur für uns zwei. Und bloß, bis ich das Wohnmobil wieder zum Laufen gebracht habe.«

»Kein Problem.« Mia kam eine Idee. »Wissen Sie, wir haben hier in Goppeln einen Wohnwagenhändler. Ich kenne ihn persönlich. Ein Freund meiner Familie. Er bietet einen guten Service und würde Ihr Wohnmobil sicher im Handumdrehen wieder flottmachen. Wenn Sie wollen, gebe ich ihm morgen kurz Bescheid«, bot sie an, doch der Mann winkte ab.

»Danke, aber ich denke, ich versuche es erst einmal allein. Kann ich den Stellplatz hinterm Haus nutzen, damit der Uwe nicht die ganze Nacht den Weg blockiert? Vielleicht springt er ja noch mal an.«

»Sicher.« Mia schmunzelte. »Ich gehe davon aus, dass Uwe der Camper ist?«

Grinsend stupste der Mann den Jungen an. »Seine Idee.«

Dann wandte er sich zum Gehen. Zurück blieben Mia und der kleine Knirps, der sie mit so großen Augen musterte, dass sie sich bald unbehaglich fühlte.

»Na du?« Sie beugte sich zu ihm hinunter. »Darf ich fragen, wie du heißt?«

»Mattheo.« Der Klang seiner Stimme machte Mia stutzig. So rau. Vielleicht war er heiser. »Und m-mir ist kalt.«

Kein Wunder! Schließlich stand er seit mindestens fünf Minuten bewegungslos in der eisigen Kälte.

Als Mutter würdest du kläglich versagen, Mia.

Sie nahm den Schlüssel für die Ferienwohnung vom Haken neben dem Eingang, schlüpfte in ihre Winterschuhe und schloss unter Mattheos wachsamem Blick die Nachbartür auf.

»Na, dann zeig ich dir mal, wo du heute Nacht schläfst.«

Hinter ihnen erwachte der Motor des Wohnmobils stotternd zum Leben und der Fremde begann, ihn rückwärts ums Haus herumzumanövrieren. Auf halbem Weg jedoch erstarb das Motorengeräusch plötzlich wieder.

»Und aus«, konstatierte Mattheo.

Er folgte ihr in die eisige Wohnung und Mia fiel auf, dass sein Gang seltsam unrund und schwankend ausfiel.

»Das hört sich aber gar nicht gut an, was?«, meinte sie und beobachtete durch die offene Tür, wie der Mann wieder und wieder versuchte, den Motor zum Laufen zu bringen. »Fahrt ihr in den Urlaub, dein Papa und du?«

»Hm.« Mattheo nickte. »W-wird das h-hier noch warm?«

Mia sperrte die Kälte aus.

»Na klar, wir müssen nur die Heizung aufdrehen. Und natürlich eure Betten beziehen.«

»Das kann ich gut.« Mattheo befreite sich von Mütze, Handschuhen und Jacke und legte alles sorgsam auf den Tisch gleich neben dem Eingang. Dann ließ er sich rückwärts auf den Boden plumpsen und zerrte an seinen Schuhen. Mia kniete sich vor ihn und half ihm, die Schleifen zu öffnen.

»Sag mal, wie alt bist du denn, Mattheo?«

Prompt hielt er sechs Finger hoch. »Bald kriege ich meine Zuck-Zuckertüte.«

Während Mia beobachtete, wie Mattheo aufstand, verglich sie ihn unwillkürlich mit ihrem gleichaltrigen Neffen. Gegen ihn wirkte Mattheo beinahe wie ein Kleinkind. Mit gerunzelter Stirn drehte sie den Heizungsregler auf Stufe drei und holte Bettlaken und Bezüge aus dem Schrank, der zwischen den Betten stand. Nachdem sie eines davon bezogen hatte, half sie Mattheo, der sich eifrig mit seinem Deckenbezug abmühte, aber nicht wirklich vorwärtskam.

Gerade als sie gemeinsam die Knöpfe schlossen und Mia verfolgte, wie Mattheo wiederholt Anlauf nahm, einen Plastikknopf durch das zugehörige Loch zu schieben, öffnete sich die Tür.

»Na, das sieht doch gemütlich aus«, bemerkte Mattheos Vater mit einem prüfenden Blick durch den Raum.

»Ja, und ich helfe der Tante«, sagte der Kleine stolz.

»Nenn mich ruhig Mia«, bot sie an.

Da fasste sich der Fremde in gespieltem Entsetzen an die Stirn und reichte Mia mit einer leichten Verbeugung die Hand. »Wo sind nur meine Manieren geblieben? Gestatten? Finn Winkler. Und wenn du nichts dagegen hast, dann lass uns das *Sie* doch gleich überspringen, ja?«

Mattheo lachte über die Theatralik seines Vaters und Mia schoss durch den Kopf, dass er einen ausgezeichneten Schauspieler abgeben würde.

Etwas vibrierte in diesem Moment in Finns Jackentasche, wahrscheinlich ein Handy, doch er ignorierte es.

»Wie viel schulde ich dir für diese eine Nacht?«, wollte er wissen.

»Fünfunddreißig Euro. Für Mattheo berechne ich dir nichts. Dazu kommen sieben Euro pro Person für jede Mahlzeit, wenn das gewünscht ist.« Fast ein wenig schuldbewusst fügte sie hinzu: »Wie du siehst, gibt es keine Küche.«

»Heute Abend brauchen wir nichts mehr, stimmt's, Matthi? Wir haben unterwegs einen Stopp bei Burger King eingelegt.«

»Ich liebe Pommes mi-mit Mayo«, stotterte Mattheo mit einem seligen Grinsen im Gesicht, das Mia zum Schmunzeln brachte.

Das Vibrieren des Handys verstummte und Mia erhob sich.

»Gut, wie wäre es dann mit Müsli, Ei und Obst zum Frühstück? Ich bringe es gern rüber.«

»Klingt super, nicht wahr, Großer?«

Mia räusperte sich. »Würde … würde es dir etwas ausmachen, mir das Geld schon im Voraus auszuzahlen? Weißt du, normalerweise erfolgt die Buchung online und es wird eine Anzahlung verlangt …«

Finn runzelte die Stirn, zog dann aber seine Geldbörse aus der Hosentasche und kramte drei Zwanziger hervor. »Für die erste Nacht und das Frühstück. Der Rest ist für die Unannehmlichkeiten, die wir dir bereitet haben. Und jetzt lassen wir dich in Ruhe.«

Mia nahm das Geld entgegen. »Danke. Falls ihr noch irgendetwas braucht, klingelt ruhig. Vor Mitternacht schlafe ich nie. Gute Nacht.«

Sie winkte Mattheo zu, der mit einem Mal Mühe zu haben

schien, die Augen offen zu halten, und zog sich dann in ihre eigene Wohnung zurück, wo ihr Blick sofort auf den Laptop fiel, den sie während der letzten Minuten völlig vergessen hatte.

2

In dieser Nacht wälzte Mia sich stundenlang hin und her und beobachtete, wie der Wind draußen vor dem Schlafzimmerfenster mit den Ästen der alten Tanne rang. Sie fühlte mit ihr, denn Vincents Nachricht hatte einen ganz ähnlichen Sturm in ihrem Inneren ausgelöst.

Unfassbar, dass es ein paar lächerlichen Weihnachtsgrüßen und einem Foto gelungen war, sie um Monate zurückzuwerfen. Dabei sollte es sie nach beinahe einem Jahr doch eigentlich nicht mehr an den Rand der Verzweiflung treiben, sein Gesicht zu sehen.

Aber heute Nacht griff genau dieses Gefühl mit langen Fingern nach ihr. Nicht nur, weil Vincent sie belogen und wie eine alte Socke weggeworfen hatte, sondern vielmehr, weil er sein Leben offensichtlich weiterlebte, als sei nichts gewesen. Ja, es machte ihm sogar so wenig aus, dass er sie in den Verteiler für seine Weihnachtspost aufgenommen hatte, ob nun bewusst oder unbewusst. Und sie? Was könnte sie ihm antworten?

Hallo Vincent. Lange nichts von dir gehört. Ich sende dir herzliche Weihnachtsgrüße aus einem Dorf ohne eigene Postleitzahl und einem winzigen Haus, das meine Eltern für mich gekauft haben.

Mein Job im Buchladen, der nebenbei bemerkt am Rande der Insolvenz steht und kein Jahr mehr überleben wird, ist ein Traum. Bücher einsortieren, abstauben und an der Kasse mit Frau Meier über den neusten Roman von Debbie Macomber plaudern, erfüllt mich voll und ganz; nicht zu vergessen das Familienessen jeden zweiten Samstag, das den Hauptteil meines sozialen Lebens ausmacht.

Davon abgesehen kann ich es bis heute nicht glauben, dass ich zu dumm war, um dein Spiel zu durchschauen.

Na dann, vielleicht sieht man sich ja mal.

Grüß deine Frau und deine Kinder von mir!

Die Tanne krümmte sich unter einer Böe und Mia hielt den Atem für sie an.

Was war nur aus Mia Lorenz und all ihren großen Träumen geworden? Vincent hatte ihnen den Lebenssaft ausgesaugt. Zwar stand sie noch, tapfer wie die Tanne dort draußen, aber innerlich fühlte sie sich ausgehöhlt und leer. Der einzige Grund, warum sie noch immer aufrecht ging, war das Versprechen, das Jesus ihr gegeben hatte: dass seine Gnade an jedem Morgen neu war und ihr die Kraft für einen weiteren Tag geben würde.

Genau diese Kraftquelle zapfte sie nach der viel zu kurzen Nacht mit einem Gebet an, machte ihren Besuchern dann wie versprochen Frühstück und putzte wie jeden Samstag ihre Wohnung. Sie funktionierte. Irgendwie.

Während sie gegen Mittag die letzten Reste ihrer Kartoffelsuppe aufwärmte, warf sie einen Blick aus dem Fenster. Schon seit Stunden werkelte Finn da draußen an seinem Wohnmobil herum. Zwar konnte sie ihn von der Küche aus nicht sehen, doch sein Schimpfen war durch die undichten Fenster deutlich zu hören.

Was sie dagegen sah, war Mattheo, der auf der anderen Seite des Feldweges über gefrorene Maulwurfshügel und Steine balancierte, dabei hin und wieder stehen blieb und ... ja, Mia hatte keine Ahnung, was er da trieb. Er wandte ihr den Rücken zu.

Da rief Finn seinen Namen. Mattheo drehte um und kam mit

seinem einzigartigen Gang zum Haus zurück. Kurz bevor er es erreicht hatte, stoppte er und dann schoss er mit einer digitalen Kamera ein Foto von ihrem Häuschen. Mia runzelte die Stirn. Ein so kleiner Junge mit einer eigenen Kamera?

Sie beobachtete, wie er langsam in Richtung Wohnmobil hinkte, und mit einem Mal überkam sie Mitleid. Bevor sie es sich anders überlegen konnte, zog sie Schuhe und Jacke an, lief hinaus und lud die beiden zum Mittagsessen ein. Finn, der unter der Motorhaube herumwirtschaftete, lehnte ihr Angebot ab, erlaubte Mattheo jedoch, mit ihr zu essen, und so saßen die beiden einige Minuten später vor dampfenden Schüsseln mit Suppe und Wiener Würstchen. Ohne dass Mia ihn dazu aufgefordert hatte, faltete Mattheo die Hände, presste die Augenlider fest zusammen und betete:»Für das Essen dank ich dir. Herr, du bist so gut zu mir.«

Mia konnte ihren Blick dabei nicht von ihm losreißen. Leise stimmte sie in sein Amen ein, und während er den Suppenlöffel mit Heißhunger, aber auch einiger Mühe in seinen Mund bugsierte, sagte sie:»Ich hab gesehen, du hast eine Kamera. Hast du viele Bilder geschossen?«

Er nickte und blickte hinunter auf die ausgebeulte Bauchtasche seiner Latzhose, in der Mia den Apparat vermutete. Dabei tropfte etwas Suppe aus seinem Mund auf die Hose. Mia unterdrückte den Impuls, den Fleck mit einem Lappen wegzuwischen. Sie wollte ihn mit seinen sechs Jahren nicht wie ein Baby behandeln.

»Hm, ich brauch viele Fotos. Muss ja das beste raus-raussuchen.«

»Und was tust du dann mit dem besten?«

»Einkleben.«

»In ein Fotoalbum?«

»In mein Buch. Ich hole es dann mal rüber, okay?«

»Okay.« Mia lächelte ihn an. Dann rückte sie mit der Frage heraus, die ihr schon die ganze Zeit unter den Nägeln brannte: »Wo ist denn eigentlich deine Mami, Mattheo?« Die Worte waren kaum heraus, da hätte sie sie am liebsten zurückgenommen. Was, wenn seine Mutter tot war?

Doch der Kleine hob nur die Schultern und sagte wie beiläufig: »Zu Hause.« Dann schob er sich einen großen Löffel Suppe in den Mund.

Sie sollte es dabei belassen. Es ging sie nichts an. Doch die Neugier siegte. »Wollte sie nicht mit euch in den Urlaub fahren?« Er fischte mit den Fingern eine Stück Wurst aus der Suppe. »Sie weiß, denke mal, nicht, da-dass wir weg sind. Wir haben nicht ›Tschüssi‹ gesagt.«

Während Mia noch versuchte, sich die Geschichte hinter diesen Worten zusammenzureimen, entfuhr Mattheo plötzlich ein Freudenschrei.

»Eine Mietze!«

Tiffany war auf leisen Sohlen in die Küche geschlüpft und strich nun um Mattheos baumelnde Beine. Zu sehen, wie liebevoll der Junge auf die kleine *Mietz-Mietz* einredete und ihr mit seinen Suppenfingern übers Köpfchen strich, zauberte Mia ein Lächeln ins Gesicht.

»Sie heißt Tiffany und ich glaube, sie mag dich«, raunte sie ihm zu und musste sich dann ein Lachen verkneifen, als Mattheo flüsterte: »Du bist eine gute Tiffimi.«

Tiffany schien seine grobmotorischen Streichelversuche zu genießen, denn sie blieb ganz ruhig sitzen und wartete geduldig, bis Mattheo seinen nächsten Löffel Suppe genommen hatte und ihr wieder über den Kopf fuhr.

Mia war so gefangen von Mattheos zärtlichem Umgang mit der Katze, dass sie Finn erst bemerkte, als er bereits im Türrahmen lehnte. Obwohl die feuchten Locken in seiner Stirn zeigten, dass er versucht hatte, Öl und Schmutz abzuwaschen, waren sowohl seine Hände als auch sein Gesicht an einigen Stellen dunkel verfärbt.

»Entschuldigung, ich habe draußen geklopft.« Er versuchte zu lächeln, doch seine Worte klangen wie ein fernes Donnergrollen. Die letzten Stunden schienen erfolglos gewesen zu sein.

»Mattheo, bist du so weit? Da steht ein Reh auf dem Feld. Wenn wir uns beeilen und uns ganz langsam ranpirschen, kannst du vielleicht ein Foto davon knipsen.«

Mattheos Augen leuchteten auf. »Ja, ich will ein Rehfoto machen.« Schnell schob er sich einen letzten Löffel in den Mund, rutschte dann von seinem Stuhl und rannte zur Tür. Auf halbem Weg jedoch stoppte er, drehte sich wieder um, nestelte an seiner Latzhose und zog die Kamera heraus. Und bevor Tiffany Zeit hatte, sich in Pose zu begeben, hatte er auch schon ein Foto von ihr geschossen.

»Danke!«, rief er Mia zu und trieb seinen Vater, der ihm die Schnürsenkel zu Schleifen band, zur Eile an. Dann rannte er los.

Finn hob die Hände, dankte Mia ebenfalls und lief seinem Sohn hinterher.

Wieder hörte Mia das Handy in seiner Jackentasche klingeln, doch es schien ihn auch heute nicht zu interessieren.

Ihr Bruder hatte sein Haus bis ins letzte Detail geplant und die Bauarbeiten genaustens überwacht, damit auch ja alles so ausgeführt wurde, wie er es sich in den Kopf gesetzt hatte: ein ausladender Balkon, der nach Süden zeigte und unter dessen Säulen sein Volvo und der Audi seiner Frau Schutz vor den Elementen fanden; ein Dach, das so konstruiert war, dass die darauf angebrachten Solarplatten die maximal mögliche Menge an Strom generierten, sowie ein rundum verglaster Wintergarten an der Ostseite, der einen romantischen Ausblick auf die Felder bot.

Heute Abend war dieser Wintergarten hell erleuchtet und mit Weihnachtsdekoration geschmückt. Mia konnte ihre Eltern darin sitzen sehen. Sie hatten es sich in den Korbstühlen bequem gemacht und waren in ein Gespräch mit Emil und Hannes, Mias Schwager, vertieft. Ihre Frauen, Silke und Ella, Mias Schwester, waren sicher in der Küche und ihre wohlerzogenen Kinder spielten zweifelsohne in ihrem Kinderzimmer, das aussah, wie Mia sich das Lager eines Spielzeugladens vorstellte.

Während sie den Solarleuchten zur Haustür folgte, krallten sich ihre Finger um die Platten, die ihre Apfelflammkuchen in Form hielten. Am liebsten wäre sie wieder umgedreht und stattdessen über die Felder gelaufen, um den Sternenhimmel zu bewundern. Denn da drinnen war sie ein Fremdkörper, war es seit dem Moment gewesen, als sie Goppeln vor neun Jahren, nach dem Abitur, verlassen hatte und nach Hamburg gezogen war, um Deutsche Sprache und Literatur zu studieren. Damals war sie mutig ihren Träumen gefolgt. Alles hatte sich so richtig angefühlt, dass sie geglaubt hatte, ihren Platz in der Welt gefunden zu haben. Doch dann war sie zerschellt, an den rauen Klippen des echten Lebens, genau wie ihre Eltern es immer prophezeit hatten. Und das schmerzte am meisten: dass sie recht behalten hatten.

Mia klingelte und nur Sekunden später öffnete die jüngste ihrer entzückenden Nichten die Haustür.

»Tante Mia ist hier!«, rief sie anstelle einer Begrüßung und war auch schon wieder in Richtung Spielparadies verschwunden.

Mia streifte ihre Schuhe ab, stieg die Treppe in den ersten Stock hinauf und betrat den offenen Wohnbereich, der in den Wintergarten mündete.

»Ich sage euch: Die nächste Wahl wird eine Katastrophe werden, weil ihr jungen Leute euch viel zu wenig mit Politik befasst«, dröhnte ihr Vater gerade und löste damit eine kleine Debatte aus. Weder ihre Eltern noch Emil oder Hannes schienen Mia überhaupt zu bemerken.

»Achtung, Schwesterchen, heiß und fettig.« Ella rauschte, beladen mit einer dampfenden Schüssel Rosenkohl in der einen und einem Knödelteller in der anderen Hand, an ihr vorüber.

Die rundliche Silke folgte ihr mit einer Sauciere auf dem Fuß, inspizierte Mias Mitbringsel und wies sie dann an, es gleich in den Küchenbereich zu bringen. »Aber wirklich nur abstellen«, kommandierte sie laut. »Du bist heute vom Küchendienst befreit. Er wird schließlich jeden Moment hier sein.«

Wie auf ein heimliches Zeichen hin wurde es auf einmal still im Raum. Dann brach die gesamte Familie plötzlich in Räuspern und Hüsteln aus.

»Er?« Alarmiert sah Mia sie der Reihe nach an. »Was habt ihr diesmal ausgeheckt?«

»Gar nichts«, beschwichtigte Emil und kam mit erhobenen Händen zu ihr herüber. »Ich hab einen Freund eingeladen. Sonst nichts. Jetzt macht keine große Sache daraus!«

Mias Blick wanderte zu ihrer Mutter, die wie ein Honigkuchenpferd strahlte. Spätestens jetzt war klar, dass hier etwas ganz und gar faul war.

Ella kam zurück und riss Mia die Flammkuchen buchstäblich aus der Hand. »Jetzt zieh gefälligst die Jacke aus und setz dich, Mia! Es macht mich ganz nervös, wie du hier rumstehst.«

Wenn Silke ein Feldwebel war, dann war Ella ein General und Mia blieb nichts anderes übrig, als zu gehorchen. Aber sie blieb auf der Hut. »Wen hast du eingeladen, Emil?« Während sie ihre Jacke an einen Haken neben der Tür aufhängte, ließ sie ihren Bruder nicht aus den Augen.

»Einen alten Schulfreund. Du wirst ihn mögen, Mimi.« Nur er nannte sie so. Schon immer.

»Ein Lehrer, Kleines«, fügte ihr Vater mit bedeutungsvollem Blick hinzu. Er unterrichtete selbst an einem Gymnasium in Dresden. »Und wenn die Verbeamtung durch ist, wird er ordentlich verdienen.« In seiner Stimme schwang wie so oft ein leichter Groll mit, weil es ihn wurmte, dass er selbst zu alt war, um noch den Beamtenstatus verliehen zu bekommen.

Mia gefiel überhaupt nicht, in welche Richtung sich dieser Abend entwickelte.

»Das wird doch nicht wieder einer eurer Verkupplungsversuche wie neulich mit dem Autohändler, oder?« Sie stellte sich hinter ihren üblichen Stammplatz an Emils Tafel, wo ihr Blick sofort an dem zusätzlichen Gedeck neben ihrem hängen blieb.

»Nur ein zwangloses Abendessen«, beteuerte ihre Mutter.

Mit der ganzen Familie.

»Aber einen etwas … geschmackvolleren Pullover hättest du schon anziehen können.« Mit gerümpfter Nase beäugte sie Mias grünen Strickpullover.

»Entschuldige bitte! Ich wusste nicht, dass ich mich für ein Familienessen herausputzen muss.«

»Du siehst gut aus. Keine Sorge.« Silke legte ihr beruhigend eine Hand auf die Schulter, doch Mia war alles andere als ruhig. Sie hatte gedacht, sie hätte sich nach der letzten gescheiterten und äußerst peinlichen Aktion ihrer Eltern klar ausgedrückt. Und noch mehr verletzte sie, dass sich diesmal sogar Emil an diesem Unsinn beteiligte.

»Ich sage ja nur«, referierte ihre Mutter weiter, »früher hat sie sich immer so hübsch gemacht: nette Frisuren und ein bisschen Make-up. Ich finde seit der Sache mit diesem Schauspieler vernachlässigt sie sich ein wenig.«

Da war es wieder: das Codewort. Mias Familie ließ kein Treffen verstreichen, ohne den *Schauspieler* oder den *Zwischenfall* zu erwähnen, wie sie Mias Zeit in Hamburg betitelten. Dabei war Vincent nicht einmal Schauspieler, aber Mia würde nie wieder versuchen, ihnen den Unterschied zwischen einem Schauspieler und einem Dramaturgen zu erklären.

Es klingelte.

»Ich geh schon und bringe auch gleich die Kinder mit«, flötete Silke und Mia schluckte, um die Bitterkeit, die böse Worte auf ihrer Zunge formen wollte, hinunterzuwürgen. Geräuschvoll zog sie ihren Stuhl zurück und setzte sich.

»Schätzchen.« Ihre Mutter beugte sich über den Tisch und flüsterte: »Wir wollen nur dein Bestes und wir werden dich zu nichts drängen. Aber gib diesem Abend eine Chance, ja?«

Und Mia ergab sich in ihr Schicksal, schon allein, weil sie

wusste, sie würde Emils Haus frühestens in zwei Stunden verlassen können.

Die Rosen allerdings, die Emils Freund Lars ihr kurz darauf überreichte, stellten sie vor eine große Herausforderung. Lars selbst stellte sie vor eine noch größere. Mia bemühte sich wirklich, niemandem gleich bei der ersten Begegnung einen Stempel aufzudrücken, aber alles an Lars, von dem strengen Scheitel über die Brille und den Karodruck auf seinem Pullover bis hin zu dem nie zu versiegen scheinenden Redefluss aus seinem Mund, schrie: *»Ich bin Lehrer!«*

Seine Redseligkeit barg jedoch einen Vorteil: Er stellte so gut wie keine Fragen und so musste Mia nur ab und an nicken und lächeln, konnte abgesehen davon jedoch in stiller Frustration verharren.

Das wiederum blieb jedoch den Adleraugen ihrer Mutter nicht verborgen.

»Während deiner Ausbildung hast du doch sicher auch Germanistik studiert, richtig?«, nutzte sie die Gunst des Augenblicks, als Lars gerade einen Schluck Wasser trank. »Weißt du«, redete sie eifrig weiter, »damit kennt Mia sich nämlich auch bestens aus. Sie liebt Bücher über alles.«

»Ach ja?« Lars wandte sich Mia zu. »Bist du Autorin?«

»Dramaturgin. Aber zurzeit arbeite ich in einem Buchladen am Blauen Wunder«, gab Mia unbedacht preis.

»Wirklich? Das ist gleich bei mir um die Ecke. Ich nehme mit meiner neunten Klasse gerade den *Besuch der alten Dame* von Dürrenmatt durch. Kennst du es?«

»Natürlich.« Zum ersten Mal an diesem Abend lächelte Mia aufrichtig. »Ich liebe Dürrenmatts Humor und wie es ihm gelingt, die Spannung bis zum Ende des Stücks konstant zu halten.«

»Meine Schüler lieben es auch«, erwiderte Lars. »Sie haben mich sogar gefragt, ob wir es nicht als Theaterstück einstudieren könnten.«

»Was für eine großartige Idee! Führt es doch zu einem Schulfest auf. Kürze den Text einfach ein wenig, ohne dass der Inhalt beschnitten wird. Wenn man die einzelnen Rollen dann doppelt besetzt und dafür sorgt, dass die Kostüme identisch sind, bezieht man auch problemlos die ganze Klasse ein, gerade da man ja auch Souffleusen und Requisiteure braucht. Schließlich schauspielert nicht jeder gerne. Bei den Requisiten muss man sich gar nicht so verausgaben. Die einzelnen sinntragenden Elemente des Stücks besitzen so starken Symbolcharakter, dass man sie gar nicht eins zu eins darstellen muss, wie den schwarzen Panther etwa. Die dramatische Wirkung auf den Zuschauer verstärkt sich nur, wenn nie ein Panther auftaucht. Zumindest sehe ich das so.«

Weil Lars ihr mit konzentriertem Blick und nachdenklichem Nicken lauschte, redete Mia weiter. Erst als sie endete, fiel ihr auf, dass ihre Familie, ja sogar die Kinder, sie anstarrten, als säße eine Fremde am Tisch.

Sie sah, wie ihre Eltern einen bedeutungsvollen Blick wechselten.

Mias Vater räusperte sich. »Für solche aufwendigen Dinge bleibt einem im Schuljahr keine Zeit, richtig, Lars? Man gerät mit dem Lehrplan doch so schon jedes Jahr ins Hintertreffen.«

Lars hob die Hände. »Das stimmt leider. Auch wenn deine Ideen wirklich faszinierend klingen. Hast du schon einmal darüber nachgedacht, Theaterkurse an Schulen zu geben, vielleicht als Ganztagsangebot oder Arbeitsgemeinschaft?«

Diesen Gedanken ließ Mia kurz auf sich wirken und sie stellte erstaunt fest, dass sie nicht abgeneigt war, ganz und gar nicht.

»Ich habe selbst über so einen Kurs meine Liebe zum Theater entdeckt«, gab sie zu.

»Und wohin hat es dich gebracht?« Als sie Mias Gesichtsausdruck sah, geriet ihre Mutter ins Stocken. »Ich … ich meine ja nur. Das Theater … Das Theater verdirbt unerfahrene sensible Mädchen. Und … viele dort verlieren sich in … ihren Rollen und können nicht mehr zwischen Spiel und Wirklichkeit unterscheiden. So wie dieser Schauspieler. Hättest du gleich Buchhändlerin gelernt, wäre dieser Zwischenfall nie passiert.«

Eine unangenehme Stille breitete sich am Esstisch aus und Ella und Silke schickten ihre Kinder spielen.

»Bist du fertig?«, fragte Mia mit ruhiger Stimme, doch sie kämpfte dabei mit den Tränen.

»Manchmal … ist die Wahrheit eben unangenehm.« Sicher bereute Elisabeth es längst, vor Lars mit diesem Thema angefangen zu haben, aber Mia schaffte es nicht, Mitleid für sie aufzubringen.

»Unangenehm ist mein Stichwort«, sagte sie beherrscht und erhob sich. »Bitte entschuldigt mich. Vielen Dank, Lars, für die Blumen. Ich finde, du bist ein wirklich netter Kerl und ich wünsche dir alles Gute.«

Mit diesen Worten verließ sie die Tafel, schnappte sich ihre Jacke und hastete die Treppe zur Haustür hinunter. Während sie in ihre Schuhe schlüpfte, hörte sie Schritte hinter sich.

»Mimi, Mutti hat es doch nicht so gemeint. Sie sorgt sich einfach um ihr Nesthäkchen.«

Von der ganzen Familie fühlte sie sich Emil am nächsten, aber heute wollte sie nicht einmal mehr mit ihm sprechen. Tränen liefen über ihre Wangen.

Schwungvoll öffnete Mia die Haustür und Emil folgte ihr in seinem dünnen Hemd nach draußen. »Lauf nicht weg, Mia! Rede mit Mama! Man soll die Sonne nicht über seinem Zorn untergehen lassen.«

Mia blieb ruckartig stehen und wischte eine Träne fort. Dann drehte sie sich zu ihrem Bruder um. »Wer redet denn von Zorn? Ich bin einfach nur traurig und enttäuscht von Mama, und auch von dir.«

»Von mir?« Emil stand die Verblüffung ins Gesicht geschrieben.

»Ja, weil du dich von ihrem Verkupplungswahn anstecken lässt. Ich brauche keinen Vincent-Ersatz. Ich brauche Luft zum Atmen und nicht schon wieder neue Probleme.« Sie atmete tief durch und senkte dann ihre Stimme.»Emil, wenn ich morgens vorm Spiegel stehe, schaut mich eine Fremde an.«

Die Falten auf Emils Stirn glätteten sich.»Du gehst zu hart ins Gericht mit dir, Mimi. Du weißt doch, dass du an der ganzen Sache keine Schuld trägst. Aber vielleicht kommst du nicht alleine aus diesem Loch heraus. Lars und du, ihr habt euch doch super unterhalten, oder nicht? Wir anderen haben bloß Bahnhof verstanden, aber er fand deine Ideen klasse. Denkst du nicht, ein Mann wie er täte dir gut?«

Hinter Emil schwang die Haustür auf und ihre Mutter stapfte mit grimmiger Miene heraus.»Du versteckst dich vor der Wahrheit, Mia. Und du verkriechst dich in der Vergangenheit. Glaubst du, es ist leicht für eine Mutter, das mit anzusehen?«

Mia wischte sich eine neue Träne von der Wange.»Nein, Mama, *ich* stecke nicht in der Vergangenheit fest, sondern *ihr*. Jedes Mal, wenn wir uns sehen, bringt ihr die Themen ›Hamburg‹ und ›Vincent‹ auf den Tisch. Warum? Aus Angst, ich könnte zurückgehen und an seine Tür klopfen? Dabei wohne ich doch schon in dem Haus, das ihr für mich ausgesucht habt, ich habe die Stelle angenommen, die ihr für mich arrangiert habt, und ich war sogar nett zu Lars. Was muss ich denn noch tun, um endlich wieder zur Familie zu gehören, um endlich nicht mehr der … Schandfleck zu sein?«

Ohne ihrer Mutter oder Emil auch nur die Chance zu geben, sich zu verteidigen oder ihr die Worte im Mund umzudrehen, wandte Mia sich ab und lief davon.

3

Goppeln
6. Dezember

Mia bezweifelte, dass ihre Eltern sie nach dem gestrigen Abend wie gewöhnlich zum Gottesdienst abholen würden, doch wider Erwarten hielt der blaue Nissan Qashqai pünktlich wie immer mit einem einmaligen Hupen vor ihrer Haustür. Während Mia die Tür verriegelte und sich dabei noch ihren Schal um den Hals schlang, spürte sie etwas unter ihrem Schuh brechen. Sie sah nach unten, musste sich dann aber doch bücken, um in der einsetzenden Dämmerung zu erkennen, was da auf ihrer Türschwelle lag. Ein Schokoladennikolaus strahlte sie mit zerknittertem Lächeln an. Bevor sich Mia überhaupt wundern konnte, entdeckte sie nebenan, vor der Tür zur Ferienwohnung, Mattheos Schuhe – randvoll gefüllt mit Süßigkeiten.

Ein zweites, nun lang gezogenes Hupen ließ Mia zusammenzucken und für einen Moment die Augen schließen.

Bitte gib mir Geduld!, flehte sie innerlich. Dann jedoch musste sie schmunzeln, schnappte sich den platten Nikolaus und steckte ihn in ihre Manteltasche. Die Schokolade würde ihr die Zeit in der Arrestzelle zumindest erträglich machen – denn genauso würde sich die Fahrt zur Kirche hinten auf dem Rücksitz anfühlen, wenn ihre Mutter sie wegen ihres Streits mit eisigem Schweigen strafte.

Heute war die Eiszeit sogar noch frostiger als sonst; sie überdauerte nicht nur die Hinfahrt, sondern auch den gesamten Gottesdienst und den Rückweg.

Doch im Moment war Mia die Stille ganz recht. So konnte erstens kein neuer Streit ausbrechen und zweitens konnte sie auf der Heimfahrt noch über die Predigt nachdenken, die heute einen wunden Punkt in ihr berührt hatte.

Der Pfarrer hatte über das zehnte Kapitel des Johannesevangeliums gesprochen, in dem es um Hirten ging. Gute und schlechte Hirten. Die schlechten schlichen sich heimlich über die Mauer zu den Schafen. Sie raubten und mordeten und führten die Schafe ins Verderben. Mia kannte solche Hirten, sie hatte sich selbst nichts ahnend von einem verführen lassen. Für Vincent und seine Versprechungen hatte sie all ihre guten Vorsätze und ihre Überzeugungen über Bord geworfen. Sie hatte mit ihm geschlafen, weil er es sich so gewünscht hatte, sie war mit ihm zusammengezogen, weil er es als das einzig Sinnvolle hingestellt hatte, und sie hatte ihm geglaubt, als er versprochen hatte, er werde sie eines Tages heiraten.

Dabei war er längst verheiratet und Familienvater gewesen. Doch er hatte genau gewusst, was er tun musste, um ihre Naivität auszunutzen. Und sie hatte alles an ihn verloren: ihre Unschuld, ihr Grundvertrauen in die Menschen, ihren kindlichen Glauben und obendrein ihr Selbstwertgefühl.

Alles, was ihr geblieben war, war die Hoffnung auf den guten Hirten, auf Jesus, von dem der Text ebenfalls sprach. Dem guten Hirten, der ganz ohne falsche Absicht zur Tür eintritt und seine Schafe mit vertrauter Stimme ruft, sie beschützt, sie heilt und ihnen ein erfülltes Leben schenkt.

Seit Monaten schon wartete Mia nun auf diese vertraute Stimme, darauf, dass Jesus eintrat und ihr Leben, ja sie selbst von Grund auf neu machte.

An besonders dunklen Tagen überfiel sie manchmal die Angst, dass er nach all ihren Fehlern genug von ihr haben könnte. Sie würde es ihm nicht übel nehmen, so viel stand fest, denn sie wusste, sie verdiente es nicht anders. Dann half es ihr, die Bibel aufzuschlagen und sich daran zu erinnern, dass sie in Gottes Augen kein Schandfleck war. Nein, sie hielt daran fest: Er würde kommen. Und bis es so weit war, würde sie warten, treu ihrer Arbeit im Buchladen nachgehen, mit ihren Eltern jeden Sonntag den Gottesdienst besuchen und versuchen, ihnen eine gute Tochter zu sein.

»Mama?«

Ihre Mutter reagierte erst, als Mia sie zum dritten Mal ansprach.

»Ich möchte dich um Verzeihung bitten, dass ich gestern Abend so laut geworden bin und nicht wertgeschätzt habe, dass ihr euch um mich sorgt.«

Ihre Mutter nickte zweimal. Aus Erfahrung wusste Mia, dass sie nicht mehr erwarten durfte. Für Elisabeth Lorenz war die Angelegenheit damit bereinigt und mit der Zeit würde sie wieder auftauen.

»Hast du Besuch, Mia?«, wollte ihr Vater plötzlich unvermittelt wissen.

Am Morgen war es noch dunkel gewesen, sodass Mia den neugierigen Fragen, die ihre Eltern unweigerlich stellen würden, wenn sie das Wohnmobil sahen, entgangen war. Sie unterdrückte den Impuls, laut zu seufzen.

»Ein Vater mit seinem Sohn. Sie sind Freitagabend hier draußen liegen geblieben und haben sich in die Ferienwohnung eingemietet.«

»Und wo ist die Mutter?«, fragte Elisabeth.

»Ich habe den Jungen nach ihr gefragt, bin aber aus seiner Antwort nicht schlau geworden.«

»Du hast dir die erste Nacht doch hoffentlich im Voraus bezahlen lassen, oder?«, hakte Hermann nach und Mia bejahte.

»Gut gemacht. Heutzutage weiß man nie, wem man trauen kann.« Er warf ihr im Rückspiegel einen bedeutungsvollen Blick zu. »Aber wem sage ich das?«

Mia schloss die Augen und holte einige Male tief Luft, bevor sie sagte: »Ich glaube, die beiden sind in Ordnung.«

»Vertrauen ist gut, Kontrolle ist besser«, zitierte Elisabeth und Hermann parkte den Qashqai. Von hier aus konnte man zwei Beine unter dem Heck des Wagens hervorlugen sehen. »Immer diese Sonntagsarbeiter«, brummte Hermann. »Hat die Woche nicht sechs andere lange Tage dafür? Lisbeth, ich bin der Meinung, wir sollten uns einmal mit diesem jungen Mann unterhalten.«

»Er heißt Finn«, informierte Mia ihn, stieg aus und warf die Autotür so geräuschvoll hinter sich zu, dass nur einen Augenblick später Finns schmutziges Gesicht auftauchte. Sie rief ihm einen Gruß zu, verabschiedete sich eilig von ihren Eltern und steuerte auf die Haustür zu. Unter keinen Umständen wollte sie Zeugin dieses peinlichen Verhörs werden. Mattheo, der dick eingepackt auf der Schwelle zur Ferienwohnung saß, seine Schnürschuhe auf dem Schoß, empfing sie mit einem fröhlichen Winken. Dabei kaute er offensichtlich ganz verzückt auf einer der Leckereien herum, die der Nikolaus ihm beschert hatte. Sein argloses Lächeln weckte einen bis dahin unbekannten Beschützerinstinkt in Mia.

»Guck mal!«, rief er. »Vom Nikolaus. Was hast du in-in deinen Schuhen gehabt?«

Mia griff in ihre Manteltasche und zeigte Mattheo die leere Verpackung ihrer morgendlichen Überraschung.

»Nur den?« Mattheo sah sie mit großen Augen an. Dann griff er in seinen Schuh und zog ein Tütchen Haribo-Gummibärchen heraus. »Schenk ich dir.«

Mia strich Mattheo über den Kopf. »Danke, dass du mit mir teilen willst, Mattheo, aber die gehören dir. Ich bin selber schuld. Ich habe meine Schuhe nicht geputzt.« Sie hob die Schultern, als würde das alles erklären. Dann blickte sie kurz in Richtung Camper. »Na? Heute schon viele Bilder geschossen?« Sie deutete auf die Kamera, die neben Mattheo auf der Schwelle lag.

Er schüttelte den Kopf. »Zuerst muss-muss ich noch das beste Bild von gestern finden.«

»Willst du das drinnen mit mir machen?«

Er nickte, hängte sich seine Kamera wie ein Fotograf um den Hals und sammelte all seine Süßigkeiten auf. Dann half Mia ihm, in Socken von einer zur anderen Türschwelle zu hopsen. Während sie im Flur Schuhe und Jacke auszog, schlenderte Mattheo schon ins Wohnzimmer. Ganz leise sang er dabei »Stille Nacht, heilige Nacht« vor sich hin wie ein kleiner erkälteter Engel. Mia folgte seinem kratzigen Stimmchen und fand ihn auf Knien vor der Couch, auf der Tiffany sich zusammengerollt hatte.

»Soll ich ein Foto von euch schießen?«, fragte sie und Mattheo drückte ihr seine Kamera in die Hand. Er kuschelte sich neben Tiffany und grinste breit. Mia drückte ab. Anschließend setzte sie sich neben die beiden und ließ sich von Mattheo die Bilder des letzten Tages zeigen.

»Leider war das Reh zu schnell«, sagte er mit Bedauern in der Stimme. »Das wär mein Lieblingsfoto geworden.« Er zuckte mit den Achseln und wechselte unvermittelt das Thema: »Warum sie-sieht deine Wohnung eigentlich nicht wie Weihnachten aus? Wo ist denn dein Baum?«

Mia ließ ihren Blick über die leeren Fensterbänke und die nackte Schrankwand wandern. »Weißt du, ich glaube, ich hab gar keinen Weihnachtsschmuck. Das ist das erste Weihnachten seit langer Zeit, das ich wieder hier in Goppeln feiere, und da, wo ich vorher gewohnt habe, da schmücken die Leute ihre Wohnungen nicht so wie hier.«

»Aber … macht dich das traurig, dass-dass alle andern schöne Sachen haben und du nicht?« Er sah sie dabei mit so ehrlichen Kinderaugen an, dass Mias Herz ganz schwer wurde. »Ja, ich glaube, das macht mich schon ein bisschen traurig.«

Mattheo blickte eine Weile nur stumm zu ihr hinauf. Dann legte er plötzlich seine kleine Hand auf Mias Arm und begann ihn ungelenk zu streicheln.

Mia war so überwältigt von der Liebe, die aus dieser Geste sprach, dass sie spürte, wie ihre Augen feucht wurden. Sie versuchte, dagegen anzukämpfen, indem sie sich auf die Stimmen draußen auf dem Parkplatz konzentrierte, wo ihre Eltern gerade spanische Inquisition spielten. Sie stöhnte. Armer Finn.

Das Handtuch war wohl oder übel hin. Finn wischte ein letztes vergebliches Mal über seine klebrige schwarze Hand und ließ es dann sein. Er pfefferte das ölige Stofftuch auf die Motorhaube des verflixten Wohnmobils und wandte sich wieder dem seltsamen Pärchen zu, das sich mit verschränkten Armen und prüfenden Blicken vor ihm aufgebaut hatte. Der Mann war groß und breitschultrig, mit zurückgekämmten grauen Haaren und einer großen, runden Brille auf der Nase, durch deren Gläser Finn stechende graue Augen musterten. Die Frau war viel kleiner, beinahe rundlich zu nennen, und ihre kurzen braunen, sicherlich gefärbten Haare standen wie Stacheln von ihrem Kopf ab. Wie zwei zum Leben erwachte, übellaunige Gartenzwerge.

Sei nett, das sind Mias Eltern!, rief er sich zur Ordnung.

»Was führt Sie und Ihren … *Sohn* hierher?«

Herr Lorenz hatte das Wort so bedacht ausgesprochen, dass es Finn kalt den Rücken hinunterlief und seine Augenbrauen sich unweigerlich zusammenzogen. Wusste er etwas? Aber woher sollte er?

»Ich möchte ja nicht unhöflich wirken, aber ich wüsste nicht, was Sie das angeht.«

Das Pärchen wechselte einen Blick.

»Was uns das angeht?« Die Frau sah ihn an, als habe er soeben eine Bank ausgeraubt. »Dieses Haus und auch die Ferienwohnung gehören Hermann und mir. Wir haben ja wohl noch das Recht zu erfahren, wer sich da bei uns einmietet.«

»Mia ist unsere Tochter«, legte ihr Partner nach. »Es wäre nicht das erste Mal, dass ihr übel mitgespielt wird.«

»Sie ist so naiv.« Das war wieder die Frau.

Finn warf einen raschen Blick in Richtung Küchenfenster. War Mia da drinnen? Hatte sie die letzten Worte gehört? Das Kreuzverhör dieser Giftzwerge war von Anfang an unangenehm gewesen, aber jetzt wurde es regelrecht peinlich. Fehlte nur noch, dass sie ihm Anekdoten aus Mias Teenagerzeit erzählten. Instinktiv wollte er die Fäuste in seinen Hosentaschen vergraben, als ihm gerade noch rechtzeitig einfiel, wie schmutzig sie waren. Sein Blick wanderte zum Wohnmobil. Er musste dieses dämliche alte Ding wieder zum Laufen bringen. Und zwar so schnell wie möglich. Doch dazu musste er zuerst diese beiden selbst ernannten Polizisten loswerden.

»Ich bin weder Dieb noch Axtmörder. Wenn Sie wollen, geb ich Ihnen meine Fingerabdrücke«, versuchte er es mit Humor und streckte ihnen seine schwarze rechte Hand entgegen.

Doch es bewirkte nur, dass die Mienen der beiden ungebetenen Gäste zu Granit erstarrten.

»Hey, ich bin ein alleinerziehender Fotograf, und wenn Sie es unbedingt wissen müssen: Ich bin im Auftrag der Zeitschrift *GEO* unterwegs. Rein geschäftlich.«

»Wie lange werden Sie bleiben?« Herr Lorenz' Blick war bohrend.

»Bis dieses Ding wieder rundläuft.«

»Hatten Sie einen Unfall damit?«

Finns Kiefermuskulatur spannte sich ohne sein Zutun an. »Nein. Das sind Alterserscheinungen.«

»Schaffen Sie das bis Mitte der Woche?«

»Wir werden sehen. Ich gebe mein Bestes.« Finn unterdrückte den Impuls, Herrn Lorenz das verschmierte Handtuch ins Gesicht zu werfen.

Die Frau schaltete sich wieder ein. »Meinen Sie wirklich, das tut Ihrem Sohn gut? So ein unstetes Leben?«

Es war wie ein leises Klicken in seinem Gehirn, als würden ihre Worte ihn die Kontrolle über seine Gliedmaßen verlieren lassen. Schon donnerte Finns Faust auf die Motorhaube hinab.

»Mattheo geht Sie einen feuchten Dreck an«, zischte er wütend. »Lassen Sie uns in Frieden! Ich verspreche, bis Mittwoch sind wir weg.«

Die Giftzwerge waren bei seinem Ausbruch beide einen Schritt zurückgetreten und wechselten nun schon wieder diese nervtötenden Blicke, als stimmten sie sich darüber ab, wann es Zeit war, die Zwangsjacke herauszuholen.

»Halten Sie sich von meiner Tochter fern! Das ist alles, was ich verlange.« Herr Lorenz hatte den Zeigefinger erhoben. »Wir behalten Sie im Auge.«

Und das taten Sie, noch während sie den Rückzug antraten.

Finn starrte stumm zurück, bemüht, seiner Fassungslosigkeit nicht durch ein Kopfschütteln Ausdruck zu verleihen, was die beiden womöglich erneut auf den Plan gerufen hätte. Wer addierte ein kaputtes Wohnmobil, einen Mann und sein Kind und erhielt als Ergebnis Serienmörder? Die zwei waren ja nicht auszuhalten! Er bemitleidete Mia. Finn stöhnte und fuhr sich mit den Händen übers Gesicht. Erst als es schon zu spät war, fiel ihm das Öl ein. Noch einmal schlug er auf die Motorhaube. Dann schnappte er sich das Handtuch, stapfte ums Haus herum und klopfte einige Male nicht gerade sanft gegen Mias Tür.

Gerade als sie öffnete, fuhren Herr und Frau Giftzwerg mit quietschenden Reifen vom Hof. Mia sah ihnen nach, und als ihr Blick zu Finn zurückkehrte, sah sie schuldbewusst aus.

»Ist Mattheo hier?«, fragte Finn barsch.

»Ja«, antwortete sie leise.

Ihm war klar, dass Mia nichts für das Verhalten ihrer Eltern konnte, aber im Moment war er viel zu aufgebracht, um sich groß um ihre Gefühle zu scheren. Er würde ihr am besten aus dem Weg gehen, wie die beiden es ihm nahegelegt hatten.

Mattheo tauchte neben Mia auf, sein Mund mit Schokolade verschmiert. »Was denn?«

»Komm! Wir gehen rüber. Wir wollen keinem zur Last fallen.«

»Mir fallt ihr nicht zur Last.« Mia versuchte es mit einem Lächeln.

Finns Kiefer mahlten. »Das ist nett und das glaube ich dir, aber ich denke, es ist doch besser, wenn wir uns mehr wie Gäste und nicht wie Kletten verhalten. Komm, Großer, zieh deine Schuhe an!«

Während er Mattheo mit der Schnürung half, begann sein Handy in der Hosentasche zu vibrieren.

Lass mich in Ruhe!

»Wer ruft dich denn da andauernd an? Ein Staubsaugervertreter?« Schmunzelnd lehnte Mia im Türrahmen.

Finn zog sein Handy aus der Tasche, warf einen Blick darauf und drückte den Anrufer dann weg. »Ach das, das ist nur irgendjemand, mit dem ich nicht reden will.« Er erhob sich und wechselte schnell das Thema. »Übrigens würde ich dich doch bitten, deine Kontakte zum Wohnwagenservice spielen zu lassen. Ich bringe ihn einfach nicht zum Laufen. Hab wohl doch zwei linke Hände.« Er lachte und es klang selbst in seinen eigenen Ohren ein wenig verzweifelt.

»Kein Problem, ich rufe gleich morgen früh an, bevor ich zur Arbeit gehe. In null Komma nichts seid ihr wieder startklar.«

»Danke.« Finn griff in seine Gesäßtasche und zog das Gästehandtuch heraus. Zerknirscht hielt er es ihr hin. »Meinst du, das bekommst du wieder sauber?«

Mia nahm es mit spitzen Fingern entgegen und machte ein skeptisches Gesicht. »Ich … ich weiß nicht. Ich werde es versuchen.«

»Entschuldigung«, murmelte Finn und kramte sein Portemonnaie heraus. Er zählte ein paar Scheine ab. »Für das Handtuch, die letzte und die kommende Nacht. Danach sind wir hoffentlich wieder auf Achse.«

»Kein Abendessen oder Frühstück?«

»Frühstück wäre toll. Abendessen haben wir. Danke.« Finn wandte sich Mattheo zu. »Na, was ist, spazieren wir ein Stück? Du hast ja die Kamera dabei. Vielleicht entdecken wir das Reh noch mal.«

»A-aber ich hab heute schon mein Lieblingsbild. Mit Tiffimi und mir. Die Katze von Tante Mia, weißt du?«

»Ah. Na, dann halten wir einfach zum Spaß Ausschau.«

Finn schob Mattheo zur Haustür hinaus. Plötzlich legte Mia eine Hand auf seinen Arm, was ihn abrupt innehalten ließ.

»Danke«, flüsterte sie und er zog verwirrt die Augenbrauen zusammen.

»Für die Schokolade.«

Ihr Lächeln tat ihm unglaublich gut. Als hätte man eine Reißzwecke aus seinem Fuß gezogen, die schon den ganzen Morgen darin gesteckt hatte.

»Gerne. Ich wollte nicht, dass du leer ausgehst.« Er schenkte ihr ebenfalls ein Lächeln. Dabei musste er an die Giftzwerge denken und fragte sich unwillkürlich, wie irgendjemand dieser Frau hatte übel mitspielen können. Auf ihn wirkte sie wie eine sanfte Brise, wie eine Blumenwiese. Wer würde auf einer Blumenwiese herumtrampeln?

»Komm, Papa!« Mattheos Rufen riss ihn aus seinen Gedanken. Rasch verabschiedete er sich von Mia und lief seinem Sohn nach, der die Kamera schon im Anschlag hatte, bereit für den nächsten Schnappschuss.

Während Mattheo alles mit kindlichem Enthusiasmus fotografierte, was ihm in die Quere kam – matschige Laubhaufen, den einfarbig grauen Himmel und kahle Bäume –, trottete Finn still hinter ihm her. Mias Hand auf seinem Arm hatte etwas in ihm ausgelöst: Erinnerungen an Leonie, ihren Hochzeitstango, die Flitterwochen in Island, Mattheos Geburt und die langen, einsamen Jahre danach, in denen er sie verwünscht hatte. Aber da waren auch die schwachen Momente gewesen, in denen er sich nichts sehnlicher als ihre Hand auf seinem Arm gewünscht hatte, trotz allem.

Dann war sie eines Tages da gewesen, ihre Hand. Urplötzlich. Aus dem Nichts. Eine Frau mit Sonnenhut und Sonnenbrille hatte vor den Klingelschildern an der Haustür gestanden, als suche sie einen Namen. Finn hatte sie nicht erkannt und war mit einem knappen Gruß vorbeigegangen. Da hatte er plötzlich gespürt, wie sie seinen Arm berührte. Er hatte sich umgedreht und sie hatte die Sonnenbrille abgenommen.

»Ich bin's«, hatte sie nur gesagt und gelächelt, als wären fünf Jahre keine Ewigkeit und als wäre sie bloß eine Kommilitonin aus Studienzeiten und nicht Mattheos Mutter.

Mit dieser Hand auf seinem Arm hatte alles von Neuem begonnen, Loopings in einer wilden Achterbahnfahrt, die immer wilder geworden war. Abzuspringen war die einzige Möglichkeit. Oder nicht?

Finn beobachtete, wie Mattheo einen Stein in Position für sein nächstes Foto brachte. Wie weit, überlegte er, musste man wohl fahren, bis das Donnern der Wagen in den Abgrund nicht mehr zu hören war?

Diesmal war es Mias Handy, das in ihrer Handtasche vibrierte. Keine fünf Minuten, nachdem Finn und Mattheo zu ihrem Spaziergang aufgebrochen waren. Sie hatte es sich gerade mit ihrem Lieblingsbuch, *Sarahs Liebeslied* von Karen Kingsbury, das sie schon mindestens viermal gelesen hatte, auf dem Sofa gemütlich gemacht.

Eine Nachricht von ihrer Mutter leuchtete auf dem Display auf.

Dein Vater und ich trauen diesem Finn kein Stück über den Weg. Du hättest sein Gesicht sehen sollen, als wir nach seinem Sohn gefragt haben. Wie ein Hase kurz vor der Flucht. Irgendetwas stimmt da nicht. Gewalttätig scheint er übrigens auch zu sein. Sei vorsichtig und schließ nachts ja deine Haustür ab!

Ihre Eltern litten ganz ohne Zweifel an Paranoia. Zugegeben, als Mattheo erzählt hatte, sie hätten sich nicht von seiner Mutter verabschiedet, war es Mia komisch vorgekommen. Aber da war schließlich kein Ring an Finns Ringfinger. Also war er vermutlich geschieden. Traurig, aber leider schon beinahe normal zu nennen. Ein alleinerziehender Vater, der kurz vor Weihnachten mit seinem Sohn unterwegs war – kein Grund, gleich misstrauisch zu werden.

Wahrscheinlich war es auch seine Ex-Frau, die ihn immerzu kontaktierte. Nur, warum nahm er ihre Anrufe nie entgegen?

Ein wenig schämte sich Mia für ihre Neugierde, offensichtlich ein geerbtes Laster. Andererseits, was war falsch daran, ein wenig mehr über ihre Gäste erfahren zu wollen; diesen einzigartigen Jungen und seinen Vater, den sie einfach nicht einzuschätzen vermochte?

Sie stellte sich Mattheo vor, wie er auf ihrem Sofa lag und mit seiner kratzigen Stimme Geheimnisse in Tiffanys gespitzte Ohren flüsterte. Dann ließ sie ihren Blick durch das spartanische Wohnzimmer gleiten. Bisher war ihr nicht aufgefallen, dass der Weihnachtsschmuck fehlte. Aber seitdem Mattheo die Wohnung vorhin verlassen hatte, fühlte sich das Innere noch deprimierender und leerer an als gewöhnlich. Mia legte ihr Buch zur Seite und zog die schläfrige Tiffany näher.

»Ab morgen sind wir wieder allein hier, wir zwei«, flüsterte sie in die Stille hinein, doch Tiffany gähnte nur.

Sarah und Sam waren gerade nach endlosen vergeudeten Jahren wieder vereint, als Mia Stimmen vor der Haustür hörte, und nur einen Augenblick später klingelte jemand. Auf dem Weg tupfte Mia sich die Augen mit ihrem Ärmel trocken.

Finn musterte sie kurz prüfend, dann sah er schnell weg. »Schlechter Moment? Wir … wir können später wiederkommen.«

»Nein. Nur wegen eines Buchs.« Mia zog verhalten die Nase hoch und konzentrierte sich ganz auf Mattheo, der mit großen

Augen zu ihr aufschaute. »Hattet ihr einen schönen Spaziergang, ihr beiden?«

»Ja, aber meine Füße sind Eis geworden. Papa macht jetzt Fußbad mit mir, stimmt's, Papa?« Er zog an Finns Mantel.

»Klar, Großer.« Finn strich ihm über die Mütze. Sein Blick kehrte zu Mia zurück. »Ich wollte eigentlich warten, bis der Uwe wieder läuft, und dann nach Dresden zum Striezelmarkt fahren. Aber jetzt hab ich schon zwei Tage verloren und wer weiß, wann der Typ von der Werkstatt Zeit findet, ihn sich anzusehen …« Er stoppte mitten im Satz und winkte ab, so als hätte er bereits zu viel gesagt. »Jedenfalls … ich wollte dich nur wissen lassen, dass wir morgen Vormittag in Dresden sind, aber spätestens gegen 15 Uhr zurückkommen. Damit dein Wohnwagen-Freund Bescheid weiß.«

Mia nickte. »Richte ich ihm so aus. Um die Zeit bin ich noch auf der Arbeit.«

Inzwischen zappelte Mattheo vor Kälte. Gleich würden die beiden nebenan verschwinden und sie würde sie vielleicht nie wiedersehen.

»Wie wäre es mit einem warmen Abendessen morgen bei mir, bevor ihr weiterfahrt?« Sie lächelte Finn an. »Ich lade euch ein.«

»Ja, ja, sag bitte Ja!«, bettelte Mattheo mit klappernden Zähnen.

Finn hob kapitulierend die Hände und schmunzelte. »Danke für die Einladung. Wir kommen gerne.«

4

Dresden
7. Dezember

Um den winzigen Buchladen unweit der Loschwitzer Brücke, deren blaue Stahlkonstruktion ihr den inzwischen viel bekannteren Namen *Blaues Wunder* eingebracht hatte, stand es nicht gut. Der Onlinebuchhandel sowie die Filialen großer Buchhandelsketten, die teils auf bis zu drei Etagen eine nie dagewesene Bandbreite an Literatur boten und ihr Sortiment längst nicht mehr nur auf Druckwerk beschränkten, gruben kleinen Läden wie der *Wunderwelt der Bücher* mehr und mehr das Wasser ab. Es waren vor allem treue Stammkunden, die das Geschäft am Leben hielten.

Als das Glöckchen über dem Eingang Kundschaft ankündigte, hob Mia überrascht den Kopf. Nur zu gern ließ sie die Sternenkette zu Boden gleiten, die sich hartnäckig gegen ihre Rolle im weihnachtlichen Schaufensterensemble wehrte. Lächelnd begrüßte sie die rundliche weißhaarige Frau.

»Frau Meier. Schön, Sie zu sehen. Haben Sie den Follett etwa schon ausgelesen?«

Frau Meier war eine äußerst treue Stammkundin. Es verging kaum eine Woche, in der sie die Buchhandlung nicht aufsuchte. Aber das lag nicht allein an ihrer Leselust. Zwar mochte sie ein Bücherwurm sein, doch eines war sie noch mehr – sie war schrecklich einsam. Ihr Mann war schon vor über einem Jahrzehnt an Krebs gestorben und ihr einziger Sohn lebte in Frankreich. Die *Wunderwelt der Bücher* stellte für sie einen Zufluchtsort dar, einen Ruhepol, an dem sie ihr Herz ausschütten und sich dann mit der Nase in einem Buch in fremden Welten und fernen Zeiten verlieren konnte. Gute Geschichten allein konnten vielleicht keine Wunden heilen, aber sie konnten Licht in ein dunkles Wohnzimmer bringen.

Mit einem Seufzen legte Frau Meier ihren Katzenbeutel auf den Kassentisch. »Um ehrlich zu sein, meine Liebe, ja. Ich hab fast das ganze Wochenende durchgelesen. Aber was blieb mir auch anderes übrig?« Mia sah, wie sich Tränen in den Augen der älteren Frau sammelten. »Hendrik hat angerufen. Sie kommen doch nicht über Weihnachten. Madeleine findet die Fahrt zu weit für die Kleinen, sagt er.« Eine Träne rollte ihr übers Gesicht und Mia litt mit ihr.

Bei ihren letzten Besuchen hatte Frau Meier stolz von der Gans berichtet, die sie beim Metzger bestellt hatte, von den letzten Karten für den Weihnachtszirkus, die sie für alle ergattert hatte, und von der vielen Arbeit, die auf sie zukam. Obwohl sie darüber geklagt hatte, hatten ihre Augen geleuchtet.

»Das tut mir so leid, Frau Meier.« Mia zog ein Taschentuch aus der Schublade unter der Kasse und reichte es ihr. »Haben Sie schon überlegt, wen Sie stattdessen einladen könnten?«

Frau Meier schüttelte den Kopf. »Ich hab doch keinen mehr außer Hendrik.« Geräuschvoll schnäuzte sie sich. »Es wird wohl alles so werden wie schon in den letzten Jahren. Wissen Sie, wenn man es alleine feiern muss, ist Weihnachten eigentlich gar kein Weihnachten. Man steht auf, isst, liest, sieht ein bisschen fern, fragt sich, was noch aus dieser Welt werden soll, und geht dann schlafen. Genau wie jeden Tag. Da werd ich die Wohnung in diesem Jahr gar nicht erst schmücken. Warum auch? Höchstens die Krippe vielleicht … und den Stern. Den hab ich seit Franks Tod jedes Jahr raus auf den Balkon gehängt …« Sie verstummte und starrte mit leerem Blick ins Nichts.

Mia legte ihr mitfühlend eine Hand auf den Arm. »Kann ich irgendetwas tun, um Ihnen eine Freude zu machen?«

Frau Meier grunzte. »Ja, packen Sie mir die drei fesselndsten Bücher ein, die Sie finden können.« Dabei tippte sie auf den Katzenbeutel.

Mia nahm ihn, ließ ihren Blick kurz nachdenklich über das Regal mit den zeitgenössischen Romanen wandern und entschied sich für *Zwischen Himmel und Liebe* von Cecelia Ahern und *Die Mitternachtsrose* von Lucinda Riley – die würden Frau Meiers Geschmack treffen.

Anschließend kehrte sie zur Kasse zurück und gab etwas in den vorsintflutlichen Rechner ein, der ausschließlich für Buchbestellungen genutzt wurde.

»Was machen Sie denn da?« Frau Meier reckte sich, um einen Blick auf den Bildschirm zu erhaschen.

»Hm … vergriffen.« Mia löste ihren Blick vom Bildschirm. »Ich wollte Ihnen ein Buch bestellen. Mein Lieblingsbuch. Es ist ein wirklich fabelhafter Weihnachtsroman mit dem Titel *Sarahs Liebeslied*. Die Autorin heißt Karen Kingsbury. Leider ist das Buch derzeit nicht neu erhältlich. Aber«, kurz entschlossen griff Mia nach ihrer eigenen Ausgabe unter der Kasse, »wenn es Ihnen nichts ausmacht, dass es schon etwas zerlesen ist, würde ich Ihnen gerne mein Exemplar geben.« Mit einem entschuldigenden Lächeln reichte Mia das äußerlich ziemlich mitgenommene Buch über den Ladentisch und Frau Meier begutachtete es neugierig. »Sie sollten vielleicht noch wissen, dass es eine christliche Geschichte ist«, schob Mia nach.

Frau Meier zwinkerte einige Male, bevor sie erwiderte: »Aber ich gehe nicht in die Kirche. Denken Sie, das ist was für mich?«

»Genau das denke ich. Lesen Sie es nur und erzählen Sie mir danach, was Sie davon halten!«

Frau Meier nickte. »Ich gehe immer sehr sorgsam mit Büchern um. Sie bekommen es genau so zurück, wie ich es erhalten habe, versprochen.«

»Ich möchte es Ihnen gerne *schenken*.«

»Schenken? Ihr Lieblingsbuch? Obwohl es vergriffen ist?« Sie machte große Augen.

»Natürlich, es ist Weihnachten.« Lächelnd scannte Mia die beiden Romane, die sie aus dem Bestand des Buchladens ausgewählt hatte. »Wenn Sie das beruhigt: Sie dürfen es mir nach dem Lesen gerne zurückbringen. Aber wirklich nur, wenn es Ihnen nicht gefallen hat.«

Endlich entspannte sich Frau Meiers Miene. Dann lächelte Sie sogar, bezahlte und sagte: »Da schlägt ein wirklich gutes Herz in Ihrer Brust, Mädchen. Ich hoffe, Sie haben eine nette Familie, mit der Sie Weihnachten feiern. Sie verdienen es.«

Als die Tür hinter ihr ins Schloss fiel, geriet Mia ins Grübeln. Ob die Leute ihr genauso mitleidig nachblickten, wenn sie den Raum verließ? Schließlich würde auch sie Weihnachten größtenteils allein verbringen, in einer Wohnung, die so aussah wie an jedem anderen Tag im Jahr …

Die Hintertür zum Büro flog auf und Herr Wieland, der Inhaber des Buchladens, wie immer in Cordhose und Pullunder, die Brille in die wüsten grauen Haare geschoben, stürmte herein. »Gehen Sie mal zur Seite, ich muss an das Gerät!«

Unwirsch drängte er sich an ihr vorbei zum Computer, dem er nie so recht zu trauen schien und den er deshalb auch bloß als *das Gerät* bezeichnete.

Mia machte ihm nur zu gern Platz, denn in seiner Nähe sank die Raumtemperatur stets um einige Grade.

»Was haben Sie denn hier bestellt?«

Mia zog eine Grimasse. *Mist!* Sie hatte vergessen, den Browser zu schließen.

»Wie Sie sehen, habe ich nichts bestellt. Das Buch ist vergriffen. Ich habe unserer Kundin stattdessen mein eigenes Exemplar geschenkt.«

Herr Wieland erstarrte mitten in seiner Bewegung und Mia hätte die letzten Sekunden am liebsten zurückgespult, hatte sie doch das Unwort des Jahrhunderts benutzt.

»*Geschenkt?*« Er zog sich die Brille aus den Haaren und schob sie sich auf die Nase, als sei er sich nicht sicher, ob da tatsächlich eine Bewohnerin seines Planeten vor ihm stand. »Sagten Sie gerade *geschenkt*? Wie in einem Wohltätigkeitsverein? Meinen Sie, ich hab die Zahlen der vergangenen Jahre mit dem Rotstift angemalt?«

Mia zwang sich ruhig zu sprechen. Wie eine Pferdeflüstererin mit einem unberechenbaren Hengst. »Frau Meier hat außerdem zwei Romane gekauft. Zum vollen Preis.«

Herr Wieland stieß ein hysterisches Lachen aus. »Das wäre ja auch noch schöner, wenn sie nicht den vollen Preis bezahlt hätte!«

Schimpfend und grollend wandte er sich wieder dem Computer zu. Also griff auch Mia mit einem unterdrückten Seufzen wieder nach der Sternenkette und versuchte, sie mit Stecknadeln und Klebeband in Position zu bringen.

Plötzlich stoppte das Schnauben und Schimpfen. Nie ein gutes Zeichen bei Herr Wieland.

»Karen Kingsbury? Sagen Sie mal, Frau Lorenz, ist Ihnen entfallen, dass wir kein konfessioneller Buchladen sind?«

Der letzte Klebestreifen löste sich mit einem *Plopp* und wieder fielen die Sterne zu Boden.

»Aber es ist ein wirklich gutes Buch.«

Herr Wieland fuhr zu ihr herum, hob einen Zeigefinger und wedelte damit vor ihrer Nase. »Ich warne Sie: Wenn Sie anfangen, meine Kunden mit ihrer missionarischen Ader zu vergraulen, dann haben Sie die längste Zeit hier gearbeitet.«

Nichts lieber als das, hätte Mia am liebsten gekontert; zum Glück klingelte jedoch genau in diesem Moment erneut das Glöckchen über der Ladentür und Herr Wieland löste seinen bohrenden Blick von ihr.

Es dauerte einen Augenblick, bis sie den Besucher unter seinem Trilby und dem langen grauen Mantel erkannte. Dann allerdings weiteten sich ihre Augen. »Lars! Was machst du denn hier?«

Der Lehrer nahm seine beschlagene Brille von der Nase und ließ seinen Blick durch den Raum schweifen. »Hier arbeitest du also. Hübscher kleiner Buchladen. Sehr geschmackvoll.«

»Schön, einen Menschen zu treffen, der den Charme traditioneller Qualitätsgeschäfte noch zu schätzen weiß«, schaltete sich Herr Wieland ein. Dann drückte er weiter linkisch mit einem Finger auf der Tastatur herum.

»Ich glaube«, Mia trat näher an Lars heran und senkte ihre Stimme, »du verdienst noch eine Entschuldigung.«

Lars schüttelte den Kopf. »Du schuldest mir gar nichts. Ich weiß, wie anstrengend Familien sein können.« Er nahm seinen Hut ab und knetete ihn in den Händen. »Emil hat mir erzählt, dass mein Besuch dich ... überrumpelt hat. Das tut mir leid. Ich wollte dich ganz sicher nicht überfahren. Aber, um ehrlich zu sein«, er lächelte schüchtern, »habe ich unsere kurze Unterhaltung sehr genossen und es würde mich wirklich, wirklich glücklich machen, wenn du dich zu einem weiteren Treffen einladen ließest. Diesmal allerdings vielleicht lieber ohne deine Familie.« Er zwinkerte. »Ich denke da an das *Kunst Café Antik* in der Terrassengasse. Oder hättest du Lust auf einen Besuch in der Ratsschulbibliothek Zwickau? Es ist die älteste ihrer Art in ganz Sachsen. Bemerkenswert, wirklich bemerkenswert. Oder ... halt! Wir sehen uns eine Theateraufführung an und hinterher darfst du sie von vorne bis hinten kritisieren. Na, was meinst du?«

Mia schmunzelte. Sie sah Lars heute mit ganz anderen Augen als vergangenen Samstag. Unter seinem Lehrerkostüm schien sich ein liebenswerter Mann mit einem großen Herzen und sogar einem Fünkchen Humor zu verbergen.

»Du bist wirklich nett, Lars, und du musst wissen, es hatte nichts mit dir zu tun, dass ich neulich so überstürzt aufgebrochen bin. Hinter mir liegen einfach ein paar schwierige Monate und ich glaube, ich brauche noch eine Weile, bis ich mich wieder mit einem Mann verabreden kann. Nimm das bitte nicht persönlich!«

Er sah auf seine Schuhspitzen hinunter. »Das ... das ist schade.

Wirklich schade. Dann«, er hob den Kopf und blickte sie unerwartet freundlich an, »wünsche ich dir nur das Beste.« Er setzte seinen Hut auf und ging zur Tür. Bevor er sie jedoch öffnete, fiel ihm noch etwas ein. »Übrigens habe ich beschlossen, das Theaterprojekt zum *Besuch der alten Dame* tatsächlich durchzuführen. Ohne deinen kompetenten Rat hätte ich das sicher nicht getan. Danke. Ich finde, du solltest wirklich noch einmal darüber nachdenken, Kurse an Schulen anzubieten. Das bereitet dir sicher Freude.« Er hob die Hand zum Gruß und verließ den Laden.

»Sie wissen schon, dass ich Sie nicht für private Unterhaltungen bezahle, oder?«, dröhnte Wielands Stimme hinter Mia, sobald die Tür ins Schloss gefallen war. »Ich habe bloß nichts gesagt, weil ich diesen Herrn durchaus für einen potenziellen Kunden halte. Dass mir das aber nicht noch einmal vorkommt. Sonst haben Sie …«

»… die längste Zeit hier gearbeitet. Ich weiß.«

Die restlichen Stunden bis Ladenschluss zogen sich endlos hin, aber als das Glöckchen an diesem Tag zum letzten Mal hinter ihr bimmelte, stahl sich ein Lächeln auf Mias Gesicht. Heute würde sie die Dreiviertelstunde, bis Emil sie abholte, nicht in irgendeinem Café totschlagen. Nein, heute Abend hatte sie eine Mission. Wenn sie Weihnachten schon einsam und allein verbringen würde, dann wollte sie ihr tristes Wohnzimmer zumindest ein wenig aufhübschen. So leicht gab sie sich nicht geschlagen.

Leipzig

Justus Schäfers Kugelschreiber kratzte in stakkatoartigem Rhythmus übers Papier. Seine Kollegen bei *Wenz und Söhne*, einer fünfköpfigen Anwaltskanzlei in Leipzig, zogen ihn erbarmungslos damit auf, dass er seine Plädoyers immer erst umständlich per Hand aufschrieb, nur um sie dann am Ende noch einmal in den PC eintippen zu müssen. Aber es ging ihm wie den Verfechtern der herkömmlichen Bücher, die partout nicht auf E-Books umsteigen wollten: Er brauchte etwas in der Hand, das nach etwas roch und nicht flimmerte. Papier und Stift inspirierten ihn.

Und Inspiration hatte er gerade bitter nötig.

Sind bald wieder da, hatte die Textnachricht gelautet, die ihm am Freitagmorgen zwischen zwei Terminen einen gewaltigen Schock versetzt hatte. Justus hatte gleich gewusst, was sein bester Freund damit meinte, und hatte postwendend versucht, Finn per Handy zu erreichen. Doch der nahm nicht ab. Eigentlich kein Wunder – ihn ans Telefon zu bekommen, war beinahe so schwer, wie eine Privataudienz beim Bundespräsidenten zu erhalten. Selbst wenn Finns Handy einmal geladen war, konnten manchmal Stunden vergehen, bis er wieder daraufschaute. Diesmal allerdings waren verdächtig viele Stunden verstrichen. So viele, dass Justus sich nach Arbeitsschluss in seinen VW gesetzt hatte und nach Kleinzschocher, in Finns Wohnviertel, hinausgefahren war. Finns Toyota hatte noch auf dem Parkplatz gestanden, nicht aber der klapprige Camper Uwe. Seitdem hatte Justus fast ununterbrochen versucht, Finn auf seinem Handy zu erreichen; doch ohne Erfolg.

Justus stöhnte und rieb sich die müden Augen. Ob Finn wusste, dass er gerade dabei war, eine schreckliche Dummheit zu begehen? Wenn Leonie oder ihr Anwalt Wind von dieser spontanen Spritztour mit Mattheo bekamen, konnte das bittere Folgen für die Verhandlung nach sich ziehen. Natürlich würde Finn die Arbeit vorschieben. Die üblichen Dienstreisen eines Fotografen. Aber das war nicht alles. Vor Justus konnte Finn nichts verstecken: weder die blauen Ringe unter seinen Augen, die mit jedem Tag der vergangenen Monate dunkler geworden waren, noch den Blick, mit dem er Mattheo in letzter Zeit beobachtete, wenn er glaubte, keiner schaue zu. Und dann waren da noch ihre Unterhaltungen, egal ob von Anwalt zu Klient oder von Freund zu Freund. Finn schien immer meilenweit weg zu sein und gar nicht mehr richtig zuzuhören, wenn Justus ihm juristische Schritte erklärte. Der alte Kampfgeist, den er in den ersten Anhörungen gezeigt hatte, war merklich abgekühlt. Das letzte und deutlichste Indiz allerdings, dass etwas ganz und gar nicht in Ordnung war, war, dass Finn seine Anrufe ignorierte.

»Elender, impulsiver Sturkopf!«, murmelte Justus, unterdrückte ein Gähnen und winkte zwei seiner Kollegen zu, die an seinem Büro vorbei in den Feierabend spazierten. Der lag für Justus noch in weiter Ferne.

Notgedrungen widmete er sich wieder seinem halb fertigen Plädoyer. Er schuldete seinem Mandanten Herrn Wulfing morgen bei Gericht eine tadellose Fürsprache, auch wenn die Wahrheit seiner Meinung nach längst offen auf dem Tisch lag: Belinda Wulfing hatte die Scheune ihres Ex-Mannes in Brand gesteckt. Sie verfügte über kein Alibi, dafür jedoch über ein klares Motiv, und obendrein hatten zwei Nachbarn unabhängig voneinander ausgesagt, sie kurz vorm Aufzüngeln der ersten Flammen in ihrem blauen Honda davonbrausen gesehen zu haben.

Und dennoch: Eine akribische Vorbereitung war und blieb das A und O eines guten Juristen. Justus wünschte nur, er könnte sich endlich konzentrieren und müsste nicht ständig das Denken für seinen Freund mitübernehmen, der zwar im Körper eines Mannes steckte, sich jedoch manchmal unvernünftiger benahm als sein Sohn.

Justus' Stift hatte das Papier noch nicht berührt, da klingelte sein Handy plötzlich. Hastig griff er danach. War Finn am Ende doch noch zur Vernunft gekommen und beendete das Versteckspiel?

Er las den Namen des Anrufers auf dem Display und seine Hoffnung machte einer bösen Vorahnung Platz.

»Leonie!«, rief er, so heiter er konnte, ins Mikrofon, »gut, dass du anrufst. Ich wollte mich sowieso noch bei dir melden und fragen, ob du die Unterlagen erhalten hast, die ich dir geschickt habe.«

»Heb dir dein Gewäsch fürs Gericht auf!« Ihre barsche Antwort traf ihn wie ein Fausthieb.»Wo sind Mattheo und sein Holzkopf von Vater?«

»Wenn ich du wäre, würde ich besser auf meine Wortwahl achten. Immerhin telefonierst du mit dem Anwalt dieses Holzkopfes und jedes Wort, das du sagst …«

»Bla, bla, bla. Leeres Gerede«, grätschte sie dazwischen.»Du versuchst nur, mich totzuquatschen, weil du keine Ahnung hast, wohin er verschwunden ist, richtig? Woher ich das weiß? Nun, Kathi, Mattheos nette Erzieherin, erzählte mir, dass Finn ihn krankgemeldet hat. Grippe, hat sie gesagt. Also bin ich nach Kleinzschocher gefahren und rate mal, wer nicht da war!«

Er verdrehte die Augen. Sein Freund wusste wirklich, wie man sich in ein Schlamassel hineinmanövrierte. Dennoch versuchte Justus seiner Stimme einen entspannten und beruhigenden Klang zu geben.»Es ist alles in bester Ordnung, Leonie. Finn ist für ein Fotoprojekt unterwegs.«

»Ich kenne Finn und sein Kaspertheater und es sieht ihm mehr als ähnlich, kurz vor der finalen Anhörung den Schwanz einzuziehen und Forrest Gump zu spielen. Von mir aus kann er sich gerne so durchs Leben schlagen, aber nicht mit meinem Sohn! Seit Tagen versuche ich jetzt schon, ihn zu erreichen. Ich glaube dir kein Wort. Gib es zu, er hat dich nicht eingeweiht!«

»Leonie, jetzt beruhige dich!«

»Ich beruhige mich erst, wenn Mattheo wieder da ist!«, brüllte sie in den Hörer und irgendwie konnte er sie verstehen. Sie schien sich wirklich um ihren Sohn zu sorgen, auch wenn es Justus schwerfiel, ihr zu verzeihen, dass sie nicht schon viel früher damit angefangen hatte.

»Mattheo kommt bald zurück. Das verspreche ich dir. Ich sorge persönlich dafür.«

Leonie schwieg kurz und schien seine Worte zu überdenken.»Sag mir die Wahrheit, Justus: Weißt du ganz genau, wo Finn sich im Moment aufhält?« Plötzlich war ihre Stimme entwaffnend ruhig und beherrscht.

Justus schluckte und wartete eine Millisekunde zu lang.
»Ich gebe euch drei Tage, bis Donnerstag. Am Freitag soll mir seine Erzieherin bestätigen, dass Mattheo am Morgen im Kindergarten abgegeben wurde.«
»In Ordnung.«
»Gut.«
»Gut«, wiederholte Justus.
Dann legten sie auf und Justus hieb mit beiden Fäusten auf den Tisch. Wie um alles in der Welt sollte er sich unter diesen Umständen auf den Gerichtstermin morgen konzentrieren?
Er tippte eine Nachricht in sein Handy, klickte auf Senden und stand dann von seinem Schreibtisch auf. Vielleicht würde ihm eine Runde Jogging helfen, sich abzureagieren. Schließlich blieb ihm zum Glück ja noch die ganze Nacht, um sein Plädoyer fertigzustellen.

5

Letztendlich hatte Mia nicht nur Weihnachtsschmuck besorgt, sondern sogar eine Weihnachts-CD erstanden. Zwar konnte sie Gassenhauern wie *White Christmas* oder *Jingle Bells* rein gar nichts mehr abgewinnen, aber sie hoffte, die Musik würde zumindest für ein ganz klein wenig Weihnachtsstimmung sorgen.

Kurz vor 18 Uhr legte sie die Scheibe in den alten CD-Spieler, den Frau Steinke zurückgelassen hatte, und drückte auf die Wiedergabetaste.

»Have yourself a merry little Christmas …«, tönte es knisternd aus den Lautsprechern, und während Mia die Pfanne mit den Würstchen vom Ofen nahm und die Nudeln abgoss, überkam sie auf einmal eine tiefe Traurigkeit. Das Lied erinnerte sie an vergangene Weihnachten, speziell eine Weihnachtsfeier, die sie an Vincents Seite besucht hatte. Die Band hatte eine Swing-Version des Songs gespielt und Vincent und sie hatten sich von einem anderen Paar die Grundschritte des Swing beibringen lassen.

Wehmütig lächelnd ließ Mia den Kochlöffel in der Tomatensoße kreisen.

Sie hatte an diesem einen Abend sicher mehr gelacht als im gesamten letzten Jahr. Vincent hatte sie andauernd zum Lachen gebracht, alles war so leicht gewesen, paradiesisch …

Wieder war es die Türglocke, die Mias schwärmerische Gedanken genau im richtigen Moment erdete. Lügen blieben immer Lügen. Auch wenn man ein Schloss daraus baute.

Sie ließ Finn und Mattheo herein und half dem Kleinen aus seinen Schuhen. Dabei fiel ihr auf, dass er ein dickes Buch umklammert hielt.

»Was hast du denn da mitgebracht?«, fragte sie und bemühte sich, auch noch den letzten trüben Gedanken aus ihrem Kopf zu verbannen. Heute Abend ging es nicht um sie. Und erst recht nicht um Vincent.

»Mein Album«, erwiderte Mattheo und hielt es Mia hin.

Finn wuschelte ihm durchs Haar. »Nach dem Essen, ja, Großer?«

»Ich hoffe, du magst Nudeln, Mattheo«, warf Mia ein.

»Hm«, Finn zog eine Grimasse. »Die mag er leider gar nicht.«

Mattheo starrte ihn an. »Wie bitte? Ich lie-be Nudeln. Gibt's auch-auch Kepschup?«

»Ketchup? Na klar. Jede Menge. Kommt rein!«

Mia eilte voraus, um die Soße von der heißen Herdplatte zu nehmen.

»Wow. Das riecht grandios. Danke noch mal für die Einladung.« Finn warf den Würstchen in der Pfanne einen sehnsüchtigen Blick zu und Mia fragte sich, ob die beiden wohl ein anständiges Mittagessen zu sich genommen hatten. So schnell, wie Vater und Sohn kurz darauf einen wahren Nudelberg vertilgten, bezweifelte sie es.

»Wie sieht es denn aus«, brachte Mia das Gespräch ins Rollen, »konnte Tom den Wagen reparieren?«

Finn leckte sich die Tomatensoße von den Lippen. »Allerdings. Der Kerl ist ein Ass.«

»Freut mich zu hören. Wann brecht ihr auf?«

Finns Blick ruhte auf seinem Sohn, der die Gabel längst beiseitegelegt hatte und sich Nudeln und Würstchen nun mit den Fingern in den Mund stopfte. »Ich denke, wir bleiben noch diese Nacht, damit Mattheo in Ruhe schlafen kann, und starten dann morgen in aller Frühe.«

Mia nahm einen Schluck Orangensaft und bemühte sich, es

möglichst beiläufig klingen zu lassen, als sie fragte: »Und wohin soll die Reise gehen?«

Finn kaute eine Weile, bevor er antworten konnte. »Von einem Weihnachtsmarkt zum nächsten.« Er grinste schief. »Das heißt, wenn der Uwe mitspielt.«

»Ein Faible für Weihnachtsmärkte?«

»Nein, ein Auftrag der *GEO*. Ich bin Fotograf.«

»Ah. Verstehe!«

»Und dann fahren wir vielleicht noch zum Nordpol, hast du-hast du gesagt, stimmt's?«, rief Mattheo.

»Na, sicher doch.« Finn fuhr durch Mattheos Haar. »Vielleicht auch in die Wüste.«

Mattheo saugte ein Wurststück aus seiner Hand. »Oder-oder ans Ende der Welt.«

»Oh, das klingt nach einer langen Fahrt.« Mia sah Finn gespielt entgeistert an. »Ich stelle mir gerade vor, wie eure Klapperkiste versucht, eine Sanddüne hinaufzukommen.«

»Es gibt weitaus Schlimmeres, als irgendwo mit dem Uwe stecken zu bleiben.«

Mia wusste nicht, ob es ihr nur so vorkam oder ob bei diesen Worten wirklich ein Schatten über sein Gesicht gehuscht war. Jedenfalls lächelte er nicht mehr.

»Wo kommt ihr eigentlich her?«, versuchte Mia die Unterhaltung wieder in Gang zu setzen.

»Wir wohnen in Klein-Kleinsschoscher.«

»Wo?« Mia hatte noch nie davon gehört.

»Kleinzschocher ist ein Stadtteil von Leipzig«, gab Finn Auskunft und Mia hatte den Eindruck, dass seine Mundwinkel dabei noch ein bisschen mehr nach unten wanderten.

Das Klingeln seines Handys unterbrach ihr Gespräch. Finn zog es aus der Hosentasche, schaltete es auf stumm und ließ es dann in seinen Schoß fallen. Eigentlich hatte Mia nicht hinsehen wollen, aber da hatte sie den aufleuchtenden Namen auf dem Display bereits gelesen: Justus Schäfer.

»Viel gefragter Mann, was?«, meinte sie schmunzelnd. »Ein Kollege?«

»So ähnlich.«

»Heeey!«, rief Mattheo da plötzlich, stellte sich in seinen Socken auf den Stuhl und blickte mit leuchtenden Augen in die Dunkelheit vor dem Küchenfenster hinaus.

»Was denn, mein Großer?«

Mia und Finn beugten sich synchron vor und versuchten, die Nacht mit ihren Blicken zu durchdringen.

»Schnee!« Mattheo hüpfte auf und ab und Finn konnte ihn gerade noch festhalten, bevor er abrutschte.

»Tatsächlich!«, rief Finn aus, als er die vereinzelten Flocken entdeckte, die der Wind gegen die Fensterscheibe wehte. »Matthi, du weißt, was das heißt.«

Der Kleine nickte bedeutungsvoll.

Finn legte demonstrativ sein Handy auf die Tischplatte. »Entschuldigen Sie uns, aber es gilt, eine Tradition zu wahren.«

Überrascht verfolgte Mia, wie Finn aufsprang, sich Mattheo über die Schulter warf und mit ihm aus der Küche rannte. Während die beiden sich draußen im Flur in Windeseile anzogen und dabei aufgeregt schwatzten, leuchtete Finns Handy erneut auf. Diesmal war es kein Name, sondern eine Nachricht. Mia wollte wegsehen, wollte es wirklich, aber der Text war so kurz, dass sie ihn mit nur einem Blick erfasst hatte.

Ruf mich zurück! Du verlierst deinen Sohn, wenn du so weitermachst.

»Kommst du auch mit, Tante Mia?« Mattheo streckte den Kopf ins Zimmer und Mia machte einen kleinen Satz rückwärts, als hätte die Nachricht ihr einen elektrischen Schlag versetzt.

»Ich komme.«

Als sie nur eine Minute später eingehüllt in Mantel, Handschuhe und Schal vor ihre Haustür trat, vergaß sie Justus Schäfer und die kryptischen Zeilen, die er geschrieben hatte, für den Moment. Denn der Anblick, der sich ihr bot, brachte sie unwillkürlich zum Lachen: Mattheo und Finn standen mit weit geöffneten Mündern nebeneinander, die Köpfe nach hinten geworfen, die Zungen bis zum Anschlag herausgestreckt, und fingen Schneeflocken auf.

»Mattheo? Hast du deine Kamera dabei?«

»Wa. In weiner Wahe.« Er klopfte auf seine Jackentasche. Unter keinen Umständen schien er auch nur eine Schneeflocke verpassen zu wollen. Vollkommen bewegungslos stand er da, während Mia sich die Kamera aus seiner Jacke holte und ein Foto von den beiden schoss.

»Okay. Zeit ist um!«, rief Finn plötzlich und sie lösten sich aus ihrer Erstarrung. »Und? Wie viele?«

»Dreiund-dreiund-dreißig«, brachte Mattheo mühsam hervor.

»Ha!« Finn schlug sich auf die Schenkel. »Einundvierzig. Finn Winkler gewinnt!« Er boxte jubelnd mit den Fäusten in die Luft und zu Mias Verwunderung jubelte Mattheo mit. »Jaaa! Papa ist der Größte!«

Sie knipste noch ein Foto von Vater und Sohn.

Plötzlich kam Mattheo auf sie zugelaufen und präsentierte ihr seinen Handschuh. »Schau mal! Ich hab die schönste erwischt.«

Mia musterte die Schneeflocke, die auf dem Fäustling langsam in sich zusammenschmolz, und bewunderte sie wortreich. Dann begab sie sich ebenfalls auf Eiskristalljagd. Und während sie sie mit ihren Handschuhen auffing und gemeinsam mit Mattheo bestaunte, überkam sie ein seltsam fremdes Gefühl. Sie war glücklich. Zum ersten Mal seit Monaten.

Als es Mattheo nach einigen Minuten zu kalt wurde und er anfing, am ganzen Körper unkontrolliert zu zittern, verzogen sie sich wieder nach drinnen. Finn verfrachtete Mattheo aufs Sofa, wo er ihn in warme Decken hüllte, und Mia bereitete in der Küche zwei Tassen Kakao und eine Tasse Kaffee für Finn zu. Bald drängten sie sich zu viert, Tiffany natürlich mit von der Partie, auf Mias kleiner Couch, um sich gemeinsam Mattheos Album anzusehen.

»Wir haben heu-heute die besten Bilder von gestern und vor-vorgestern ausgedruckt und eingeklebt«, erklärte er, während er die letzte Seite aufschlug. In der Mitte klebte das Foto, auf dem Mattheo und Tiffany miteinander kuschelten. Darunter stand, offensichtlich in Finns Handschrift:

Tiffimi ist eine ganz süße Katze. Sie wohnt bei Mia. Ich kann sie streicheln.

»Wir haben es uns angewöhnt, von den schönsten Momenten des Tages Bilder zu schießen und am Abend das schönste herauszusuchen. Das drucken wir dann aus und kleben es ein«, erklärte Finn. »Damit wir nie vergessen, wie glücklich wir waren, richtig, Matthi?« Seine letzten Worte ließen Mia aufhorchen. Hatte er Justus' Nachricht auch gelesen? Wusste Finn, was sie bedeutete? Sie hätte ihn am liebsten danach gefragt, aber sein Kinn war in diesem Moment so trotzig nach vorn gereckt, dass sie sich nicht traute.

Nachdenklich betrachtete sie das Foto auf der aktuellen Seite des Albums. »Was für eine gute Idee.«

Mattheo blätterte um und ein Bild von Mias Häuschen und einem Teil des Campers kam zum Vorschein. Der Satz darunter lautete:

Wir fahren erst weiter, wenn der Uwe wieder geht. Mia ist lieb.

Mattheo gähnte.

»An dir ist ja ein Löwe verloren gegangen«, neckte Finn ihn. »Höchste Zeit, dass du in die Falle kommst. Trink noch deinen Kakao aus und dann gehen wir!«

Gehorsam setzte Mattheo die Tasse an. Unterdessen wandte Finn sich an Mia. »Ich danke dir, dass du uns so unkompliziert aufgenommen und bewirtet hast. Wir haben die Zeit hier genossen.«

Mia lächelte. »Es war schön, euch hier zu haben. Ich werde Mattheo vermissen.«

Ein Tropfen Kakao landete direkt auf Tiffanys Nasenspitze. Aus dem Schlaf gerissen, zuckte sie ruckartig zusammen, kippte dann, vor Schreck wie erstarrt, rückwärts von Mattheos Schoß und maunzte anschließend kläglich. Finn und Mia lachten schallend. Auch Mattheo kicherte. Er kauerte sich neben die verdutzte Katze, fuhr ihr übers Köpfchen und redete beruhigend auf sie ein.

»Ich würde ja gerne sagen: Du wirst Mattheo auch sehr fehlen«, nahm Finn den Gesprächsfaden wieder auf. »Aber ich befürchte, deine Katze wird er mehr vermissen.« Eine Falte erschien auf seiner Stirn und er lehnte sich näher zu Mia. »Heißt sie eigentlich wirklich … Tiffimi?!«

Mia unterdrückte ein Kichern. »Sie heißt Tiffany. Wie aus *Frühstück bei Tiffany*.«

»Ich habe mich schon gewundert.« Grinsend erhob er sich. »Noch mal: Danke für alles.«

Er beugte sich zu seinem Sohn hinunter und flüsterte ihm zu, er solle sich verabschieden. Zwar murrte Mattheo erst ein wenig, gab Tiffany dann jedoch einen letzten Kuss.

Mia begleitete die beiden zur Tür. Während sie Mattheo in seine Jacke half, gähnte dieser ein weiteres Mal herzhaft.

»Mach's gut, du Löwe.« Spontan zog sie den Kleinen in ihre Arme. »Ich hoffe, wir sehen uns wieder.«

»Du kannst uns ja mit Tiffimi besuchen kommen«, schlug Mattheo vor und gähnte schon wieder.

Kurz darauf fiel die Tür der Ferienwohnung hinter den beiden zu und Mia hatte sich lange nicht mehr so einsam gefühlt wie in diesem Moment.

Sie schlurfte in die dunkle Küche, um sich einen Tee aufzubrühen, doch ein Leuchten vom Küchentisch her ließ sie innehalten. Finns Handy. Er hatte es vergessen. Mia griff danach.

Ruf mich bitte an!, stand auf dem Display und in Mias Bauch begann es augenblicklich zu kribbeln.

Wer war dieser Justus Schäfer? Ein Irrer, der Finn und Mattheo bedrohte? Ein Freund, der ehrlich helfen wollte? Mia ließ geräuschvoll die angehaltene Luft entweichen. Worin hatten ihre beiden Gäste sich da nur verstrickt?

Sie zuckte zusammen, als erneut Justus Schäfers Name aufleuchtete. Er rief an! Hastig legte Mia das Handy zurück auf die Tischplatte. Und dann lieferten sie sich ein wahres Duell, Mia und Justus. Mia starrte und Justus ließ es klingeln. Zehn Sekunden, zwanzig Sekunden. Dann verschwand sein Name. Aber nur für einen Augenblick. Wahrscheinlich war die Mailbox angesprungen, denn schon rief er wieder an. Diesmal schien er sich nicht mehr ignorieren lassen zu wollen.

Mit jeder Sekunde drängten sich Mia mehr ungebetene Bilder auf: ein bewaffneter Verrückter, der dem Uwe hinter einem Busch auflauerte; Polizisten, die Finn Handschellen anlegten; Mattheo, der herzzerreißend weinte.

Sie musste etwas unternehmen. Also lief sie ins Wohnzimmer, schnappte sich ihren Laptop und klappte ihn auf. Während er hochfuhr, strich sie Tiffany abwesend übers Fell.

Sie öffnete den Browser und tippte den Namen des Mannes ein, der sich entweder als Freund oder Feind entpuppen konnte: Justus Schäfer.

Dann hielt sie inne, spürte dem flauen Gefühl nach, das sich in ihrem Magen ausbreitete. Ging gerade ihre Neugierde mit ihr durch oder tat sie das Richtige?

Du verlierst deinen Sohn, wenn du so weitermachst.

Finn hatte die Nachricht höchstwahrscheinlich auch gelesen und nichts unternommen.

Mia dachte an den Moment, in dem sie Vincents goldenen Ehering mit der Gravur *Carla und Vincent 22.06.13 – Für immer dein* in Vincents Geldbörse entdeckt und wie die Erkenntnis sich in ihr Herz gebohrt hatte. Sie hatte sich im Nachhinein gewünscht, irgendjemand wäre skeptisch genug gewesen, einen unerlaubten Blick zu riskieren und kritische Fragen zu stellen.

Vielleicht würde es Mattheo eines Tages auch so gehen.

6

Der erste Artikel informierte Mia über die Publikationen und Preise eines Justus Schäfer, der Betriebswirtschaftslehre an der Universität Paderborn unterrichtete. Irgendetwas sagte ihr jedoch, dass dies nicht ihr Justus Schäfer war. Auch den Yogalehrer verwarf Mia sofort. Dazu gab es mehrere Accounts auf X und Facebook unter diesem Namen, genauso wie bei LinkedIn und Xing, doch erst der siebte Eintrag erregte Mias Aufmerksamkeit.

Justus Schäfer, Rechtsanwalt in Leipzig.

Sie rief die Seite auf und blickte direkt in ein entschlossenes Paar brauner Augen. Der Mann war bartlos und trug seine dunklen Haare kurz. Er sah gut aus, befand Mia, und konzentrierte sich dann auf den Text, der neben dem Foto zu lesen war:

Justus Schäfer, als Rechtsanwalt auf Familienrecht spezialisiert. Außerdem Fachanwalt für Arbeitsrecht, Erbrecht und gewerblichen Rechtsschutz.
Ich berate Sie auf dem Gebiet des Familienrechts insbesondere zu folgenden Themen und vertrete Sie vor dem jeweiligen Familiengericht: Scheidung, Unterhalt, Sorgerecht und Scheidungsimmobilien.

Mia lehnte sich zurück, atmete tief ein und stieß die Luft dann zischend wieder aus. Irgendetwas sagte ihr, dass sie den richtigen Justus Schäfer aufgestöbert hatte.

Spezialisiert auf Familienrecht.

Mias Finger trommelten nervös auf ihr Knie. Es gab nur einen Weg herauszufinden, ob sie mit ihrer Vermutung wirklich richtiglag. Entschlossen griff sie nach ihrem Handy, wählte die Nummer, die unterhalb des Textes angegeben war, und drückte auf *Anrufen.*

Es klingelte und Mia wartete. Dabei wanderte ihr Blick hinüber zum Ziffernblatt der Steinke-Standuhr. Schon nach 21 Uhr. Unwahrscheinlich, dass sie Herrn Schäfer noch in seinem Büro erreichte.

Sie wollte den Anruf gerade abbrechen, als plötzlich eine Männerstimme am anderen Ende der Leitung ertönte: »Rechtsanwalt Justus Schäfer.«

»Ähm …« Mia war so überrascht, dass sie für einen Moment ins Stottern geriet. »Guten Abend, Herr Schäfer. Es … tut mir wahnsinnig leid, dass ich Sie so spät noch störe.«

»Kein Problem«, war die prompte Antwort. »Bei mir häufen sich gerade sowieso die Überstunden. Wie kann ich Ihnen helfen?«

»Mein Name ist Mia Lorenz und«, sie stockte, »ich besitze eine Ferienwohnung, die ich seit einigen Tagen an einen jungen Vater und seinen Sohn vermiete. Sie heißen Finn und Mattheo und reisen mit einem Camper herum …«

Weiter kam sie nicht, denn plötzlich entstand am anderen Ende der Leitung ein Lärm, als hätte jemand einen Schreibtisch umgestoßen. »Frau Lorenz! Sie schickt der Himmel. Ich versuche seit Tagen, Finn zu erreichen.«

Mias Herz machte einen Satz. Er *war* der richtige Justus Schäfer.

»Ich weiß. Ich habe mitbekommen, dass Sie pausenlos anrufen und Ihre unheilschwangere Nachricht habe ich versehentlich ebenfalls gelesen. Die, dass Finn Mattheo verlieren könnte. Sind Sie sein Anwalt?«

»In erster Linie sein Freund, würde ich sagen.«

»Sie sind also auf seiner Seite, was auch immer hier gespielt wird?«

»Natürlich!« Es klang beinahe entrüstet.

»Die beiden stecken in Schwierigkeiten, richtig?«

Einen Moment lang herrschte Stille.

»Hallo? Sind Sie noch dran?«

»Ja.« Er schien in einem Buch zu blättern, denn Mia hörte Seiten rascheln.

»Wo befindet sich Ihre Ferienwohnung?«

Kurz zögerte Mia. Konnte und wollte sie diesem Herrn Schäfer wirklich vertrauen? Sie beschloss, ihn mit einer Gegenfrage auf die Probe zu stellen. »Finn und Mattheo haben ein Ritual entwickelt, um die schönsten Momente ihres Tages in Erinnerung zu behalten. Welches ist das?«

»Sie meinen das Foto des Tages.« Sie hörte das Lächeln in seiner Stimme. »Jeden Abend kleben die beiden das schönste Foto ihres Tages in ein Album ein. Das aktuelle Album ist blau-weiß kariert. Vorne drauf steht etwas in schwarzer Schrift. *Memories*, glaub ich.«

Mias Nackenmuskulatur entspannte sich augenblicklich.

»Meine Ferienwohnung ist in Goppeln, bei Dresden. Der Camper hatte eine Panne, deshalb mussten sie hier warten, bis er repariert war.«

»Aber sie halten sich immer noch in Ihrer Ferienwohnung auf?«

»Noch«, bestätigte Mia. »Aber sie wollen morgen früh aufbrechen.«

»Mist!« Ein dumpfer Knall ertönte, wie wenn eine Faust auf Holz niedersaust. »Halten Sie sie auf, Frau Lorenz! Bitte tun Sie mir den Gefallen. Ich sitze vor einem riesigen Berg Arbeit, der dringendst bearbeitet werden muss, weil ich in den letzten Tagen so viel Zeit damit zugebracht habe, nach den Ausreißern zu suchen.«

»Und wie soll ich das anstellen?«, fragte Mia ratlos. »Soll ich ihm von unserem Gespräch erzählen?«

»Da er mich so ausdauernd ignoriert, halte ich das für kontraproduktiv.«

»Was schlagen Sie stattdessen vor?«

»Sie kommen mir clever vor. Ihnen fällt schon etwas ein. Entfernen Sie die Autobatterie, falls nötig.«

Mia hob die Augenbrauen. »Ich soll fremdes Eigentum sabotieren?«

»Es geht hier um sehr viel, Frau Lorenz. Sie haben Mattheo und Finn doch zusammen erlebt. Was, meinen Sie, wird passieren, wenn wir Finn nicht aufhalten?«

»Okay«, Mia schob das Kinn vor, »dann müssen Sie mir aber zuerst sagen, um was es hier geht. Wenn Finn mit dem Gesetz in Konflikt gekommen ist, dann beherberge ich ihn keine weitere Nacht.«

Zu ihrer Überraschung brach Herr Schäfer in Lachen aus, was er sofort mit einem Hüsteln zu kaschieren versuchte. »Entschuldigung«, meinte er hörbar mühsam beherrscht. »Ich versichere Ihnen, Finn ist absolut harmlos. Er ist bloß dabei, eine riesige Dummheit zu begehen. Ich kann nur so viel preisgeben: Finns Ex-Frau und er befinden sich aktuell in einem Sorgerechtsstreit, und während dieser läuft, ist es nicht gerade ratsam, mit dem betreffenden Kind eine ungeplante Reise zu unternehmen. Sie verstehen sicher, was ich meine.«

Natürlich verstand Mia. »Sie meinen, man könnte es ihm als Kindesentführung auslegen?«

»Noch teilen sich die Eltern das Sorgerecht, deshalb müsste wohl eher von einer Kindesentziehung gesprochen werden. Mattheo lebt zwar bei Finn, aber seine Mutter hat jederzeit das Recht, ihn zu treffen, und kann das daher auch jederzeit einfordern.« Den letzten Satz hatte Herr Schäfer hörbar zwischen zusammengepressten Zähnen hervorgebracht. »Wie auch immer. Ich plaudere zu viel. Also, Frau Lorenz. Helfen Sie mir? Ich komme, so schnell ich kann. Dresden liegt ja quasi vor der Haustür. Morgen Vormittag bin ich im Gericht, aber ich müsste es schaffen, morgen Abend gegen, sagen wir, 18 Uhr bei Ihnen einzutreffen. Können Sie ihn so lange hinhalten?«

Mia schluckte. »Ich gebe mein Bestes, aber versprechen kann ich nichts.«

»Ich weiß. Rufen Sie mich bitte sofort an, falls er Ihre Ferienwohnung verlässt, ja?«

»In Ordnung.«

Justus Schäfer atmete, offenbar erleichtert, aus. »Ich meinte das ehrlich, als ich sagte, dass Sie der Himmel geschickt hat. Diese beiden Jungs sind … meine Familie.« Plötzlich klang seine Stimme anders als zuvor: gefühlvoller. »Ich könnte es nicht ertragen, wenn man sie trennt. Deshalb danke ich Ihnen schon jetzt.« Er räusperte sich. »Dann sehen wir uns morgen. Ich leite Ihnen zur Sicherheit meine private Nummer weiter und Sie müssten mir bitte noch Ihre Adresse geben.«

Mia diktierte sie ihm. »Bis morgen. Und beeilen Sie sich!«

Nachdem Mia aufgelegt hatte, saß sie einen Augenblick lang unschlüssig da und kramte in ihrem Kopf nach einer Idee, wie sie Finn aufhalten konnte. Den Vorschlag, seinen Camper zu sabotieren, hatte sie schon während ihres Telefonats mit Herrn Schäfer verworfen. Erstens kam es ihr nicht richtig vor und zweitens fehlte ihr dazu eindeutig das nötige Fachwissen.

In diesem Moment streifte ihr Blick die braune Einkaufstüte voller Weihnachtsschmuck, die sie nach ihrer Heimkehr direkt im Wohnzimmer abgestellt und dann vergessen hatte. Mit einem Mal wusste sie, wie sie es anstellen musste.

Sie lief in den Flur, stieg in ihre Winterstiefel und klopfte nur einen Augenblick später an die Tür der Nachbarwohnung.

Bei ihrem Anblick verzog sich Finns Gesichts zu einem Fragezeichen. »Haben wir etwas bei dir vergessen?«

Mia zitterte, nicht allein vor Kälte, sondern viel mehr vor Aufregung. »Dein Handy.« Sie reichte es ihm und er steckte es augenrollend in die Tasche. »Wenn mein Kopf nicht angewachsen wäre …«

Mia lächelte angespannt: »Ich habe auch etwas Wichtiges vergessen: Ich hatte doch eine Überraschung für Mattheo vorbereitet. Er hat mir gestern gesagt, meine Wohnung sähe traurig aus, so ganz ohne Weihnachtsschmuck. Und darum hab ich heute nach der Arbeit einen ganzen Beutel voller Weihnachtsdekoration besorgt, um mit ihm gemeinsam mein Häuschen zu schmücken. Wenn ihr wie geplant aufbrechen wollt, dann kann ich euch nicht abhalten. Ich weiß, du hast hier schon mehr Zeit verloren, als du eigentlich wolltest, und es warten sicher noch einige Weihnachtsmärkte auf dich. Aber ich glaube, es würde Mattheo sehr glücklich machen.« Sie ahnte, nein, sie wusste, dass sie damit ihre schärfste Munition verschossen hatte.

Einen Moment lang war sie sicher, Finn würde ablehnen, dann jedoch wich die Anspannung in seinem Gesicht einem schwachen Lächeln. »Das stimmt vermutlich.« Er warf einen liebevollen Blick über seine Schulter. »Matthi bekommt gar nicht genug von Weihnachten. Aber morgen Abend müssen wir dann wirklich aufbrechen.«

Mia nickte und versuchte, ihre Erleichterung zu verbergen. »Wunderbar. Klasse. Ich freue mich darauf. Mattheo ist ein besonderes Kind.«

»Oh ja«, flüsterte Finn und Mia meinte, ein verräterisches Glitzern in seinen Augen zu sehen. Beinahe zu hastig wünschte er ihr eine gute Nacht und schloss dann die Tür vor ihrer Nase.

7

Goppeln
8. Dezember

Mattheo machte große Augen, als er den vielen Weihnachtsschmuck sah, den Mia auf dem Fußboden im Wohnzimmer ausgebreitet hatte.

»Das ganze Zeug hängen wir auf?« Er schlug die kleinen Hände gegen die Stirn. »Puh. Na, das dauert.«

Mia unterdrückte ein Schmunzeln. Sie würde den beiden
ganz sicher nicht verraten, dass sie nach Feierabend noch einmal
Nachschub von *Depot* besorgt hatte, damit sie auch ja so lange
beschäftigt waren, bis Justus Schäfer auftauchte.

»Keine Sorge. Ich habe uns zur Stärkung heiße Schokolade mit
Marshmallows gemacht.« Sie deutete auf den Couchtisch, auf
dem sie drei dampfende Tassen bereitgestellt hatte.

»Mhmm. Lecker.« Mattheo rieb sich den Bauch und schien die
Dekoration fürs Erste vergessen zu haben.

Während sie auf dem Sofa saßen, plauderten und dabei nach
und nach ihre Tassen leerten, behielt Mia immer die Standuhr im
Blick. Und als der Zeiger auf die Zwölf rutschte und die Uhr fünf-
mal schlug, begann sie, sich zu entspannen. Eine weitere Stunde
würde sie leicht überbrücken können.

Der letzte Gong war gerade verklungen, da schlug Finn sich
mit den flachen Händen auf die Oberschenkel. »Jetzt lasst uns

aber anfangen, sonst basteln wir morgen noch.« Er schritt zur Tat, bückte sich und fischte aus dem Meer an Weihnachtsklimbim etwas Reisig heraus.

»Wo kommen die hin?«, fragte er und wedelte mit den Zweigen.

Mia überlegte. Dann schnippte sie mit den Fingern. »Die hängen wir in die Fenster und dann schmücken wir sie.«

Sie kramte ebenfalls in dem Haufen und zog Lichterketten, funkelndes Lametta sowie rote und goldene Christbaumkugeln heraus.

»Au ja. Das mache ich!« Mattheo lief zu seinem Vater und wollte ihm die Zweige aus der Hand nehmen, doch Finn hielt sie über seinen Kopf. »Nichts da. Dazu braucht man Hammer und Nägel und das überlässt du schön mir, ja?«

Erst schien es, als wolle Mattheo schmollen, doch dann hellte sich sein finsteres Gesicht auf. Er ging in die Hocke und förderte einige Klebebilder zutage: Engel, Sterne, Schneeflocken und weitere Weihnachtsmotive. »Und was machen wir damit?«

»Die kleben wir an die Scheiben«, sagte Mia. »Komm, Mattheo! Du darfst entscheiden, welches Bild in welches Fenster kommt.«

Er klatschte in die Hände. Dann lief er in seinem eigenartigen Gang, so schnell er konnte, von Scheibe zu Scheibe und verteilte die Motive auf den Fensterbänken.

Während er damit beschäftigt war, winkte Finn Mia plötzlich heran und flüsterte: »Bist du sicher, dass du das im Nachhinein nicht zu kitschig finden wirst? Ich rechne es dir wirklich hoch an, dass du das für Mattheo mitmachst, aber wenn wir fort sind, musst du schließlich weiter hier wohnen.«

Mia hob nur kurz die Schultern. »Ich glaube, ein bisschen Kindlichkeit hat noch keinem geschadet.«

Finn musterte sie einen Augenblick lang, dann begann er zu grinsen. »Der Satz könnte auch von mir stammen. Also dann … Machen wir uns an die Arbeit. Wo finde ich Hammer und Nägel?«

Sie holte ihm, was er brauchte, und kurz darauf waren sie alle drei schwer beschäftigt: Finn mit dem stacheligen Reisig und Mia damit, die Fensterbilder rechtzeitig glatt zu ziehen, bevor Mattheo sie als Knäuel an die Scheibe pressen konnte.

Zwischendurch wanderte Mias Blick immer wieder verstohlen zur Uhr. Der große Zeiger schien eher zu springen, als zu wandern. Schon war es 18:30 Uhr, doch von Justus fehlte noch immer jede Spur.

Inzwischen hatte Finn alle Zweige aufgehängt und sie waren bereit, geschmückt zu werden. Mia legte noch einmal die Weihnachts-CD vom Vorabend auf, und während sie Kugeln und Lametta an den Zweigen verteilten, sangen sie laut mit. Hin und wieder musste Mia auch abdekorieren, wo Mattheo der Einfachheit halber eine ganze Handvoll Lametta über den Zweig geworfen hatte.

Als eine Faust ans Küchenfenster klopfte, genau an die Stelle, wo ein Engelchen mit übel zugerichteten Flügeln klebte, zuckten sie alle zusammen. Sie waren wohl so vertieft in ihre Arbeit gewesen, dass sie das Klingeln an der Tür vollkommen überhört hatten.

»Kriegen wir Besuch?«, fragte Mattheo neugierig und war schon auf dem Weg zur Tür.

Mia warf Finn einen Seitenblick zu. »Ich sehe mal nach, wer das ist.«

Finn nickte nur und kehrte weiter leise summend Tannennadeln vom Fußboden auf.

Als Mia im Flur ankam, lag Mattheo schon in Justus Schäfers Armen. Dieser war in die Knie gegangen und strich mit den Händen über den Rücken des Jungen.

»Weißt du, Justus? Wir schmücken gerade Tante Mias ganze Wohnung. Du kannst gleich mithelfen. Sie hat sooo viel gekauft.« Bei diesen Worten streckte Mattheo die Arme, so weit er konnte, über seinen Kopf.

Mia musste kichern und Justus entdeckte sie. Sofort richtete er sich auf, und obwohl Mia nicht gerade zu den Kleingewachsenen gehörte, musste sie ein gutes Stück zu ihm aufschauen. Er kratzte mit Sicherheit an den zwei Metern. Gut vorstellbar, dass er schon so manchen gegnerischen Anwalt durch seine pure Präsenz verunsichert hatte. Fast ein wenig ehrfürchtig streckte Mia ihre Hand aus und er schüttelte sie mit einem leichten Stirnrunzeln.

»Sie sind Mia Lorenz? Irgendwie – ich weiß nicht wieso – habe ich eine ältere Dame erwartet.«

»Ach so?« Mia schmunzelte. »Und dabei habe ich Ihnen noch nicht einmal von meiner Katze erzählt. Mia reicht übrigens völlig.«

»Justus.« Er grinste. Dann jedoch wanderte sein Blick in Richtung Küche und auf seiner Stirn erschienen Sorgenfalten.

»Du hast ihm nichts verraten?«

Mia schüttelte hastig den Kopf.

Im selben Moment hörten sie Mattheo von drinnen singen: »Justus ist da! Papa, Justus ist da!«

»Das könnte jetzt interessant werden«, flüsterte Justus mit hochgezogenen Augenbrauen, streifte sich die Stiefel von den Füßen und betrat auch schon die Küche.

Zögerlich folgte Mia ihm.

Finn war aufgestanden und starrte Justus an wie ein Reh, das vom Jäger in eine Sackgasse getrieben worden war. Noch immer hielt er Kehrschaufel und Besen in den Händen.

»Das ist jetzt nicht wahr, oder?« Sein Blick sprang zu Mia. Wütend funkelte er sie an. »Bist du eine Jugendamtstussi, oder was?«

Mia zuckte zusammen. »Ich … nein …«

»Sie hat nur zwei gesunde Augen, Finn, und hat sich Sorgen gemacht«, kam Justus ihr zu Hilfe. »Halt sie aus der Sache raus!«

»Dann soll sie sich gefälligst auch aus meinen Angelegenheiten raushalten!«, schrie Finn mit rot angelaufenem Gesicht und Mia zog sich in den Türrahmen zurück. Beinahe befürchtete sie, er würde sich mit einem Hechtsprung auf sie stürzen.

»Finn.« Justus blieb erstaunlich ruhig. Ganz langsam und mit erhobenen Händen, als müsse er beweisen, dass er unbewaffnet war, ging er auf seinen Freund zu. »Ich bin nur hier, um mit dir zu reden. Du weißt, wir *müssen* irgendwann darüber reden.«

Finn warf Kehrschaufel und Besen mit solcher Wucht auf den Boden, dass die Tannennadeln wie Granatsplitter durch die Küche schossen. Er ballte die Hände zu Fäusten und sah aus, als würde er gleich explodieren.

Verstohlen blickte Mia sich nach Mattheo um, doch der war nirgends zu sehen. Wahrscheinlich war er im Wohnzimmer und suchte Weihnachtsschmuck für Justus heraus oder spielte mit Tiffany. Das war gut, denn es sah ganz danach aus, als würde die Situation hier in der Küche gleich eskalieren.

Und sie behielt recht, denn auf einmal schoss Finn vorwärts. Er krallte seine Finger um Justus' Kragen und drängte ihn zurück, bis dessen Kopf mit einem Knall gegen den Küchenschrank stieß.

»Was genau an *Sind bald zurück* hast du nicht verstanden?«

Justus verzog vor Schmerzen das Gesicht. »Sag mal, spinnst du?« Ruckartig befreite er sich aus Finns Griff, was ihm nicht schwerfiel, denn er überragte Finn um eine halbe Kopflänge und seine Arme ließen vermuten, dass er einen viel genutzten Fitnessstudiopass besaß. »Ich bin auf deiner Seite, Mann. Hast du das vergessen? Wenn du dich nicht mal mehr auf mich verlässt, dann stehst du ganz alleine da, mein Freund. Dann hast du niemanden mehr.«

Sie starrten sich an und schließlich war es Finn, der als Erster den Blick senkte. »Weiß Leonie, dass ich hier bin?«

Justus schüttelte den Kopf. Sein Blick spiegelte seine Fassungslosigkeit. »Warum hast du mich eigentlich als deinen Anwalt engagiert, wenn du mir so wenig vertraust?«

Finn schluckte. Mit einem Mal wirkte er den Tränen nahe. »Ich wollte diesen Streit – diesen ganzen Prozess – nicht und ich wollte auch nie einen Anwalt. Was ich wirklich will, ist, dass alles wieder so wird, wie es war. Dass Leonie verschwindet und Mattheo und mich in Ruhe lässt.«

»Und du denkst, mit dieser Flucht erreichst du das?«

»Ich flüchte nicht. Ich arbeite. Das weißt du.«

»Warum stiehlst du dich dann bei Nacht und Nebel davon und informierst Leonie und mich nicht? Das hätte dir viel Ärger erspart.«

»Ich hab dich doch informiert.«

Justus schnaubte und zog beide Augenbrauen in die Höhe.

»Soll ich dich demnächst noch informieren, bevor ich aufs Klo gehe?«

»Sei nicht kindisch, Finn.« Justus wartete, bis sein Freund ihn ansah. »Was ich sagen will, ist, wenn du als Sieger aus diesem Kampf hervorgehen willst, dann musst du dich ihm stellen – dann musst du kämpfen, anstatt davonzulaufen. Leonie weiß längst, dass ihr zwei verschwunden seid. Sie bombardiert mich mit Anrufen und glaub mir, sie lässt sich nicht mehr lange hinhalten. Und dann, mein Lieber, wird es richtig haarig. Denn wenn sie erst auf die Idee kommt, das Jugendamt einzuschalten, ist dein Fall so gut wie verloren.«

Finns Unterlippe zitterte. Dann schrie er plötzlich: »Als wäre mein Fall nicht eh längst verloren!« Er schien sich darauf zu besinnen, dass Mattheo ihn hören konnte, denn er senkte die Stimme. »Los, sag es!«, forderte er Justus auf. »Sag mir, dass ich auch nur die geringste Chance habe!«

Mia wandte sich ab. Es fühlte sich falsch an, die beiden weiter zu belauschen. Sie kam sich eh längst wie ein Eindringling vor. »Ich … ich schau mal nach Mattheo«, murmelte sie und verschwand in Richtung Wohnzimmer. Dort fand sie den Kleinen zusammengerollt neben Tiffany auf dem Sofa.

Zuerst glaubte sie, Mattheo habe von der Szene in der Küche gar nichts mitbekommen. Doch dann entdeckte sie die Tränenspuren auf seinen Wangen.

»Hey, Großer.« Sie ging vor dem Sofa in die Hocke und gemeinsam streichelten sie Tiffany eine ganze Weile lang stumm.

Plötzlich sagte Mattheo: »Das ist jetzt immer so, wenn Justus kommt. Im-immer streiten die beiden. Eigentlich, sagt Papa, sie sind beste-beste Freunde. Nur Papi mag ihn, glaub ich, nicht mehr.«

»Weißt du«, meinte Mia, »ich glaube, gute Freunde haben sich immer lieb. Sie streiten sich zwar manchmal, aber sie vertragen sich auch wieder. Und ich denke, mit deinem Papa und mit Justus ist das genauso. Wart es nur ab!«

Ein vorsichtiges Lächeln erhellte Mattheos Gesicht. »Denkst du?«

Mia nickte.

»Okay.« Als wäre er eine frisch aufgezogene Spielfigur, hopste er vom Sofa und wandte seine Aufmerksamkeit wieder dem Weihnachtsschmuck zu. »Was können wir noch schmücken?«

Mia gesellte sich zu ihm. »Schau mal, hier sind ganz viele Figuren: Hirten, Engel, Maria und Josef, die Krippe … Weihnachtsmänner.« Sie lächelte den kleinen Jungen an. »Die können wir auf den Schränken und auf den Fensterbrettern verteilen. Was hältst du davon, hm? Wollen wir hier im Wohnzimmer anfangen?«

»Mia hat recht. Wir sollten Rücksicht auf Mattheo nehmen und das nicht hier drinnen klären«, meinte Justus mit ernstem Blick.

Finn fuhr sich aufgebracht mit den Händen durch die lockigen Haare, nickte jedoch und folgte Justus nach draußen.

Dort standen sie Seite an Seite und starrten aufs Feld hinaus, auf dem im Mondlicht noch der Schnee von gestern glitzerte. Ob Mattheo und er noch miteinander Schneeflocken auffangen würden, wenn der nächste Wintereinbruch kam? Oder würde Mattheo dann schon mit seinem Lehrer auf dem von Leonie versprochenen Snowboard irgendwo auf einer Südtiroler Piste stehen und ihn und die Schneeflocken nur noch belächeln? Leonie würde seinem Sohn ganz sicher Tropfen für Tropfen Gift einträufeln, bis Mattheo sich fragen würde, warum er Finn jemals für einen tollen Papa gehalten hatte.

Finn schluckte bittere Tränen hinunter und holte tief Luft. »Kannst du mich denn kein bisschen verstehen, Justus?«

»Natürlich kann ich.«

Er spürte Justus' Blick auf sich, sah aber nicht in seine Richtung. Diesen typischen ermutigenden Anwaltsausdruck in seinen Augen konnte er gerade nicht ertragen.

»Und ob du's glaubst oder nicht«, sprach Justus weiter, »ich bin hier, um dir zu helfen. So wie du mir damals geholfen hast, als ich nicht mehr weiterwusste.«

Mehr musste er nicht sagen. Finn wusste genau, worauf Justus anspielte, und es besänftigte ihn ein wenig, erinnerte ihn daran, dass es sein bester Freund war, der da neben ihm stand. »Okay, und was genau soll ich deiner Meinung nach tun?«

»Lauf nicht weg! Das macht alles nur schlimmer.«

Finn lachte bitter. »Ich soll also untätig herumsitzen und ihr dabei zuschauen, wie sie mir Mattheo wegnimmt?«

»Natürlich nicht. Wir werden alles tun, um das zu verhindern, und dazu gehört eben auch, dass du bis zum Gerichtstermin die Füße still hältst und einfach tust, was du immer tust: Mattheo ein guter Vater sein.«

»Und freundlich lächeln und ihnen eine gute Zeit wünschen, wenn Leonie jeden zweiten Tag aufkreuzt und ihn mit *Belantis* oder *Tropical Islands* um den Finger wickelt«, fügte Finn hinzu. Justus meinte es gut und Finn zweifelte nicht an seiner Erfahrung als Anwalt, aber er hatte es sicher auch noch nie mit einer Hexe wie Leonie zu tun gehabt. Sobald er, Finn, stillhielt, würde sie sich die Fliegenklatsche schnappen und ihn mir nichts, dir nichts zur Strecke bringen. Das hatten ihm die letzten Monate gezeigt.

»Das ist ihr gutes Recht«, erklärte Justus und seufzte. »Klar wäre es jetzt leichter, wenn du damals, nach ihrem Verschwinden, das alleinige Sorgerecht beantragt hättest, aber du kannst die Zeit nicht zurückdrehen.«

Finn kämpfte erneut mit den Tränen. Das Leben war so unfair. »Diese Frau hat sich jahrelang einen Dreck um ihn geschert, während ich ihn gewickelt, gefüttert und Nacht für Nacht durch die Wohnung getragen habe. Und dann platzt sie einfach so wieder in unser Leben und nimmt ihn mir weg. Sag mir, wie hätte ich das ahnen können?«

Mit einem Mal baute sich Justus vor ihm auf, legte seine Hände auf Finns Schultern und schüttelte ihn nicht gerade sanft. »Wo ist dein Kampfgeist, Finn? Warum gibst du so leicht auf? Da sind doch so viele Leute, die sich für dich einsetzen und die schon für dich ausgesagt haben. Und hör mal, haben wir denn nicht auch einen großen Gott, dem wir vertrauen können?«

Finn stieß hörbar die Luft aus, bevor er sarkastisch sagte: »Ja, einen großen Gott, der sich ruhig mal blicken lassen könnte.«

»Das wird er, Finn. Ich hab's damals auch nicht glauben wollen, aber ich bin heilfroh, dass du mich jeden Sonntag in den Gottesdienst geschleift hast. Manchmal sehen die Menschen, die von außen auf deine Situation schauen, eben klarer.« Er ließ Finn los und sah ihn fragend an. »Also? Was meinst du? Reichen dir zwei Tage, um deinen Auftrag zu Ende zu bringen und Donnerstagabend wieder in Leipzig anzukommen? Diese Frist hat Cruella De Vil dir nämlich gesetzt.«

Finn hob die Schultern und ließ sie gleich wieder fallen. »Könnte machbar sein.«

»Abgemacht?« Justus streckte die Hand aus. »Morgen frühstücken wir beide in Ruhe und dann gehen wir die letzte Anhörung am Dienstag noch einmal durch, ja?«

Finn ließ seinen Blick an Justus vorbei über das vereiste Feld wandern und stellte sich vor, wie er mit gezücktem Schwert und Kampfgeschrei auf einem Rappen darüberjagte. So hätte Justus ihn sicher gerne gesehen. Aber was nützte es, in einen Kampf zu ziehen, der längst verloren war? Oh, er hatte das Schwert nicht leichtfertig oder voreilig niedergelegt. Keineswegs. Stattdessen hatte er sich Leonie monatelang gestellt, doch irgendwann hatte er es begriffen: Sie war Goliath und er David. Nur dass ihm die Steinschleuder fehlte. Was sollte ein armer Schlucker, ein verkappter Künstler wie er, gegen eine Angst einflößend schlaue, preisgekrönte Journalistin ausrichten, die noch dazu am Arm eines Automoguls unterwegs war? Gegen sie hätte sogar Mutter Teresa einen Sorgerechtsstreit verloren.

Zurückzugehen und sich ihr zu stellen, hieße also nichts anderes, als sich von Goliath – oder Cruella De Vil – noch ein wenig länger schikanieren und beleidigen zu lassen, bevor das Unvermeidliche geschah.

Finns Blick kehrte zu Justus zurück – fragend, herausfordernd, kampfeslustig. Sein Freund hatte die Ausweglosigkeit ihrer Lage längst noch nicht begriffen und würde es vermutlich bis zum bitteren Ende nicht. Dazu war er viel zu sehr Optimist.

Finn fühlte sich mit einem Schlag schrecklich müde. Denn hier würden sich ihre Wege scheiden. Es tat ihm in der Seele weh, Justus Lügen auftischen zu müssen, aber was Finn im Moment wirklich brauchte, waren keine Moralpredigten und hitzige Kampfreden. Er brauchte nur Zeit, kostbare letzte Stunden mit Mattheo. Und die würde er sich von keinem nehmen lassen.

Er seufzte, nickte Justus kurz zu und schlug dann ein. »Wenn du es sagst, wird es wohl das Beste sein.«

»Gut.« Justus hörte sich zufrieden an. »Sehr gut.«

Erst jetzt fielen ihm die dunklen Ringe unter den Augen seines besten Freundes auf und sein schlechtes Gewissen meldete sich noch lauter. »Danke, dass du hergekommen bist. Ich weiß, du hast auch, ohne mir nachzulaufen, schon genug zu tun.«

»Das kann man wohl sagen«, erwiderte Justus halb lachend, halb stöhnend.

»Und wie ist der Wulfing-Fall ausgegangen?«

Justus grinste. »Wir haben gewonnen. Das Recht hat gesiegt.«

8

Mit verschränkten Armen stand Mia neben dem Sofa und beobachtete, wie Justus die Decken und Kissen, die sie ihm gegeben hatte, darauf ausbreitete.

»Du wirst es vermutlich mehr als unbequem haben auf meiner kurzen Couch«, bemerkte sie und malte sich aus, wie dieser Zwei-Meter-Mann versuchte, sich auf ihr Sofa zu quetschen. »Wenn du willst, schlafe ich hier draußen und du nimmst mein Bett.« Sobald die Worte ausgesprochen waren, wünschte Mia, sie könnte sie wieder zurücknehmen. Denn allein bei der Vorstellung, dass ein fremder Mann in ihrem Bett schlief, begannen ihre Wangen zu glühen.

»Kommt nicht infrage!«, erwiderte Justus zu ihrer Erleichterung. »Keine Umstände, bitte. Es ist ja nur für eine Nacht.«

»Okay, wenn du meinst …« Sie wusste, sie sollte ihn in Ruhe lassen, zumal Justus aussah, als würde er gleich im Stehen einschlafen, doch morgen früh würden ihre Gäste abreisen und dann bekäme sie nie eine Antwort auf die Frage, die sie schon seit Tagen beschäftigte. Sie räusperte sich. »Was ist eigentlich mit Mattheo los? Er sagt, er sei sechs Jahre alt, aber er wirkt auf mich viel jünger.«

Justus ließ sich mit einem tiefen Seufzer auf die Couch sinken. »Mattheo.« Er legte den Kopf schief und schien den Jungen im Geist vor sich zu sehen. »Dieser kleine Kerl ist ein einziges Wunder. Seine Geburt verlief … kompliziert. Zum einen kam er viel zu früh und zum anderen in Steißlage, wodurch unter der Geburt die Nabelschnur abgedrückt wurde und die Sauerstoffversorgung kurzzeitig aussetzte. Beide, der Arzt und seine Hebamme, haben ihm nur eine minimale Überlebenschance ausgerechnet. Aber«, er sah Mia mit einem breiten Lächeln an, »er lebt und er besitzt ein riesengroßes Herz. Was sind schon ein paar Entwicklungsstörungen verglichen damit?«

Seine Worte stimmten Mia nachdenklich. »Du kennst Finn und Mattheo schon lange, nicht?«

»Finn war bereits im Kindergarten mein bester Freund, um genau zu sein.«

Überrascht lachte sie. »Schon im Kindergarten? Das ist ja eine Ewigkeit! Dann kennst du sicher auch seine Ex-Frau.«

Justus schnitt eine Grimasse. »Leonie. Na klar. Sie hat Finn übel mitgespielt.«

»Inwiefern?«

Justus musterte sie einige Sekunden lang, dann verhärtete sich sein Blick plötzlich. Hatte sie etwas Falsches gesagt?

»Ich höre wohl besser auf, dich zu löchern«, meinte sie und sah ihn dabei fragend an.

»Ja. Ganz schön viele Fragen für einen Abend und eine Schweigepflicht.« Justus unterdrückte ein Gähnen. »Außerdem hab ich die letzten Nächte kaum ein Auge zugetan. Finn und die Anhörung heute Morgen … Ich fühle mich wie ein Zombie.«

Mia verstand und zog sich zurück. Auf halbem Weg ins angrenzende Schlafzimmer hielt sie jedoch inne und drehte sich noch einmal zu ihrem Gast um. »Ich kenne dich nicht gut, Justus, aber ich denke, Finn kann sich sehr glücklich schätzen, einen Freund wie dich zu haben.« Als sie sah, dass Justus schon wieder gähnen musste, schmunzelte sie. »Benutz das Bad ruhig zuerst! Ich warte so lange.«

»Danke, Mia, für alles. Gute Nacht.« Er lächelte erschöpft, aber so aufrichtig, dass sie zurücklächelte.

Fast war sie froh, als er den Blickkontakt endlich abbrach,

um in seinem Rucksack zu kramen. Denn dieser kurze Moment hatte sie an jenen verhängnisvollen Augenblick vor acht Jahren erinnert, als Vincent in ihrem Dramaturgiekurs ein Theaterpädagogikseminar gehalten und sein Blick bei der Begrüßungsrunde einen winzigen Moment zu lang auf ihr verharrt hatte. Dieser unschuldige Blickkontakt hatte Dinge ins Rollen gebracht, die weder unschuldig noch richtig gewesen waren, und Mia würde es sich nie verzeihen, noch einmal eine ähnliche Dummheit zu begehen.

»Gute Nacht«, flüsterte sie darum hastig und verschwand in ihrem Zimmer.

Als sie zehn Minuten später auf Zehenspitzen durchs Wohnzimmer zum Bad schlich, war Justus bereits eingeschlafen und schnarchte leise.

Irgendetwas weckte Mia, noch bevor ihr Wecker klingelte. Sie musste in einer unnatürlichen Haltung geschlafen haben, denn ihr Nacken tat so weh, dass sie kaum den Kopf bewegen konnte. Als sie dann die Beine aus dem Bett schwang und aufstand, schoss ein pulsierender Schmerz durch ihren Schädel.

»Na wunderbar«, flüsterte Mia. *Was für ein Start in den Tag!*

Sie zog sich an, schnappte sich ihr Handy vom Nachttisch und die Zahnbürste aus dem Badezimmer und pirschte sich auf leisen Sohlen an Justus vorbei, der noch immer friedlich auf ihrer Couch grunzte.

In der Küche angekommen, nahm sie eine Schmerztablette und spülte sie mit eiskaltem Wasser aus der Leitung hinunter. Danach bereitete sie sich ihr Müsli zu und goss sich einen Tee auf. Als ihr der belebende Duft von Zitronengras in die Nase stieg, lächelte sie. Eigentlich war es gar nicht so schlecht, dass sie so früh aufgewacht war. So konnte sie sich mehr Zeit zum Essen nehmen und obendrein blieb ihr noch mindestens eine halbe Stunde, um in der Bibel zu lesen.

Während sie frühstückte, fragte Mia sich, was wohl aus Finn und Mattheo werden würde, wenn sie zurück in Leipzig waren. Sie hatte Gesprächsfetzen über einen Gerichtstermin aufgeschnappt und geschlussfolgert, dass sich bei diesem entscheiden würde, wer das Sorgerecht für Mattheo erhielt. Kaum auszudenken, was es für Vater und Sohn bedeuten würde, getrennt zu werden. Könnte es wirklich dazu kommen, nachdem Finn – im Gegensatz zu seiner Ex-Frau – immer für Mattheo da gewesen war?

Beim Zähneputzen über der Spüle beschloss Mia, die beiden ganz oben auf ihre Gebetsliste zu setzen. Zwar mochte Justus ein hervorragender Anwalt und großartiger Freund sein, aber die drei konnten alle Hilfe gebrauchen, die sie nur kriegen konnten. Und Gott würde doch sicher nicht zulassen, dass Finn diesen Fall verlor.

Ihr Handy auf dem Küchentisch vibrierte zweimal kurz und Mia warf mit gerunzelter Stirn einen Blick darauf. Fast augenblicklich überzog eine Gänsehaut ihre Arme. Warum erhielt sie innerhalb weniger Tage gleich zwei E-Mails von Vincent? War die erste nicht aufwühlend genug gewesen?

Wohl wissend, dass es ihr eh nicht gelingen würde, die Nachricht ungelesen zu löschen, öffnete sie sie und wappnete sich. *Jesus, hilf mir!*

Hi Mia, mir ist gerade eben aufgefallen, dass ich dich in CC meines Rundbriefs gesetzt habe. Das war nicht geplant. Ich schwöre es. Aber damit ist jetzt ein Ungleichgewicht zu deinen Gunsten entstanden. Du weißt, wie es mir geht, aber ich weiß nicht, wie es dir geht. Dabei würde mich das wirklich interessieren. Ich muss nämlich, zugegeben, oft an dich denken und dann vermisse ich unsere langen Abende im Theater nach den Vorstellungen. Du erinnerst dich hoffentlich noch. Schreib mir doch mal. Ich würde wirklich gern von dir hören. Gruß und Kuss, Vincent

Die Zahnbürste steckte bewegungslos in Mias Mund, während sie den Text gleich mehrere Male überflog. Beim dritten Mal verschwamm ihre Sicht. Es waren Tränen der Wut. Was bildete sich dieser Kerl ein? Woher nahm er sich das Recht heraus, Mia an die romantischen Abende im verwaisten Theater zu erinnern, an die Stücke und die Tanzeinlagen, die sie vor einem imaginären Publikum aufgeführt hatten? Schließlich war es doch auch genau ein solcher Abend gewesen, an dem er ihr den lang ersehnten Heiratsantrag gemacht hatte, nachdem sie vollkommen außer Atem von einem Jive auf den Bühnenboden gesunken waren. Mia erinnerte sich, dass sie zu Tränen gerührt gewesen war, weil sie geglaubt hatte, Vincent mache endlich Nägel mit Köpfen. Sie schnaubte. Nur zwei Wochen später hatte er bei einem Einkauf sein Portemonnaie fallen lassen. Sein Ehering war durch den halben Supermarkt gerollt und schließlich unter der Kühltheke liegen geblieben.

»Ist bestimmt nur eine Zehn-Cent-Münze gewesen. Lass gut sein!«, hatte er ihr einreden wollen, aber sie hatte nicht lockergelassen und den Ring herausgezogen. Verwirrt hatte sie die Inschrift gelesen und ihr Paradies war von einem Tsunami heimgesucht worden. Sie schüttelte den Kopf, als sie daran dachte, wie Vincent beharrlich behauptet hatte, der Ring gehöre einem Namensvetter.

Je mehr Mia sich in Erinnerungen verlor, desto mehr verwandelte sich ihre Wut in Traurigkeit. Sie war damals so blind vor Liebe gewesen, hatte Vincent ihre Seele verkauft und, wie es ihr manchmal erschien, auch einen Teil von sich zusammen mit ihm für immer verloren. Und schuld daran war nur sie, sie ganz allein. Denn sie hatte Vincent zu ihrem Gott gemacht …

Draußen fiel eine Tür ins Schloss und wie aus einem bösen Traum erwacht lauschte Mia in die Stille hinein. Schritte knirschten auf dem Kies vor dem Haus. Dann drang ein gedämpftes Stimmchen an ihr Ohr, das nur einem gehören konnte, und plötzlich – Mias Herz machte einen Satz – wurde eine Autotür geöffnet. Hastig spuckte sie die Zahnpasta in den Abfluss, angelte sich im Flur nur schnell ihren Mantel und rannte dann in Hausschuhen – Zahnbürste und Handy noch immer in der Hand – aus dem Haus.

Gerade als sie das Wohnmobil erreichte, leuchteten die Scheinwerfer auf und blendeten sie für einen Moment so sehr, dass sie ihre Augen mit der Hand abschirmen musste.

»Finn!«, rief sie. »Was machst du denn?«

Ratternd erwachte der Motor zum Leben und schon kamen die Räder des Wagens ins Rollen. Mia sprang erschrocken zur Seite, riss dann jedoch geistesgegenwärtig die Beifahrertür auf und zog sich auf den Sitz hinauf.

Augenblicklich stieg Finn auf die Bremse und sie starrten einander an.

»Kannst du mir mal erklären, was das hier soll?«, zischte Mia atemlos.

Er wandte den Blick ab und sah stur aufs Feld hinaus. Tonlos befahl er: »Steig aus!«

Mia verschränkte die Arme vor der Brust. »Damit ihr auf Nimmerwiedersehen davonbrausen könnt? Nein.«

Er stöhnte. »Das geht dich überhaupt nichts an, Mia. Steig jetzt aus und lass uns fahren!«

Ein leises »Papa?« kam vom Rücksitz, wo Mattheo mit einem Stoffteddybären kuschelte, doch Finn brachte ihn mit einem »Pscht! Jetzt nicht!« zum Schweigen.

»Finn«, versuchte Mia es in ruhigerem Tonfall, »ich kann mir vorstellen, dass sich dir beim Gedanken an Leipzig der Magen umdreht. Aber Weglaufen bringt doch nichts. Komm, lass uns Justus wecken und dann reden wir noch einmal über alles.«

»Justus weiß, dass ich einen Auftrag zu erledigen habe. Also sollte ich mich ranhalten.«

»Aber das ist nicht der wirkliche Grund, warum du so früh aufbrichst, ohne dich von ihm zu verabschieden, oder?«

Finn schlug aufs Lenkrad. »Ich sag's schon, falls ich mal einen Babysitter brauchen sollte. Also, wenn du jetzt bitte unseren Camper verlassen würdest …«

Doch Mia rührte sich keinen Zentimeter. »Ich verschwinde erst, wenn du den Motor abgestellt und mir den Zündschlüssel gegeben hast. Wir sollten wirklich Justus wecken und … «

»Steig einfach aus!«, knurrte er warnend.

»Du bist im Moment nicht du selbst. Und ich kann das nachvollziehen, Finn. Aber überleg doch mal …«

»Raus hier!«, fuhr er sie mit einem Mal an und sein Gesichtsausdruck erinnerte Mia an einen zähnefletschenden Hund.

»Nein«, gab sie trotzig zurück.

»Doch!«

»Nein!«

»Doch!« Inzwischen schrie er, doch auch Mia verlor nun die Beherrschung.

»Dann fahr doch! Na los!«, rief sie. »Aber ich bleibe hier sitzen.«

Grimmig starrte Finn sie an und Mia starrte ebenso finster zurück.

»Na gut. Sag nicht, du hättest es nicht so gewollt.« Finn trat aufs Gaspedal.

»Halt an!«, rief Mia entrüstet.

»Nur, wenn du dann aussteigst.«

»Das werde ich nicht.«

»Dann hör auf, dich zu beschweren!«

Schon rollten sie auf den Feldweg.

Mia zückte ihr Handy. Finn sah es, riss es ihr aus der Hand, wobei der Camper bedenklich ins Schleudern geriet, und schob es in seine linke Hosentasche, sodass Mia es nicht mehr erreichen konnte.

»Bist du wahnsinnig?«, regte Mia sich auf. »Du wärst gerade beinahe in den Graben gefahren. Willst du uns umbringen?«

»Nicht meine Schuld«, sagte er nur und Mia verkniff sich eine boshafte Bemerkung, denn in diesem Moment fiel ihr Blick auf Mattheo, der sie mit großen, ängstlichen Augen musterte.

»Keine Sorge, Mattheo. Dein Papa und ich sind einfach gerade nicht einer Meinung. Wir werden jetzt eine kurze Runde drehen und dann fahren wir zu Justus zurück.« Sie lächelte ihm aufmunternd zu, doch er sah sie weiter an, als sei sie Schneewittchens böse Stiefmutter. Mia fühlte sich furchtbar. Das Letzte, was sie wollte, war, Mattheo einzuschüchtern. Aber irgendjemand musste seinen dickköpfigen Vater doch zur Vernunft bringen.

Als sie das Ortsausgangsschild *Goppelns* hinter sich ließen und kurz darauf ein Straßenschild die Auffahrt zur A17 ankündigte, versteifte Mia sich. »Finn, denk nicht mal dran! Dreh sofort um!«

»Wann begreifst du es endlich? Du bringst mich nicht dazu zurückzufahren.« Jetzt klang er einfach nur noch resigniert. Nicht mehr kämpferisch wie zuvor.

»Aber … aber ich muss zur Arbeit.« Mia warf einen Blick auf ihre Armbanduhr. »In vierzig Minuten holt Emil mich ab.«

Finn bremste scharf ab, lehnte sich über den Schoß der überraschten Mia und schob mit einiger Anstrengung die Beifahrertür auf. »Von hier aus schaffst du es locker in zehn Minuten zurück. Adios!«

Auffordernd sah er sie an. Doch sie bewegte sich nicht.

Natürlich musste sie aussteigen. Es war das einzig Vernünftige. Wenn dieser Junge in Männerschuhen meinte, vor der Justiz fliehen zu müssen, dann konnte ihm keiner mehr helfen. Zumindest konnte Mia es nicht. Sie musste zur Arbeit, Bücher für Herrn Wieland sortieren, Kunden beraten und … und sicher würden ihr noch eine Menge anderer wichtiger Dinge einfallen, wenn sie nur genügend Zeit hätte, darüber nachzudenken.

Ihr Blick wanderte von Finn zu Mattheo, der seinen Teddy in den Händen knetete und offensichtlich mit den Tränen kämpfend zum Fenster hinaussah. Mias Herz flog ihm zu. Wer würde Finn weiter ins Gewissen reden und ihn zur Umkehr bewegen, wenn sie nicht mehr da war?

»Ich möchte mein Handy zurückhaben«, sagte sie leise.

»Natürlich.« Finn griff in seine Hosentasche und reichte es ihr.

Er senkte den Blick und meinte: »Es tut mir wirklich leid, dass wir uns jetzt mit so einer unschönen Szene voneinander verabschieden. Ich hoffe, du behältst mich nicht in allzu schlechter Erinnerung.«

Sie sahen einander an – er zerknirscht und sie angespannt. Allmählich wurde es kalt im Wagen und die Sekunden zogen sich in die Länge.

»Komm schon. Mach es dir und uns nicht so schwer, Mia. Ich weiß, was du denkst, aber du trägst hier keinerlei Verantwortung. Wir sind Fremde. Lass uns fahren, wink uns und dann vergiss uns einfach, ja?«

Zu ihrer eigenen Überraschung spürte Mia plötzlich, wie ihre Augen feucht wurden. »Ich glaube nicht, dass ich das kann. Ich muss gestehen, ich habe euch beide ein wenig ins Herz geschlossen.«

Finn lehnte sich seufzend in seinem Sitz zurück. »Mach die Tür zu!«

Sie tat es.

»Hör zu!« Er sah schrecklich müde aus. »Du verschwendest deine Zeit. Du und auch Justus. Du kannst hier drin sitzen bleiben, du kannst von mir aus sogar das Handy behalten. Ruf meinetwegen Justus an. Soll er uns doch nachfahren. Aber unterm Strich wird immer dasselbe herauskommen: Ich bin ein freier Mann, der mit seinem Sohn hinfahren kann, wo er will. Ich tue nichts Verbotenes. Eure gut gemeinten Ratschläge werden an mir abprallen. Im Moment will ich einfach nur weg hier, meinen Job erledigen und das Beste aus dem Tag machen.«

Mia schluckte. »Aber ... aber denk doch an Justus' letzte Nachricht!«

Er sah sie an, als sei sie ein unwissendes Kind. »Ich denke an nichts anderes. Und jetzt lass uns doch bitte endlich fahren. Wir kommen zurück, wenn ich alle Bilder im Kasten habe.«

Mias Hand ruhte auf dem Türöffner. Aber sie konnte einfach nicht aussteigen. Nicht, solange sie das sichere Gefühl hatte, dass

Finn ohne sie auch nach Beendigung seines Foto-Auftrags nicht nach Hause fahren würde. Justus würde wieder versuchen, Finn zu erreichen, doch er würde vermutlich wie schon zuvor auf taube Ohren stoßen.

»Ich gebe dir noch ganze zehn Sekunden, bis ich aufs Gaspedal trete, Mia«, brummte Finn.

Mia drehte ihr Handy zwischen den Fingern.

Finn legte den ersten Gang ein.

Einmal für zwei, drei Tage auf der Arbeit zu fehlen, war verschmerzbar, wenn sie Finn dafür im entscheidenden Moment davon abhalten könnte, eine große Dummheit zu begehen. Vielleicht gelang es ihr ja sogar noch früher, ihn zum Umkehren zu bewegen. Sie seufzte tief und ließ den Türgriff los.

Als Finn sah, dass sie nicht ausstieg, sondern stattdessen begann, auf ihrem Handy herumzutippen, verengten sich seine Augen zu Schlitzen. »Ja genau. SOS an Justus. Der Verrückte aus Zelle D ist ausgebrochen, um … man stelle sich vor … seinen Job zu machen. Los, raus hier! Ich brauche keine Bewährungshelferin.«

»Keine Sorge«, entgegnete Mia und ihre innere Anspannung strafte den beruhigenden Tonfall Lügen. »Ich rufe nicht Justus an, sondern Emil.«

Der nahm schon nach dem ersten Klingeln ab. »Hallo, Emil.« Mia spürte Finns misstrauischen Blick auf sich. »Ich wollte dir nur sagen, dass du mich heute nicht abholen musst. Ich fühle mich nicht gut und werde nicht zur Arbeit gehen.« Sie fühlte sich tatsächlich schrecklich, aber nicht, weil sie krank war, sondern weil sie ihren Bruder belog. Allerdings tröstete sie sich mit dem Gedanken, dass sie bald zurück sein und ihm dann alles erklären würde. »Was? Nein, du brauchst nicht nach mir zu sehen. So schlecht geht es mir nicht … Ja, ich bin sicher … Danke! Dir auch. Mach's gut.«

Sie legte auf und blickte in Finns überraschtes Gesicht. »Was sollte das?«

»Du wirst mich wohl fürs Erste nicht los. Es sei denn, du drehst um und redest noch einmal mit Justus.« Sie sagte es betont leichthin und legte demonstrativ ihren Gurt an. »Tu, was du für richtig hältst! Aber ich warne dich schon mal vor: Ich kann eine ganz schöne Nervensäge sein.«

»Was du nicht sagst.« Er starrte sie noch einen Moment lang an, dann hob er die Schultern und fuhr an. »Das kann ich auch.«

Mia schluckte. Ihr gefiel das alles ganz und gar nicht. Am liebsten hätte sie wirklich Justus angerufen, aber Finns verkniffener Gesichtsausdruck hielt sie davon ab.

Mia nahm ihr Handy zum zweiten Mal ans Ohr und wieder sandte Finn ihr einen bitterbösen Blick zu.

»Mein Boss«, flüsterte sie und ihre Stimme zitterte ein klein wenig dabei.

Schon dröhnte sein Bass durch den Lautsprecher: »Frau Lorenz, wieso stören Sie mich um diese Uhrzeit?«

»Guten Morgen, Herr Wieland.« Mia holte tief Luft, als Finn den Wagen auf die A17 steuerte. »Es gibt da ein kleines Problem …«

9

Seit Finn von der A17 auf die A4 gewechselt war, hatte Mia ihn gelöchert, um herauszufinden, wohin er unterwegs war, doch Finn gab nichts preis. »Du wirst es erfahren, wenn wir ankommen«, brummte er nur immer wieder.

Auf die A4 folgte die A72, und als Finn an der Ausfahrt Stollberg-West abfuhr, hatte sich der leichte Nieselregen, der kurz vor Chemnitz eingesetzt hatte, in genauso zarte Eiskristalle verwandelt.

»Es schneit, Papa und Mia.«

Das waren die ersten Worte, die Mattheo seit dem Streit der beiden von sich gab, und er sprach nur ganz leise, so als habe er Angst, damit eine neue Lawine auszulösen.

»Na, wenn das nichts ist«, sagte Finn scheinbar gut gelaunt, doch Mia hörte deutlich die Anstrengung in seiner Stimme.

»Wo fahren wir hin, Papa?«, fragte Mattheo, schon etwas mutiger.

»Lass dich überraschen, Matthi«, war die Antwort.

Und so blieb den beiden Mitfahrern nichts anderes als genau das übrig.

Vierzig Minuten später hieß Annaberg-Buchholz, auf der großen Tafel als *Berg- und Adam-Ries-Stadt* betitelt, sie willkommen.

»Wer ist denn Adam Ries?«, wollte Mia halblaut wissen, erwartete aber keine Antwort.

»Ein Riese?«, mutmaßte Mattheo.

Finn schnaubte. »Adam Ries war ein Mathematiker.« Das ging ganz offensichtlich an Mias Adresse. In viel freundlicherem Ton sagte er über seine Schulter hinweg. »Das war einer, der supergut rechnen konnte und es ganz vielen anderen beigebracht hat. Er hat auch ein Gerät erfunden, mit dem man rechnen kann.«

»Ich kann auch bald rechnen«, war Mattheos Reaktion darauf, »wenn ich in die Schule komme.« Kaum hatte er das gesagt, knurrte sein Magen hörbar.

»Ich denke, wir sollten demnächst irgendwo frühstücken«, bemerkte Mia.

»Das hab ich längst im Blick«, gab Finn zurück.

Wenig später parkte er am Bahnhof, stieg aus und öffnete die Hintertür, um Mattheo zu helfen. »Komm, wir gehen jetzt was essen. Da oben am Markt gibt es ein Café. Dort bekommen wir bestimmt ein ordentliches Frühstück. Und dann zeig ich dir die Eisenbahn auf dem Weihnachtsmarkt. Die wird dir sicher gefallen.« Er schnappte sich seine Kamera, die neben Mattheos Kindersitz auf der Rückbank lag, und schloss geräuschvoll die Tür.

Mia war ebenfalls ausgestiegen und zog den Reißverschluss ihres Mantels bis zum Anschlag zu. Noch immer schneite es, auch wenn die Flocken winzig waren und nicht liegen blieben. Als eine Mischung aus Dreck und Eiswasser über die Sohlen ihrer Hauspantoffeln schwappte und ihre weißen Socken braun färbte, atmete sie tief ein, in der Hoffnung, die eiskalte Morgenluft würde ihren Ärger auf Finn abkühlen.

»Klingt, als würdest du dich hier auskennen«, sagte sie, wieder in erzwungen ruhigem Ton.

»Meine Großeltern lebten hier. Als kleiner Junge habe ich oft Weihnachten bei ihnen verbracht.« Finn nahm Mattheo huckepack und ging voraus.

Es war ein steiler Anstieg hinauf zum Markt, ganz besonders in Pantoffeln, aber er lohnte sich. Der Anblick der bunten Holzhütten, die den Marktplatz in ein Weihnachtsland verwandelt hatten, und die Musik, die aus dem Lautsprecher schallte und von den historischen Altbauten zurückgeworfen wurde, trieben Mia unwillkürlich ein Lächeln ins Gesicht.

Auch was das Café anging, hatte Finn nicht zu viel versprochen. Das Frühstück in der *Bäckerei Roscher* schmeckte ausgezeichnet. Zwar hatte Mia erst vor gut drei Stunden zum letzten Mal gegessen, aber sie traute Finn und seinen fixen Ideen nicht. Wer konnte schon sagen, wann es die nächste Mahlzeit geben würde und wo sie am Nachmittag sein würden: an der Ostsee, in Polen, am Starnberger See? Natürlich hoffte Mia, Finn würde bald einsehen, dass er sich unvernünftig verhielt, und schnellstmöglich nach Leipzig zurückkehren, aber ihr Gefühl sagte ihr etwas anderes.

Während sie abwechselnd ihre heiße Zitrone schlürfte und von ihrem Käsecroissant abbiss, spürte sie ihr Handy in der Manteltasche vibrieren. So ging das schon seit einer ganzen Stunde, aber bisher hatte Mia es nicht gewagt, den Anruf entgegenzunehmen, der zweifelsohne von Justus kam. Sie gab vor, zur Toilette zu müssen, und verließ eilig den Tisch. Ihr Smartphone vibrierte noch immer, als sie die Kabinentür hinter sich zuzog.

»Entschuldige, Justus, ich konnte nicht eher drangehen«, meldete sie sich ganz ohne Begrüßung.

»Wo um alles in der Welt bist du?« Er klang genau so, wie man es von einem Anwalt erwartete: als sei die Situation zwar problematisch, aber nicht gänzlich außer Kontrolle.

»Wir sind in Annaberg-Buchholz.«

»Kannst du mir mal bitte sagen, was hier los ist? Wo sind Finn und Mattheo? Bist du bei ihnen?«

Sein anklagender Tonfall stieß Mia bitter auf. Bissig erwiderte sie: »Bin ich! Ich konnte Finn heute Morgen ja schlecht einfach so türmen lassen. Also bin ich, nachdem er mich fast über den Haufen gefahren hätte, aufgesprungen. Und jetzt stehe ich hier in Hausschuhen in einer Damentoilette irgendwo in Annaberg-Buchholz.«

Einen Moment lang war es still am anderen Ende der Leitung.

»Tut mir leid. Ich hab dir unrecht getan. Dabei muss ich dir wohl viel mehr danken. Du hast schließlich gar nichts mit der ganzen Sache zu tun.«

»Tja, wie es aussieht, hat sich das heute Morgen geändert.« Für einen Moment schloss Mia die Augen und atmete tief ein, während sie sich an Herr Wielands Schimpftirade erinnerte, nachdem sie ihm so schonend wie möglich beigebracht hatte, dass sie nicht zur Arbeit kommen konnte. Wie er erst explodiert wäre, hätte er den wahren Grund gekannt. Wahrscheinlich hätte er sie sofort fristlos entlassen.

»Gut«, sagte Justus. »Ich mache mich sofort auf den Weg. Es wäre toll, wenn es dir gelänge, Finn für die nächsten zwei Stunden am Weiterfahren zu hindern. Schaffst du das?«

»Denkst du wirklich, eine weitere Moralpredigt bringt hier etwas?«

»Mir bleibt keine Wahl. Seine Ex-Frau will Mattheo Freitagmorgen im Kindergarten sehen und allerspätestens in sechs Tagen muss Finn vor Gericht erscheinen. Sonst sehe ich schwarz für ihn. Eigentlich dachte ich, ich hätte mich gestern deutlich genug ausgedrückt, aber …«

Mia unterbrach ihn. »Du *warst* deutlich genug; und auch ich habe heute Morgen relativ einleuchtende Argumente gebracht, ihn immer wieder angefleht, umzudrehen und mit dir zu reden. Ich war nicht nachgiebig. Aber mir scheint, Finn will die Wahrheit im Moment einfach nicht hören.«

»Okay, das klingt, als hättest du einen anderen Vorschlag.«

»Es macht auf mich den Eindruck, als bräuchte Finn gerade eher einen Zuhörer als einen Anwalt. Ich weiß, dass du auch sein Freund bist«, beeilte sie sich zu sagen, »aber eben auch sein Anwalt. Und als dieser verkörperst du ungewollt immer auch zugleich den Gerichtsprozess.« Sie zögerte. »Ich hab mich bis zum Wochenende auf der Arbeit abgemeldet. Bis dahin … könnte ich auf die beiden aufpassen. Ich verspreche, ich werde dich die ganze Zeit auf dem Laufenden halten und alles tun, damit Finn

Donnerstagabend wieder in Leipzig ankommt. Was meinst du?«
Gespannt wartete Mia auf Justus' Reaktion.

»Bist du sicher, dass du dir das antun willst? Ich möchte einfach festhalten, dass der Vorschlag nicht von mir, sondern von dir kam.«

Das brachte Mia trotz allem zum Schmunzeln. Anwälte konnten wohl einfach nicht aus ihrer Haut. »Schalt dein Aufnahmegerät ein, dann wiederhole ich gerne noch einmal, dass ich aus freien Stücken handle und du mich nicht dazu gezwungen hast.«

Er blieb ernst. »Mir gefällt es ganz und gar nicht, dich in dieses Schlamassel mit hineingezogen zu haben, und ich entschuldige mich dafür.«

»Das ist nicht deine Schuld. Du bist nicht verantwortlich für Finns Taten. Er ist ein erwachsener Mann. Und ich bin eine erwachsene Frau. Ich habe mich selbst in dieses Auto gesetzt. Nicht du mich.« Sie seufzte. »Ich rufe dich später wieder an, ja? Das heißt, wenn ich mir ein Ladekabel besorgt habe.« Sie versuchte, die Situation mit einem Lachen zu entspannen.

»In Ordnung«, antwortete Justus schließlich. »Ich warte auf deinen Anruf. Was mache ich mit deinem Wohnungsschlüssel? Das ist doch sicherlich der, der hier an der Garderobe hängt, oder?«

Mia hörte den Schlüsselbund im Hintergrund klimpern. »Wärst du so freundlich, ihn in den Briefkasten am Gartenweg drei zu werfen? Großes Haus, Wintergarten, Doppelgarage. Dort wohnt mein Bruder.«

»Klar. Danke, Mia. Was du da für Finn tust, beweist Mut und Selbstlosigkeit.«

»Ja, ja, ich weiß, ich verdiene den Nobelpreis«, wiegelte sie ab. »Aber jetzt muss ich zu den beiden zurück, bevor Finn misstrauisch wird. Bis bald. Und mach dir nicht zu viele Sorgen, ja?«

»Ich gebe mir Mühe. Bis später.«

Sie legten auf.

Als Mia zu ihrem Tisch zurückkehrte, erwartete sie eine böse Überraschung: Finn und Mattheo waren verschwunden.

»Langsam ist das echt nicht mehr lustig«, murmelte sie, eilte zur Kasse, fand heraus, dass Finn die volle Rechnung beglichen hatte – das war ja wohl auch das Mindeste, denn bis auf den »Not-Fünfziger«, der immer in ihrer Handyhülle steckte, war sie vollkommen mittellos unterwegs –, und eilte, so schnell es ihre Schuhe zuließen, nach draußen.

Dort sah sie sich nach allen Seiten um. Kurz dachte sie daran, den Weihnachtsmarkt zu durchkämmen und die Eisenbahn zu suchen, von der Finn im Auto gesprochen hatte, aber dann entschied sie sich, ihrem Instinkt zu folgen, der sie viel stärker in Richtung Bahnhof zog.

Sie ahnte bereits, dass ihr wenig Zeit blieb, und setzte zu einem Sprint an. Doch schon beim zweiten Schritt fanden ihre profillosen Pantoffeln keinen Halt mehr auf dem matschigen Gehweg und Mia landete, Hinterteil voran, auf dem nasskalten Pflaster. Der Sturz sandte einen schmerzhaften Stich steißaufwärts, der ihr Tränen in die Augen schließen ließ. Aber Schmerz war längst nicht das einzige Gefühl, das sie nun packte.

»So Finn, jetzt reicht es«, knurrte sie und rappelte sich stöhnend auf. Dann zog sie sich die Pantoffeln von den Füßen und lief in Wollsocken los. Der kalte Schnee, der ihre Zehen Schritt für Schritt mehr in Eisklumpen verwandelte, stachelte ihre Wut nur weiter an und so rannte, stolperte und schlitterte sie am Markt entlang, um die Ecke und die gewundene Straße zum Bahnhof hinunter.

Sie hatte den Parkplatz noch nicht erreicht, da hörte sie schon Mattheos weinerliche Stimme. Auch er klang wütend.

»Du hast mir versprochen, ich darf mit der Eisenbahn fahren! Du hast es mir versprochen!«, zeterte er.

Mia mobilisierte ihre letzten Kräfte; sie musste den beiden unbedingt zuvorkommen. Als sie schlitternd auf den Parkplatz einbog, kletterte Finn gerade auf den Fahrersitz. Er schien Mattheo doch noch zum Einsteigen bewegt zu haben.

Na, warte!, rief Mia ihm im Stillen zu. Noch hatte Finn sie nicht entdeckt und sie nutzte ihren Vorteil. Bevor er auch nur Zeit hatte, den Motor anzulassen, riss Mia mit einem Ruck die Fahrertür auf, griff mit beiden Händen nach seiner Jacke und zog dann mit aller Kraft an ihm. Finn, vollkommen überrumpelt, kippte förmlich aus dem Wagen und landete unsanft im Matsch.

»Sag mal … bist du jetzt völlig durchgedreht?«, war alles, was er herausbrachte.

»Die Frage sollte ich wohl eher dir stellen«, gab Mia patzig zurück und hatte sich schon über ihn hinweg in die Fahrerkabine geschwungen. Mit einem *Rums* zog sie die Tür zu.

Doch nur Sekunden später wurde sie wieder aufgerissen. Finn starrte sie halb überrascht, halb zornig an.

»Was hast du vor?«

»Ab jetzt fahre ich.«

»Ach ja?«

»Oh ja.«

Sie starrten einander an.

»Dann fahr mal«, brummte Finn.

Mia reckte das Kinn vor. »Keine Sorge. Das mache ich auch.«

»Das will ich sehen.«

Entschlossen tastete Mia nach dem Zündschlüssel, griff aber nur ins Leere.

»Ich sehe schon, wie du mir davonfährst«, kommentierte Finn und zu Mias Frustration schwang dabei unverkennbar ein Lachen mit.

»Wo ist der dämliche Schlüssel?«, fauchte Mia.

»Na hier.« Finn ließ ihn in seiner Hand hin und her baumeln. Dann begann er, leise zu lachen. »Mann, ich hätte nicht gedacht, dass unter dem Engelskostüm so eine Furie steckt. Ich schätze, ich kann noch dankbar sein, dass du mich nicht windelweich geprügelt hast.«

Beinahe hätte sein gutmütiges Lachen über ihre Dummheit sie angesteckt und so schleuderte sie ärgerlich ihre durchweichten Pantoffeln nach ihm. Womit sie allerdings nicht gerechnet hatte, war, dass sie damit bei Finn einen regelrechten Lachanfall auslöste, in den nach kurzer Zeit sogar Mattheo mit einstieg.

»Ach, ihr könnt mich mal gern haben!«, rief Mia empört, doch ihre Wut schmolz bereits dahin.

»Wenn du jetzt noch … die Socken auf mich abschießt … bin ich so gut wie erledigt«, prustete Finn und japste immer wieder nach Luft, so sehr lachte er.

Mias Mundwinkel hoben sich unweigerlich. »Ich werde sie über deinem Kopf auswringen. Dann wird dir das Lachen schon noch vergehen, du Komiker.«

»Ja, Mia!«, feuerte Mattheo sie von hinten an. »Auswring, auswring!«

»Ich ergebe mich.« Finn hob die Hände. »Ich ergebe mich ja schon.«

Mia schüttelte kichernd den Kopf. Dann jedoch zwang sie sich wieder zur Ernsthaftigkeit.

»Finn, mach das nicht noch einmal! Lass mich nie wieder in meinen Hausschuhen irgendwo stehen! Was hätte ich denn machen sollen, wenn ihr weg gewesen wärt?«

Er erwiderte ihren Blick und ein schuldbewusster Ausdruck stahl sich auf sein Gesicht. »Es tut mir leid. Es ist … einfach so über mich gekommen.«

»Dann unternimm etwas gegen diesen permanenten Fluchtinstinkt!«

»Fahr doch einfach nach Goppeln zurück!«

»Das hatten wir schon.«

Sie maßen einander mit herausfordernden Blicken.

»Papa, können wir jetzt Eisenbahn fahren?«, durchbrach Mattheos unschuldige Frage die angespannte Stille.

Finn überlegte kurz, dann hob er die Hände. »Was sagst du, Mia?«

Überrascht sah sie ihn an. »Ich soll das entscheiden?«

»Warum nicht, wenn wir dich eh am Hals haben?«

Seine Wortwahl verletzte sie, aber sie gab sich Mühe, sich die

Kränkung nicht anmerken zu lassen. »Hast du denn schon deine Fotos gemacht?«

Er zog die Brauen hoch. »Natürlich nicht.«

»Na dann«, Mia streckte eine Hand aus, »hätte ich gern meine Hausschuhe zurück. Zeig Mattheo und mir die Stadt!«

10

Sobald die Sonne am Nachmittag hinterm Horizont verschwunden und alles in Dunkelheit gehüllt war, brachen Mia, Finn und Mattheo ihren Stadtrundgang ab und folgten dem Duft von gebrannten Mandeln und Kinderpunsch zum Weihnachtsmarkt zurück.

Es hatte sich eine Art Waffenstillstand zwischen Finn und Mia eingestellt, der Mia Hoffnung machte. Was ihre Laune in den letzten Stunden außerdem immens gehoben hatte, waren die neuen Socken und Schuhe, in denen ihre Füße sich endlich wieder mollig warm anfühlten. Sie durfte bloß nicht daran denken, dass ihr »Not-Fünfziger« nun auf läppische neun Euro und fünfzig Cent geschrumpft war.

Mit Mattheo in ihrer Mitte schlenderten sie in Richtung Lebkuchenstand und Mia schloss kurz genießerisch die Augen, während sie all die Weihnachtsdüfte um sich herum aufsog: gebrannte Mandeln, Glühwein, Marzipan, Waffeln – eine köstliche Mischung. Sie beschloss, sich eine Tüte gebrannter Mandeln zu gönnen. In den letzten Monaten hatte sie Großveranstaltungen und Feste jeglicher Art tunlichst gemieden. Zu viele Menschen. Zwischen ihnen war sie sich wie ein unsichtbarer Alien vorgekommen. Jetzt studierte sie die Gesichter der anderen Weihnachtsmarktbesucher mit Interesse. Alle wirkten zufrieden, fröhlich. Es versetzte Mia einen kleinen Stich, aber sie spürte auch etwas Neues in sich: den Wunsch, wieder dazuzugehören.

Kleine warme Finger im Handschuh schoben sich zwischen ihre kalten. Überrascht sah Mia nach unten. Mattheo sah aufgeregt zu ihr herauf.

»Willst du auch ein Lebkuchenherz?«

»Nein. Ich würde lieber gebrannte Mandeln essen.«

»Hm … darf ich da bei dir kosten?«

»Na klar.« Sie lächelte und wandte dann schnell den Blick ab, damit Mattheo ihre plötzlichen Tränen nicht sehen konnte. Diese kleine Hand in ihrer gab ihr das Gefühl, hierher zu passen, nicht fehl am Platz zu sein. Am liebsten hätte sie nie mehr losgelassen.

Finn durfte das Lebkuchenherz für Mattheo wählen und entschied sich für eines mit der roten Zuckeraufschrift *Mein Liebling*. Stolz hängte Mattheo es sich um den Hals.

Als sie zu der Stelle kamen, an der die Eisenbahn im Kreis fuhr, klatschte Mattheo in die Hände.

»Das will ich fahren, noch mal, Papa. Noch mal fahren.«

Er hatte am Nachmittag sicher schon an die vierzig Runden damit gedreht und Mia fragte sich ernsthaft, was ihn an dieser winzigen, wenig aufregenden Bahnfahrt dermaßen begeisterte; doch seine Augen leuchteten so sehr, dass Finn sich schnell geschlagen gab. Er bezahlte die zwei verlangten Euro und Mattheo strahlte während der ganzen Fahrt im Führerhäuschen wie Queen Elizabeth auf einer ihrer Spazierfahrten. Alle zehn Sekunden, wenn er vorbeigefahren kam, hob er die Hand und winkte Mia und Finn zu.

»Ich muss dann endlich mal ein paar Fotos für den Artikel schießen«, murmelte Finn nach der vierten Runde, mehr zu sich selbst als zu Mia.

Sie sah ihn an. »Geh ruhig und mach deine Fotos! Ich bleibe so lange hier bei Mattheo. Wir können uns in einer halben Stunde vorn an der Weihnachtsmannstatue treffen. Reicht dir das?«

Finn musterte sie, dann schüttelte er den Kopf. »Ich denke, ich warte, bis Mattheo fertig ist, und dann gehen wir gemeinsam.«

»Du traust mir nicht.« Mia lachte freudlos. »Dabei bist du doch der, der ständig wegläuft, und nicht ich.«

Er sah zu Boden und grub eine seiner Schuhspitzen ins Eis. »Ich … ich warte.«

»Finn«, Mia bückte sich, um von unten in sein Gesicht sehen zu können, »ich habe weder Geld noch Ausweis dabei.«

Er verdrehte die Augen und sah weg. »Wir gehen zusammen. Belassen wir es doch einfach dabei.«

Sie bemerkten zeitgleich, dass Mattheo versuchte, die beiden auf sich aufmerksam zu machen. »Papa! Mia!«

Sie winkten ihm zu.

»Foto machen!«, rief er fast schon verzweifelt, als er das nächste Mal vorbeiratterte.

»Oh. Klar!« Mia zückte die Kamera, die Mattheo ihr vor der Fahrt anvertraut hatte, und passte den Moment ab, in dem er um die Kurve bog und wieder auf sie zufuhr. Er grinste und hob die Hand. Mia grinste zurück und drückte ab.

Kaum war Mattheo aus dem Führerhaus geklettert, zog er Finn und Mia auch schon zum Bratwurststand. Mia nahm notgedrungen mit einem Wiener Würstchen im Brötchen vorlieb, um ihren Geldbeutel zu schonen.

Sie hatten sich gerade eine freie Bank direkt am Weihnachtsbaum gesucht, da begann es wieder zu schneien. »Perfekt.« Finn sprang auf, kniete sich, ungeachtet des matschigen Pflasters, vor die Bank und hob seine Kamera.

»Finn«, mahnte Mia. »Ich will nicht drauf sein.«

»Bitte!«, flehte er. »Das ist einfach grandios. Die Kerzen auf dem Baum. Die Schneeflocken. Das muss ich einfach einfangen. Du brauchst auch nicht in die Kamera zu schauen. Mia, schau Mattheo an und Mattheo, lächle mal zu Mia hoch!«

Als Mia bemerkte, dass Mattheo brav tat, wie ihm geheißen wurde, und dabei ein entzückendes Bilderbuchlächeln aufsetzte, konnte sie ihm den Wunsch nicht abschlagen. Sie schmunzelte zu Mattheo hinunter und schon wurde ein vollkommen ungezwungenes Lächeln daraus. Ihr Herz flog diesem kleinen Jungen mit den Ketchupflecken auf der Nasenspitze zu, und ehe sie wusste, was sie tat, hatte sie auch schon die Arme um ihn gelegt und ihn an sich gezogen.

»Perfekter als perfekt!«, rief Finn enthusiastisch. »Genau die Stimmung, die ich einfangen wollte.«

»Papa macht die besten Bilder der Welt«, informierte Mattheo Mia in seiner abgehackten Sprache und blickte Finn stolz an.

Nach dem Essen verschwanden Vater und Sohn in einem *dm* ganz in der Nähe, um das beste Bild des Tages von Mattheos Kamera auszudrucken. Mia nutzte die Gelegenheit, um sich von ihren letzten verbliebenen Münzen im *Pfennigpfeifer* ein Ladekabel zu besorgen, das hoffentlich die nächsten beiden Tage überstehen würde.

Sie wurde jedoch nervös, als sie sich an der Kasse hinter zwei anderen Kunden anstellen musste, denn sie traute es Finn durchaus zu, dass er sie erneut zurückließ. Deshalb hastete sie, sobald sie bezahlt hatte, ohne auf ihr Rückgeld zu warten, zurück auf die Straße und in die Fotoabteilung des Drogeriemarktes. Zu ihrer Erleichterung konnte sie Mattheos roten Schopf schon von Weitem auf einem der Hocker vor den Bildschirmen ausmachen. Finn stand neben ihm. Sie wirkten hoch konzentriert.

»Na, kommt ihr voran?« Mia beugte sich vor und schaute an Mattheos Kopf vorbei auf den Bildschirm.

»Ich nehm das Zugbild«, flüsterte Mattheo ihr zu, als wäre es ein Geheimnis, und nur wenige Momente später fiel besagtes Foto aus dem Automaten.

Als sie kurz darauf wieder im Camper saßen und Mia sich die kalten Hände rieb, zog Finn ganz vorsichtig etwas unter seinem Mantel hervor und hielt es ihr hin. Überrascht stellte sie fest, dass es eine Fotografie war. Sie betrachtete sie genauer und erkannte schließlich das Bild, das Finn vorm Weihnachtsbaum von ihr und Mattheo aufgenommen hatte. Ihr stockte der Atem. Finn hatte den kurzen Moment eingefangen, in dem sie den Kleinen in ihre Arme gezogen hatte. Alles an diesem Bild war vollkommen: Sie und Mattheo waren scharf gestellt, während die Schneeflocken vor ihnen und der Baum und die Buden hinter ihnen leicht verschwammen. Auch die Beleuchtung war perfekt, wie Finn gesagt hatte. Ihre Gesichter wurden vom angenehm warmen Licht der Kerzen am Baum angestrahlt, während die Scheinwerfer und die Lichter der Buden im Hintergrund schwächer leuchteten. Aber viel schöner als all das war der Ausdruck auf Mias und Mattheos Gesichtern. Beide hatten die Augen geschlossen und lächelten so glücklich, dass sich Mia kaum wiedererkannte.

Als sie den Blick hob, sah sie Finn auf einmal mit ganz neuen Augen: nicht mehr nur als den exzentrischen Vater mit einem Hang zu Paranoia, sondern auch als Künstler.

»Das ist wunderschön, Finn«, flüsterte sie und schenkte ihm ein strahlendes Lächeln. »Danke.«

Er lächelte zurück. »Danke und gern geschehen.«

»Wohin fahren wir?« Sein Lächeln machte ihr Mut.

»Nicht nach Goppeln. Tut mir leid.« Er deutete zum Fenster hinaus. »Von diesem Bahnhof aus fährt fast jede Stunde ein Zug in Richtung Dresden. Du brauchst nur einmal in Flöha umzusteigen und zwei Stunden später bist du zumindest schon einmal am Dresdner Hauptbahnhof. Von dort aus kann dich sicher jemand abholen, oder? Ich gebe dir das Geld.« Fragend sah er sie an.

Das Angebot war verlockend, doch Mia zog nur wortlos an ihrem Gurt und schnallte sich an.

Finn seufzte. »Wie du willst.« Dann ließ er den Motor an.

Leipzig

Da Justus nach seinem Gespräch mit Mia nichts anderes übrig geblieben war, als nach Leipzig zurückzufahren, hatte er sich in der Kanzlei unter einem Berg Arbeit vergraben. Denn davon gab es zum einen wirklich mehr als genug und zum anderen ließen sich Grübeleien und düstere Gedanken immer am besten mit

Arbeit überlisten. Zumindest für Justus hatte sich diese Strategie bewährt.

Die Welt dreht sich auch weiter, wenn du mal eine Pause machst, weißt du?

Ab und an traf ihn die Erinnerung an diesen Satz völlig unvorbereitet, beim Durchforsten von Gesetzestexten oder beim Beantworten einer Mail, manchmal sogar mitten während eines Mandantengesprächs. Dann flog Justus' Blick jedes Mal wie automatisch dorthin, wo ihr Bild gestanden hatte, bis zu dem Tag, an dem er die Frage »Ist das Ihre Frau?« einmal zu oft hatte beantworten müssen.

Auch jetzt – er zog gerade eine Anzeige gegen einen seiner Mandanten aus dessen Akte – ruhte sein Blick wieder für einige Sekunden auf der leeren Stelle, von der aus Eva ihn immer angelächelt hatte.

Danke, Gott. Für alles, was wir hatten.

Es hatte Jahre gedauert, bis ihm das erste Gebet dieser Art über die Lippen gekommen war, ohne dass er es hätte zwischen zusammengepressten Zähnen herauspressen müssen. Es wurde besser.

»Klopf, klopf.« Seine Sekretärin Isabell steckte, gut gelaunt wie immer, den Kopf ins Zimmer. Ein buntes Band, das ihr die schwarzen Haare aus der Stirn hielt, ließ sie heute jünger wirken als Mitte vierzig. »Herr Kalwich ist da.«

Justus nickte. »Schick ihn rein!«

Herr Kalwichs Frau hatte Anzeige gegen ihn erstattet. Laut ihrer Aussage hatte er sie und ihren gemeinsamen Sohn bedroht und nun wollte sie ein Kontaktverbot erwirken. Außerdem hatte sie die Scheidung eingereicht. Justus' Mandant erschien in Tränen aufgelöst und beteuerte, er habe Beweise dabei, die Justus eine ganz andere Geschichte erzählen würden. Zuallererst bot Justus ihm einen Kaffee an, dann begannen sie damit, alle Dokumente durchzugehen, die Herr Kalwich mitgebracht hatte: ausgedruckte Nachrichtenverläufe, heimliche Fotografien, die seine Frau mit einem anderen Mann zeigten, sogar das Tagebuch seines minderjährigen Sohnes, das zwar vor Gericht wenig Aussagekraft haben würde, aber Justus von der Wahrheit überzeugen sollte: dass Frau Kalwich ihren Mann aus ihrem Leben haben wollte, um ungehindert eine neue Ehe beginnen zu können.

Justus hatte tagtäglich mit tragischen Geschichten wie dieser zu tun. Er konnte professionell mit ihnen umgehen. Viele Freunde, besonders die aus seiner Kirchengemeinde, prophezeiten ihm zwar regelmäßig, dass seine Arbeit ihm noch den letzten Glauben an gelingende Ehen und glückliche Familien zerstören würde, und schrieben es den vielen zehrenden Gerichtsverhandlungen zu, dass er sich nicht längst wieder nach einer Frau umgesehen hatte. Aber Justus wusste, sie hatten unrecht. Er glaubte trotz allem noch an die Ehe. Weil er daran glaubte, dass Gott zwei Menschen zusammenstellte. Und wenn diese Menschen im größten Durcheinander und Gefühlschaos zu ihm aufsahen und von ihm alle Hilfe erwarteten, dann konnte es für jede noch so gescheitert wirkende Ehe Heilung geben.

Herr Kalwich blieb ganze zwei Stunden und verließ Justus' Büro mit trockenen Augen.

Kurz darauf klopfte es erneut.

»Herein.«

»Na, Seelenklempner? Fertig für heute?« Carl Wenz, der Sohn des Chefs, mit seinem strohblonden Haar und seinem charmanten Auftreten das Aushängeschild der Kanzlei, lächelte gutmütig. Der *Seelenklempner* bezog sich auf eine Box mit Bibelversen, die auf Justus' Schreibtisch stand. Wenn seine Mandanten offen dafür waren, gab er ihnen gerne eins dieser Kärtchen mit.

»Muss nur noch ein wenig Ordnung in diese Akte hier bringen.«

»Lust auf einen Glühwein? Wir brechen in zehn Minuten auf.«

»Klar. Ich bin dabei.«

Eine Viertelstunde später hatte sich das Team um einen Glühweinstand nur zwei Straßen weiter versammelt. Außerdem war Carls jüngere Schwester Emma mit von der Partie. Sie war eine aufstrebende Möbeldesignerin und ganz offensichtlich äußerst interessiert an Justus. Das war ihm schon bei ihren letzten Treffen aufgefallen. Sie stand immer ein wenig zu dicht bei ihm, machte ohne Pause Witze auf seine Kosten, die ihn an Neckereien auf dem Schulhof erinnerten, und sah ihn immer ein wenig zu intensiv aus ihren schönen grünen Augen an. Anfangs hatte Justus sich sehr geschmeichelt und, wie er zugeben musste, auch von ihr angezogen gefühlt – bis er gemerkt hatte, dass er ihr Hoffnung machte, obwohl er noch gar nicht bereit für eine neue Beziehung war.

»So, Leute, war nett mit euch«, sagte er, als es langsam spät wurde. »Ich bin dann mal weg. Keine Angst. Wir sehen uns morgen wieder.«

Die anderen lachten und verabschiedeten ihn mit Handschlag. Er hatte noch keine zehn Schritte in Richtung seines Autos gemacht, da hörte er Absätze hinter sich auf dem Pflaster klappern.

»Justus. Warte!« Emma stolperte über einen unregelmäßigen Pflasterstein und Justus streckte instinktiv die Hand aus, um sie zu stabilisieren. »Huch, ich dachte eigentlich, zwei Tassen Glühwein würde ich locker wegstecken.« Sie kicherte und lehnte sich gegen seinen Arm. »Du willst schon gehen?«

Vorsichtig zog er seinen Arm zurück und versuchte, Abstand zwischen sich und Emma zu bringen. »Ja, war ein langer Tag. Ich will einfach ins Bett.«

»Kann ich verstehen.« Sie verdrehte die Augen. »Die vielen Probleme von anderen, mit denen ihr euch den ganzen Tag herumärgern müsst ... Kein Wunder, dass man sich da abends nur noch die Decke über den Kopf ziehen will.« Ihr Lächeln kehrte zurück. »Wusstest du, dass ich ausgebildete Physiotherapeutin bin?«

Das überraschte ihn tatsächlich.

»Und ich bin ziemlich gut in meinem Job. Was hältst du von einer kostenlosen Massage?«

Die Alarmglocken in seinem Kopf begannen zu schrillen, während er sich vorstellte, wie ihre Hände über seinen Körper wanderten.

»Ähm … Emma. Das ist eine schlechte Idee. Eine wirklich schlechte.«

»Warum?« Sie streckte die Arme aus und begann, seinen Nacken zu massieren. Es kostete ihn einige Überwindung, ihre Hände zu packen und wegzuziehen.

»Komm schon, denkst du nicht, da könnte was zwischen uns sein? Lass es uns rausfinden!«

Justus hob die Augenbrauen. Es war nicht das erste Mal, dass eine Frau ihm Dinge anbot, über die er lieber gar nicht nachdenken wollte. Normalerweise sah er dann immer Evas Gesicht vor sich und fühlte sich wie ein Verräter, weil auch nur der Gedanke in seinem Kopf gewesen war. Heute aber sah er an ihrer Stelle zu seiner Verwunderung jemand anderen. Jemanden, den er erst seit gestern kannte. Es war Mia Lorenz. Schnell schüttelte er die Gedanken an sie ab und brachte mehr Abstand zwischen Emma und sich.

»Emma, so einer bin ich nicht.«

»Weiß ich«, sagte sie scheinbar ganz ernst. »Und das respektiere ich vollkommen.« Schon wieder streckte sie die Hand nach ihm aus.

»Nein, das respektierst du überhaupt nicht.« Die Schärfe in seiner Stimme ließ ihre Hand innehalten. »Wenn du mich wirklich respektierst, dann drehst du dich jetzt um, gehst zu den anderen zurück und in Zukunft begegnen wir uns als gute Bekannte, aber mehr auch nicht.«

Emma sah ihm fest in die Augen, als wolle sie herausfinden, ob es da noch irgendein Schlupfloch gab, durch das sie in Justus' Leben schlüpfen konnte. Für einen Augenblick fragte er sich, ob er nicht verrückt war, ein solches Model – dazu noch klug, witzig und aufregend – so kalt abblitzen zu lassen; ob er dieses Schlupfloch nicht doch auftun sollte. Dann aber überkam ihn eine überirdische Entschlossenheit. Er tat das Richtige. Gott war auf seiner Seite.

»Wie du meinst.« Endlich trat sie den Rückzug an. »Wir hätten einfach ein bisschen Spaß haben können, Justus. Aber wenn du keinen Spaß in deinem Leben brauchst …« Sie drehte sich um, ging hocherhobenen Hauptes davon und mischte sich lachend wieder unter die anderen.

Justus presste die Lippen aufeinander und lief mit großen Schritten zu seinem Auto. Klar wollte er Spaß haben im Leben, er war viel zu oft einsam. Aber nicht um jeden Preis. Was er wirklich wollte, war ein Gegenüber, mit dem er alles teilen konnte, auch seinen Glauben. Eine echte Gefährtin, die sich vorstellen konnte, ein ganzes Leben mit nur einem Mann – ihm – zu verbringen.

Wieder wollte Mias Bild sich vor sein inneres Auge schieben und er stöhnte leise, während er sein Auto entriegelte. Bedingt durch seine Arbeit lernte er andauernd neue Leute kennen; Männer und Frauen. Aber es war noch nie vorgekommen, dass ihm eine nach nur einem Aufeinandertreffen durch den Kopf gegeistert war.

Diese ganze vertrackte Situation ist schuld, sagte er sich. Der Schlafmangel, die Sorgen, das Jonglieren von zu vielen Aufgaben. Das war selbst für sein normalerweise sehr aufgeräumtes Hirn zu viel. Höchste Zeit, dass er, wenn auch nur für ein paar Stunden, einmal eine Pause einlegte. Im Moment konnte er sowieso nicht viel für Finn und Mattheo tun.

»Jetzt liegt der Ball in deinem Feld, Mia«, murmelte er und zündete den Motor. »Ich bete.«

11

Sie hatten Glück. In Oberwiesenthal war am Fuß des Fichtelbergs, ganz in der Nähe des Sportzentrums, noch ein Stellplatz frei. Mia kannte den Ort, zumindest dem Namen nach; Oberwiesenthal war schließlich für seine Wintersportanlagen berühmt.

»Fährst du Ski?«, fragte sie leise, während Finn seinen schlafenden Sohn behutsam aus dem Wagen hob.

»Nein. Du?«

Mia sah ihn verwundert an. »Was wollen wir dann hier?«

Doch Finn antwortete ihr nicht. Schweigend trug er Mattheo durch die Hintertür in den Wohnbereich. Mia wollte ihm gerade folgen, als sie einen Anruf erhielt. Emil. Sie hielt für einen Moment die Luft an, bevor sie sie zischend wieder entweichen ließ und abnahm.

»Hallo, Emil«, trällerte sie bewusst fröhlich.

»Hallo, Mia.« Ihr Bruder klang genauso besorgt, wie sie befürchtet hatte. Er war *immer* viel zu besorgt um sie. »Ich hab deinen Schlüssel in meinem Briefkasten gefunden und dann bin ich raus zu dir gefahren und hab gesehen, dass du nicht da bist. Sag nicht, du hast nach dem Streit mit Mama das Handtuch geworfen.«

Um sich warm zu halten, trat Mia von einem Bein auf das andere, sodass der Schnee unter ihren Füßen nur so knirschte. »Nein. Ich … ich …« Sie ahnte, Emil würde sie nicht verstehen. Worte wie »Affekt« und »Spontanität« existierten in seinem Wortschatz nämlich nicht. Und trotzdem war ihr klar, dass Lügen sie nicht weiterbringen würde. Also erzählte sie ihm von ihren Übernachtungsgästen, von Finns Situation und ihrer mehr oder weniger unfreiwilligen Reise. Emil unterbrach sie nicht. Er hörte stumm zu und fragte am Ende nur: »Und du bist dir sicher, du weißt, was du tust?«

Das überraschte Mia. Eigentlich hatte sie erwartet, dass er ihr eine Strafpredigt halten würde.

»Nein, bin ich nicht«, gestand sie leise. »Aber es hat sich wie das einzig Richtige angefühlt. Könntest du nach Tiffany sehen und ihr zweimal am Tag etwas Wasser und Katzenfutter geben? Unter der Spüle findest du alles, was du brauchst.«

»Wie lange bleibst du denn fort?« Sie hörte an seinem Tonfall, dass er sich äußerste Mühe gab, nicht zu klingen, wie es typisch für ihn gewesen wäre.

»Bis Samstag bin ich zurück.«

»Gut. Ich kümmere mich um deine Katze. Sie wird dich vermissen. Also bleib nicht allzu lange weg!«

»Okay.« Mia grinste. »Danke, Emil, dass du mir keinen Vortrag hältst.«

»Ich habe seit Samstag viel nachgedacht. Und ich glaube, wir haben einiges wiedergutzumachen. Pass auf dich auf, Mimi!«

»Werd ich.«

Mia legte auf. Dann betrat sie zum ersten Mal das Innere des Wohnmobils. Finn war noch immer damit beschäftigt, Mattheo zu Bett zu bringen, und so nahm Mia sich die Zeit, alles genaustens unter die Lupe zu nehmen. Der Camper war altmodisch, aber gemütlich eingerichtet: Ein abgenutzter grauer Sessel stand gleich hinter der Rückbank des Wagens. Davor war ein weißer Tisch angeschraubt worden. Ging man weiter nach hinten, folgten links und rechts zwei Miniatur-Küchenzeilen mit Doppelherdplatte, einer Spüle, einem Kühlschrank und einer Arbeitsfläche. Linker Hand befand sich zudem eine abgetrennte Kabine, vermutlich die Toilette, und dahinter machte Mia zwei Schlafetagen mit Matratzen aus. Finn hatte Mattheo auf die untere der beiden gelegt und zog ihm vorsichtig die Hose aus. Ohne Pullover oder Unterwäsche zu wechseln, um ihn nicht zu wecken, breitete er eine Decke über ihn.

Mia runzelte die Stirn, als ihr Blick hinauf zur oberen Etage wanderte. Sie selbst hatte, abgesehen von ihrer Zahnbürste und den Kleidern, die sie am Leib trug, nichts Frisches dabei. Und wo sollte sie eigentlich schlafen?

Finn blickte zu ihr auf und sie wandte sich ertappt ab.

Während ihres Gesprächs mit Justus hatte das alles wie eine gute Idee gewirkt, ein Abenteuer allerhöchstens. Jetzt war sich Mia nicht mehr sicher, ob sie die richtige Entscheidung getroffen hatte.

Finn schien nichts von ihren Gedanken zu ahnen. Er erhob sich und ging an ihr vorüber, legte mit dem Geschick jahrelanger Übung die Rückbank des Wagens um, sodass sie plötzlich nicht mehr Rückbank, sondern Sofa war, holte sich ein Bier aus dem Schrank und ließ sich damit aufseufzend in das zerschlissene graue Polster sinken.

»Willst du auch eins?«, fragte er und hielt die Flasche in die Höhe.

»Nein danke. Ich trinke nicht.«

Er zuckte mit den Achseln und schob den Bierverschluss mit einem Ploppen aus seiner Halterung. Dann nahm er einen großen Schluck. »Setz dich doch!«, forderte er sie auf und Mia ließ sich auf der vordersten Kante des Sessels nieder.

»Bleibt es die ganze Nacht so kalt hier drinnen?«

»Ich hab die Gasheizung schon angeschaltet. Es wird gleich warm.«

Sie warf einen Blick in Richtung der Matratzen. »Ich kann im Hotel schlafen. Ich habe eines gesehen, gleich vorne an der Straße.« Im selben Moment, in dem sie sie aussprach, bereute sie ihre Worte auch schon wieder. Finn würde seine Chance ergreifen und sich verdünnisieren, noch bevor sie eingecheckt hatte.

»Ich würde dir den Luxus ja gönnen«, Finn runzelte die Stirn, »aber dazu ist mein Geldbeutel dann doch nicht prall genug.«

Natürlich. Mia hätte sich ohrfeigen können.

»Aber spätestens morgen werde ich ihn einmal anzapfen müssen, deinen Geldbeutel«, sagte sie nach einigem Zögern.

»Wieso?«

Bedeutungsvoll sah sie an sich hinunter. Finn hob die Schultern und schüttelte den Kopf. Er begriff nicht.

»Ich habe keine Ersatzunterwäsche dabei.« Mia spürte, wie das Blut in ihre Wangen schoss.

Finn stand auf. Er wirkte kein bisschen verlegen. Zielsicher öffnete er das Schrankfach über der Spüle und zog nach einigem Kramen einen Schlüpfer hervor, den Mia sich gut an ihrer Großmutter Isolde vorstellen konnte.

Unsicher starrte sie das urzeitliche weiße Monstrum an. »Ist das dein Ernst?«

»Ich habe den Wagen hier von meinen Großeltern geerbt. Das ist noch ein Teil ihrer Hinterlassenschaften. Wir benutzen zwar einige davon schon als Putzlappen, aber den hier noch nicht. Vielleicht ist er ein wenig groß, aber …«

Mias Wangen wurden noch heißer. »Wir sollten das Gespräch hier beenden. Das da ziehe ich nicht an. Vergiss es!«

»Dann nicht.« Er zuckte mit den Achseln und kam grinsend zurück. »Aber natürlich werde ich dir Geld leihen. Wie teuer kann Unterwäsche schon sein?«

Mia schüttelte schmunzelnd den Kopf und wechselte dann das Thema. »Wann wird das hier drinnen denn nun endlich warm?«

Finn legte die Stirn in Falten. »Eigentlich sollte es das längst sein.« Er ging zum Regler und überprüfte ihn. »Das verstehe ich nicht. Die Heizung ist an.«

»Wie oft hast du das schon gemacht mit dem Wintercamping?«

»Gar nicht. Aber so schwer kann das doch nicht sein. Heizung an und los geht's.«

Mia hob eine Augenbraue und gesellte sich zu ihm. »Hast du

nicht von einer Gasheizung gesprochen? Vielleicht ist die Flasche leer.«

Finn machte große Augen. »So was kann passieren?«

»Ja, und zwar jedes Mal, wenn sie leer ist. Was hast du denn gedacht? Weißt du, wo die Flasche sich befindet? Dann können wir nachsehen.«

»Ich vermute hier.« Finn öffnete eine Tür neben dem Kühlschrank und machte ein triumphierendes Gesicht. »Voilà.«

Mia drehte den Gashahn zu und half Finn dabei, den Schlauch abzunehmen. Anschließend griff sie nach der Flasche und wog sie in ihrer Hand. »Die ist mit Sicherheit leer. Normalerweise sind da elf Kilo Gas drin. Das hier fühlt sich nach fast gar nichts an.«

Finn sah noch immer völlig überrumpelt aus. »Und was machen wir jetzt?«

»Wir brauchen eine neue Gasflasche.«

»Und woher bekommen wir die?«

Mia warf die Hände in die Luft. »Mensch, Finn. Man geht doch nicht einfach wintercampen, wenn man keine Ahnung von Wohnmobilen hat.«

»Im Sommer bin ich immer bestens klargekommen«, verteidigte er sich.

»Wir können nur hoffen, dass am Servicepunkt Gasflaschen verkauft werden.«

»Ich gehe nachschauen.« Schon zog er seine Jacke über und stapfte zur Tür hinaus, hielt jedoch mitten in der Bewegung inne. Er drehte um, setzte einen schuldbewussten Gesichtsausdruck auf und griff nach dem Zündschlüssel, der neben der geöffneten Bierflasche auf dem Tisch lag. »Entschuldige«, murmelte er. Dann verschwand er.

Es dauerte nur zehn Minuten, bis er zurückkehrte. Inzwischen war Mia so kalt geworden, dass sie begonnen hatte, sich ernsthafte Sorgen um Mattheo zu machen. Sie hatte die Bettdecke aus der zweiten Etage geholt und sie zusätzlich über dem Jungen ausgebreitet. Außerdem hatte sie ihm ganz vorsichtig seine Mütze aufgesetzt.

Sie war erleichtert, als sie die zwei Gasflaschen in Finns Händen sah.

»Die reichen bei laufender Heizung gerade einmal drei bis fünf Tage«, wetterte Finn leise. »Man stelle sich das nur mal vor.«

Mia half ihm dabei, die erste Gasflasche anzuschließen, und im Nu merkten sie, wie der Camper sich aufheizte.

»Woher weißt du eigentlich all diese Dinge, Mia?«, wollte er wissen.

Sie hob die Schultern. »Keine Ahnung. Allgemeinbildung.«

»Wie auch immer. Ohne dich wäre es hier drinnen heute Nacht wirklich unschön kalt geworden. Zum Glück bist du da.«

Oberwiesenthal
10. Dezember

Mia schlief unerwartet gut auf ihrer Matratze in der ersten Etage. Nach dem Frühstück, für das Finn und Mattheo Brötchen vom Bäcker geholt hatten, während Mia noch geschlummert hatte, machte sie sich auf die Suche nach einem Bekleidungsgeschäft.

Draußen erwarteten sie eiskalte Minusgrade und eine ganze Menge enthusiastischer Wintersportler, die mit Snowboards oder ihren Skiern über der Schulter offensichtlich in Richtung Lift unterwegs waren. Mia musste aufpassen, dass sie nicht einem dieser langen Bretter in die Quere kam.

Sie persönlich reizte dieser Sport kein bisschen. Einmal hatte sie es als Kind versucht, einen Berg hinunterzufahren, und war weinend, von oben bis unten mit Schnee bedeckt und mit nur noch einem Ski unten angekommen. Da hatte sie sich geschworen, es nie wieder auch nur zu probieren. Und dabei war sie geblieben.

Es hätte sie eigentlich nicht mehr wundern sollen, dass sie nach einem erfolgreichen Einkauf bei *NKD*, dem einzigen Bekleidungsgeschäft des ganzen Ortes, zurück am Wohnmobil eine verschlossene Tür vorfand. Trotzdem wurmte es Mia. Für Menschen, die Abmachungen nicht einhielten oder unzuverlässig waren, brachte sie wenig Verständnis auf. Außerdem hatte sie wirklich geglaubt, in ihrer Beziehung zu Finn am Abend einen Fortschritt gemacht zu haben, aber scheinbar hatte sie sich da getäuscht.

Weil sie wirklich keinerlei Lust verspürte, wieder auf die Suche nach Vater und Sohn zu gehen, rief sie kurzerhand Justus an. Diesmal dauerte es eine Weile, bis er abnahm.

»Entschuldige, Mia. Ich stehe gerade vor dem Polizeipräsidium. Hab in zehn Minuten einen Termin mit einem der Kommissare. Wir müssen uns also kurzfassen. Wie ist der Stand der Dinge?«

»Leider unverändert. Ich wollte dir nur sagen, dass wir zurzeit in Oberwiesenthal unser Lager aufgeschlagen haben.«

»Okay. Von dort aus braucht ihr keine drei Stunden bis Leipzig. Das ist gut.«

»Justus ... Ich weiß nicht, ob es mir gelingen wird, Finn zur Umkehr zu bewegen.«

»Es reicht, wenn du es immer wieder versuchst. Wir können ihn schließlich nicht fesseln und herschleifen. In gewisser Weise kann ich ihn ja sogar verstehen. Leonie hat damals ganze zwei Monate mit ihm und Mattheo ausgehalten, bevor sie die Flucht ergriffen hat. Es ist absolut vermessen von ihr, Finn jetzt so unter Druck zu setzen.«

»Aber warum hat sie die beiden denn überhaupt verlassen?«

»Weil sie mehr auf die Prognosen der Ärzte gegeben hat als auf ihren Mutterinstinkt. Ich schätze, ein behindertes Kind hat einfach nicht in ihren Plan gepasst. Also ist sie fortgelaufen und hat sich im Westen einen reichen Unternehmer geangelt.«

Es tat Mia weh, das zu hören. Wie hart musste ihr Verschwinden Finn getroffen haben. Allein zurückgelassen zu werden mit einem Baby …

»Aber warum ist sie dann zurückgekommen und wieso kämpft sie jetzt plötzlich um das alleinige Sorgerecht?«

Justus lachte bitter. »Gute Frage. Offiziell spricht sie von einer zu spät erkannten, nicht behandelten Wochenbettdepression und dass sie nun geheilt ist und sich ein würdiges Leben für Mattheo aufgebaut hat, aber unter uns gesagt: Ich glaube, sie hat jetzt erst herausgefunden, dass Mattheo viel schwächer beeinträchtigt ist als gedacht. Er wird mit etwas Unterstützung höchstwahrscheinlich eine ganz normale Schule besuchen können.«

»Und da hat sie angefangen, ihre Entscheidung zu bereuen …«

»Wahrscheinlich«, stimmte Justus ihr zu. »Dazu kommt, dass sie Finn für einen kompletten Versager hält. Sie scheint vergessen zu haben, dass er es war, der Mattheo zu genau dem lieben Jungen erzogen hat, der er ist. Und deshalb muss Finn zurückkommen: um ihr das Gegenteil zu beweisen.«

Mia blickte auf und sah Finn mit Mattheo an der Hand auf sich zukommen. Hastig flüsterte sie eine Verabschiedung und legte dann auf. Glücklicherweise waren die beiden so mit sich beschäftigt, dass sie Mia erst entdeckten, als sie das Wohnmobil schon fast erreicht hatten.

»Mia!«, rief Mattheo fröhlich. »Wir gehen heute auf den Berg da. Hast du das gewusst?« Er deutete mit dem Zeigefinger in Richtung Fichtelberg.

»Nein«, erwiderte Mia und ein flaues Gefühl breitete sich in ihrem Magen aus. Sie sah Finn an. »Soweit ich weiß, ist da oben kein Weihnachtsmarkt.«

Finn verdrehte die Augen. »Hast du schon mal ein preisverdächtiges Bild von einem Weihnachtsmarkt bei Tageslicht gesehen?«

Mia ignorierte seinen schnippischen Tonfall und wandte sich wieder Mattheo zu. »Laufen wir da etwa hinauf?«

»Wir fahren mit dem Sofalift, wir fahren mit dem Sofalift«, sang Mattheo.

»Du meinst den Sessellift«, berichtigte Finn ihn amüsiert.

In Mias Hals bildete sich ein Kloß.

»Alles in Ordnung?«, fragte Finn, der ihren plötzlich veränderten Gesichtsausdruck bemerkt haben musste.

»Nur ein bisschen Höhenangst«, gab sie zu.

Ein bisschen war untertrieben, das war Mia sofort klar, als sie etwa eine Stunde später neben Finn und Mattheo in den Sessellift kletterte. Ihre Knie waren weich wie Wackelpudding.

»Keine Sorge!«, rief Finn ihr zu. »Du fällst höchstens fünfzehn bis zwanzig Meter, wenn wir abstürzen.«

Als er die Angst in ihren Augen las, schien es ihm leidzutun, dass er sie aufgezogen hatte. Er beugte sich zu Mattheo hinunter, der zwischen ihnen saß, und flüsterte ihm etwas ins Ohr. Kaum hatte er ausgesprochen, da schlang Mattheo auch schon seine Arme um Mias Taille.

»Keine Angst haben, Mia! Ich halt dich fest.« Mattheos Stimme klang richtig angestrengt, so fest hielt er sie. Trotz des mulmigen Gefühls in ihrem Bauch musste Mia lächeln. »Danke, Mattheo. Ich fühle mich gleich ein bisschen besser.«

Mit roten Wangen lächelte er ermutigend zu ihr herauf und den Rest der Fahrt über hatte Mia kaum Zeit, über ihre Höhenangst nachzudenken. Viel mehr Sorgen machte sie sich um Mattheo, der schon auf halbem Weg vor lauter Körpereinsatz zu schnaufen begann. Mia strich ihm über die Wange und sagte: »Danke. Du hast mir sehr geholfen. Ich glaube, jetzt komme ich klar.«

Mattheo zog noch eine Weile, dann ließ er sie vorsichtig los und sah sie prüfend an. »Ja? Geht das?«

»Schau mal, Mattheo!«, rief Finn plötzlich. »Dort drüben! Die Snowboarder. Die machen Salti in der Luft.«

Mattheos Blick flog in die Richtung, in die der Arm seines Vaters deutete, und er schnappte nach Luft. »Orr. Cool!« Er wandte sich an Mia. »Siehst du? Das ist gefährlich, aber das hier ist eigentlich gar nicht so schlimm.«

Finn und Mia tauschten einen amüsierten Blick und Mia stellte fest, dass sie sich langsam an die Höhe zu gewöhnen begann.

Oben angekommen, jubelte Mattheo plötzlich los. »Du hast es geschafft!« Er tanzte lachend um Mia herum und vor Rührung kamen ihr beinahe die Tränen.

»Dank dir, mein Großer.« Finn schob ihm die Mütze über die Augen und Mattheo kicherte. Dann folgten sie dem Besucherstrom hinaus auf das Bergplateau.

Sie hatten einen perfekten Tag für eine Gipfelbesteigung erwischt. Der Himmel war blau und wolkenlos und die Sonne brachte den Schnee, der Berge, Felder und Bäume bedeckte, zum Glitzern. Eine ganze Weile bestaunten sie alles, was von den Aussichtspunkten aus im Tal und in der Ferne zu sehen war.

Ein notdürftig geräumter Weg führte sie in den Wald hinein.

Plötzlich traf Mattheo ein unerwarteter Schneeball am Po.

»Hey!« Er wirbelte herum und warf seinem Vater einen gespielt wütenden Blick zu.

Dieser grinste. »Warum bist du denn so nass am Po? Hast du dir in die Hose gemacht?«

Mattheo bemühte sich, den Beleidigten zu spielen und nicht zu lachen. »Na warte!«, rief er, lief in den knietiefen Schnee und versuchte, eine Kugel zu formen, doch der Schnee war frisch und pulvrig und die erste Kugel, die Mattheo nach Finn warf, zerstob noch auf dem ersten Meter im Wind.

»Warte, ich helfe dir!« Mia eilte zu ihm, und obwohl sie nur Stoffhandschuhe trug, tauchte sie ihre Hände tief in den Schnee und versuchte ebenfalls, ihn zu einer festen Kugel zusammenzupressen. Da traf sie ein Schneeball knapp unterm Kinn. Eiswasser lief unter ihren Schal.

»Ihr seid zu langsam!«, rief Finn, der sich auf der anderen Seite des Weges hinter einem Baum verschanzt hatte.

»Oh, dir zeigen wir's.« Mia reichte Mattheo eine feste Kugel und dieser rannte sofort aufgeregt ins feindliche Lager hinüber, um Finn abzuschießen. Die Kugel verfehlte zwar ihr Ziel, aber Mattheo gab nicht auf und holte sich eine neue Kugel bei ihr ab.

»Von zwei Seiten«, flüsterte Mia ihm nach dem dritten missglückten Versuch zu und so schlichen sie gemeinsam zu Finns Versteck. Ein Schneeball flog und verfehlte Mia nur knapp. Das war Mattheos Moment. Er lief von hinten ganz dicht an seinen Vater heran und landete einen Glückstreffer direkt in Finns Nacken. Dieser kreischte. Im selben Augenblick schoss ihm Mias Kugel von der anderen Seite die Mütze vom Kopf. Finn schrie erbost auf und Mattheo und Mia jubelten.

Voller Schnee, aber bester Laune kehrten sie kurz darauf in das Restaurant im Fichtelberghaus ein, und nachdem sie sich bei Suppe und Wienern aufgewärmt hatten, ging es mit dem Sessellift zurück ins Tal. Diesmal nahmen Finn und Mattheo Mia auf den Vorschlag des Jungen hin in ihre Mitte und hielten sie von beiden Seiten fest. Dazu erzählte Finn während der ganzen Fahrt Witze, wirklich gute Witze, und Mattheo und Mia bogen sich vor Lachen. Mia war so abgelenkt; sie bemerkte die Höhe kaum.

An der Talstation machten sie noch ein Bild von Mia und Mattheo in Siegerpose, dann zog Mattheo sie beide auch schon weiter zur Eislaufbahn, die er vom Gipfel aus gesehen hatte.

* * *

Während Mia am Abend, nach dem unabdingbaren Besuch des Oberwiesenthaler Weihnachtsmarktes, beobachtete, wie Mattheo mit viel Mühe und noch mehr Liebe sein bestes Bild vom Vortag einklebte – er, stolz winkend auf der kleinen Eisenbahn –, kam es ihr unwirklich vor, dass erst ein Tag vergangen sein sollte, seit sie einem Impuls folgend in Finns Camper eingestiegen war. Als Mattheo sie fragte, was denn heute ihr schönster Moment gewesen sei, da fielen ihr auf Anhieb gleich sechs Augenblicke ein. Und diese erschienen ihr um einiges schöner als alle schönen Momente der letzten drei Monate zusammengerechnet.

Die Wirklichkeit holte sie erst wieder ein, als Mattheo seine Zähne putzte und sie ihr Handy aus der Jackentasche zog.

Drei Anrufe in Abwesenheit. Justus.

Dazu eine Nachricht: *Seid Ihr auf dem Weg?*

Mia schluckte. Sie hatte das Versprechen, das sie Justus gegeben hatte, im Laufe des Tages tatsächlich vergessen. Rasch sah sie auf die Uhrzeitanzeige. 20:03 Uhr.

Mit einem raschen Blick versicherte Mia sich, dass Mattheo noch immer hingebungsvoll Zähne putzte, dann ging sie neben Finn, der in seinem Koffer kramte, in die Hocke.

»Finn«, sprach sie ihn behutsam an und er sah überrascht auf. »Was?«

»Es ist Donnerstagabend.«

Er kniff kurz die Augen zusammen, dann senkte er den Blick und kramte weiter.

»Mattheo kann im Kindersitz schlafen.«

»Er hat ein Bett.«

Sie verdrehte die Augen. »Du weißt genau, was ich meine.«

Plötzlich funkelte er sie an. »Ich hab doch gesagt, ich brauche so lange, wie ich eben brauche.«

»Aber deine Ex-Frau …«

»Soll sie doch im Dreieck springen. Ich mache nur meinen Job hier.«

»Finn, ich denke wirklich …«

»Ich weiß, und es nervt.« Finn zog eine Winnie-Puuh-Unterhose aus einer Kofferecke. »Ich bringe meinen Sohn jetzt ins Bett.« Damit stand er auf und redete den ganzen restlichen Abend über kein Wort mehr mit ihr.

12

Mia schnappte unwillkürlich nach Luft, als Finn von der A72 auf die A9 in Richtung Nürnberg wechselte.

»Spuck es ruhig aus!«, murmelte er mit angespanntem Gesicht in ihre Richtung.

»Ich sag doch gar nichts.« Sie warf einen Blick über ihre Schulter zu Mattheo, der aufmerksam die Schneelandschaft vor dem Fenster beobachtete und immer Bescheid gab, wenn ein gelbes Auto vorbeifuhr.

»Aber du denkst was und das ist schlimm genug«, gab Finn zurück. »Ich kann dich problemlos in Bayreuth am Bahnhof absetzen.«

Mia kniff die Augen zusammen. »Willst du mich immer noch loswerden?«

Er verzog die Lippen zu einem schwachen Lächeln. »Eigentlich nicht. Wenn du mich einmal nicht mit diesem vorwurfsvollen Blick ansiehst, kann man sogar ziemlich viel Spaß mit dir haben.«

»Ich mach dir keine Vorwürfe. Ich mache mir nur Sorgen.«

»Gelbes Auto. Ford oder so«, ließ Mattheo sie wissen.

»Ein Fiat«, half sein Vater aus. Und in Mias Richtung fragte er leise: »Wo ist da der Unterschied?«

»Zwischen Ford und Fiat?« Er grunzte.

Sie lehnte sich ein wenig mehr in seine Richtung, um leiser sprechen zu können, und drückte zum wohl achten Mal an diesem Morgen einen eingehenden Anruf in ihrer Jackentasche weg. Sie wollte das winzige bisschen Vertrauen, das im Laufe des vergangenen Tages entstanden war, nicht gefährden, indem sie Finn merken ließ, dass sie mit Justus in Kontakt stand.

»Du weißt aber, dass jede Reise einmal ein Ende hat, oder?«, fragte sie ihn.

»Was?« Gespielt entsetzt sah er sie an. »Nein.«

»Du nimmst mich nicht ernst.«

Erst schmunzelte er, dann runzelte er die Stirn. »Ich glaube eher, du und Justus, ihr nehmt mich nicht ernst.«

»Gelber Audi«, tönte es von hinten. »Spielt ihr mit? Bitte!«, bettelte Mattheo, und da Finn die Unterhaltung nicht fortsetzen zu wollen schien, tat Mia ihm den Gefallen.

Vier gelbe Autos später bog Finn auf einen Rastplatz ab, weil Mattheo auf Toilette musste. Bevor er die Wagentür zufallen ließ, streckte Finn noch einmal den Kopf ins Innere. »Ich schlage vor, du nutzt die Zeit und rufst Justus zurück. Der Mann ist schließlich viel beschäftigt.«

Ein wenig schuldbewusst sah Mia den beiden nach, dann zog sie seufzend ihr Handy hervor. Doch es war gar nicht Justus, der sie die ganze Zeit zu erreichen versucht hatte, sondern ihre Mutter. Mia entfuhr ein Stöhnen. Das war zu erwarten gewesen. Sie bat Gott um Liebe und Geduld für das Gespräch und rief zurück.

»Mia! Wo bist du?«, stieg ihre Mutter ohne Begrüßung ein. »Emil sagte, du bist krank. Also hab ich heute Morgen mit einer Hühnersuppe an deiner Tür geklingelt, aber du warst nicht da. Dann war ich in deinem Buchladen und dort hieß es, du hättest dich für den Rest der Woche krankgemeldet. Da stimmt doch irgendwas nicht.«

Mia schloss kurz die Augen. Es war heraus. Sie rechnete es Emil zwar hoch an, dass er sie nicht bei Mutter verpetzt hatte, doch sie konnte es ihr auch nicht verdenken, dass sie sich darüber ärgerte, ganz offensichtlich belogen worden zu sein. Schließlich wusste Mia genau, wie sich das anfühlte.

»Du hast recht, Mutti. Ich bin nicht krank und ich bin auch nicht zu Hause.«

»Du bist doch nicht etwa in Hamburg?«

Mia verdrehte die Augen. »Nein. Und auch nicht in Berlin.«

»Das fehlte auch noch, dass du zu diesem Schauspieler fährst.« Ihre Mutter schnaubte. »Aber wo bist du dann?«

»Im Moment auf einem Rastplatz in der Nähe von Bayreuth. Hör mal, reg dich jetzt bitte nicht auf! Ich bin mit dem Urlaubsgast aus der Ferienwohnung und seinem Sohn unterwegs. Es ist eine lange Geschichte und ich kann jetzt nicht darüber sprechen. Aber ich bin bald zurück.«

»Wann?« Es kostete ihre Mutter sicher nicht weniger Überwindung als Emil, nicht weiterzubohren.

»Bald.«

»Was ist mit Sonntag? Sollen wir uns darauf einstellen, dich abzuholen?«

»Ich gebe dir rechtzeitig Bescheid.«

»Okay. Aber Mia, du weißt, ich sorge mich.« Nun schien sie doch nicht mehr an sich halten zu können. »Du solltest doch mittlerweile wissen, wozu Männer imstande sind.«

»Mutter, er hat ein Kind dabei.«

»Ich sag ja nur. Vincent hat auch ein Kind und beim letzten Mal hast du all unsere Bedenken in den Wind geschlagen. Wir haben gesagt, es ist seltsam, dass dieser Schauspieler immer nur wochenweise in Hamburg lebt und dass er dich nicht endlich heiratet.«

Mia schwieg. Sie hatten das alles schon unzählige Male durchgekaut.

»Ich mache mir doch nur Sorgen.«

»Und mir Vorwürfe.« Plötzlich ahnte Mia, wie Finn sich fühlen musste. »Ich leg jetzt auf, ja?«

»Mia, warte! Ich weiß, ich soll nicht ständig von ihm sprechen und dich nicht an ihn erinnern, aber ich habe Angst um dich, verstehst du das denn nicht? Es ist für mich das Schlimmste, wenn ich weiß, es geht dir nicht gut. Ich habe immer das Bedürfnis, dich irgendwie zu beschützen. Ich kann mir nicht helfen. Du bist doch meine kleine Mia und ich hab dich doch so lieb.«

Ihre Stimme brach und Mia fühlte, wie sich ein Kloß in ihrem Hals zu formen begann. Auch ihr fiel das Sprechen schwer.

»Genau das will ich hören, Mutti. Dass du mich lieb hast. Ich hab dich nämlich auch lieb. Aber ich will mein eigenes Leben führen, meine eigenen Entscheidungen treffen und meine eigenen Fehler machen dürfen. Ich kann dir schon mal eines versprechen: Ich bin nicht so bedacht wie Emil und auch nicht so geradlinig wie Ella. Ich *werde* wieder Fehler machen. Und dann wird es nicht deine Aufgabe sein, mein Leben zu sortieren. Das muss ich selbst tun, mit Gottes Hilfe. Ich wünsche mir einfach nur, dass du mich lieb hast.«

Ihre Mutter schniefte. »Hast du das Gefühl, ich behandle Ella und Emil liebevoller als dich?«

»Manchmal schon.« Mia wischte sich eine Träne aus dem Augenwinkel, während sie Finn und Mattheo beobachtete, die einen Wettlauf in Richtung Camper veranstalteten.

»Ich muss jetzt auflegen«, sagte sie leise und wartete gerade noch, bis ihre Mutter »Ich liebe euch alle drei gleich« geflüstert hatte, bevor sie auflegte. Unwillkürlich musste sie lächeln. So gut wie jetzt hatte sie sich nach einem Gespräch mit ihrer Mutter sehr lange nicht mehr gefühlt.

Leipzig

Kaum hatte Justus die Tür zur Kanzlei aufgestoßen, kam ihm auch schon Isabell entgegengeeilt. Ihr schwarzer Bob wippte bei jedem Schritt.

»Herr Schäfer«, zischte sie mit großen Augen so eindringlich, dass sie sofort Justus' volle Aufmerksamkeit hatte, »in Ihrem Büro wartet seit etwa zwanzig Minuten eine Frau auf Sie. Ich wollte sie davon abhalten hineinzugehen, aber sie hat mich einfach zur Seite geschoben. Allerdings habe ich sie die ganze Zeit durch die offene Tür im Blick behalten. Sie hat nur stocksteif auf ihrem Stuhl gesessen und nichts angerührt. Glauben Sie mir!«

Justus winkte ab. »Schon gut, Isabell. Danke, dass Sie sich so bemüht haben.«

Er ahnte bereits, wer da in seinem Büro saß und sich wieder einmal durch beste Manieren auszeichnete.

»Guten Tag, Leonie«, begrüßte er sie einen Augenblick später wie beiläufig und schloss die Bürotür hinter sich.

Sofort sprang Leonie auf. Sie hatte ihn schon immer an die dreizehnte Fee aus dem Märchen von Dornröschen erinnert – so kühl, so berechnend, und andauernd erlebte man böse Überraschungen mit ihr.

Demonstrativ entspannt ließ er sich hinter seinem Schreibtisch nieder.

»Schön, dass du auch schon kommst!«, ereiferte sich Leonie. »Dabei hast du dir doch sicher zusammengereimt, dass ich heute Morgen hier aufkreuzen würde. Schließlich hat Finn unsere Abmachung gebrochen und ist nicht mit Matteo zurückgekehrt. Seine Erzieherin sagt, sie hat seit letztem Freitag nichts von ihm gehört. Damit sehe ich mich gezwungen, das Jugendamt einzuschalten, und du kannst es mir als äußerst guten Willen anrechnen, dass ich dich zuvor noch über diesen Schritt informiere.«

Justus sah sie stumm an, so lange, bis die Rauchwolken, die aus Leonies Nase zu kommen schienen, sich verflüchtigten und sie sich schließlich sogar abwartend wieder auf ihren Stuhl setzte.

»Das Jugendamt«, sagte Justus betont langsam. »Bist du dir sicher, dass du das wirklich willst?«

Sie warf die Hände in die Luft. »Ja, bleibt mir denn eine Wahl? Das ist schließlich Kindesentziehung. Ich kenne meine Rechte.«

Justus kniff die Augen zusammen. »Hat Finn denn einen vereinbarten Termin versäumt, an dem er Mattheo zu dir hätte bringen sollen?«

Verblüfft sah sie ihn an. »Nein, aber wie soll ich denn auch einen Termin mit jemandem vereinbaren, der meine Anrufe ignoriert?«

Justus pokerte. »Ihr habt auch schriftlich keinen Kontakt gehabt?«

Sie legte den Kopf schräg und hob eine Augenbraue. »Lass die Rechtsanwaltsmasche, Justus! Du kennst Finn genauso gut wie ich. Hat er schon jemals auf eine Nachricht von dir reagiert?« Sie seufzte. »Ich weiß, du willst Zeit schinden. Und wenn ich ehrlich bin, wünschte ich jedem einen Freund wie dich. Aber du bist einfach blind, wenn es um Finn geht.« Einen Moment lang trommelte sie mit den Fingern ihrer rechten Hand auf die Lehne ihres Stuhls. »Trotzdem, dir zuliebe räume ich ihm eine allerletzte Gnadenfrist ein. Sag ihm von mir, dass ich das Jugendamt verständige, wenn er nicht bis morgen Abend bei mir auf der Matte steht. Und, nur damit rechtlich alles sauber zugeht, werde ich ihm eine Nachricht mit dem gleichen Inhalt schicken.«

»Sehr vernünftig von dir, Leonie«, lobte Justus, dem ein erleichtertes Stöhnen in der Kehle saß.

»Auf jeden Fall um einiges vernünftiger als mein Ex-Mann. Ich schätze, es wird mir Pluspunkte vor Gericht bringen, wenn ich belegen kann, dass ich Finn vorgewarnt und aus Rücksicht auf Mattheo so lange wie möglich mit der Alarmierung des Jugendamtes gewartet habe. Wenn er nicht darauf eingeht, rückt ihn das in ein äußerst schlechtes Licht. Egoismus steht keinem Vater gut, richtig?«

Ich kenne da auch jemanden, dem der Egoismus nicht gut steht, hätte Justus am liebsten gesagt, doch er hielt sich zurück.

»Hoffen wir, dass es nicht so weit kommt.« Er stand auf und reichte Leonie die Hand. Sie ignorierte sie.

»Wir hören voneinander.« Sie zog ihre Tasche von der Stuhllehne und hängte sie sich über die Schulter. Ohne ein weiteres Wort verließ sie das Büro.

Kaum war sie verschwunden, ließ Justus sich aufseufzend in seinen Stuhl zurückfallen.

»Soll ich Ihnen einen Kaffee bringen, Herr Schäfer?« Isabell stand in der Tür und lächelte.

»Das wäre nett. Danke.« Sie eilte davon und Justus schüttelte gedankenversunken den Kopf. Wie die Unterhaltung wohl verlaufen wäre, hätte Leonie gewusst, dass nicht nur ihre, sondern auch seine Anrufe konsequent ignoriert wurden?

13

Als Justus anrief, stapften Mia, Mattheo und Finn gerade die Wendeltreppe des Sinwellturms hinauf, dessen oberstes Turmzimmer einen wunderbaren Ausblick auf Nürnberg bieten sollte. Mia, die sich inmitten einer vietnamesischen Reisegruppe wie in einem Gänseschwarm vorkam, wartete, bis sie das Ende der Treppe erreicht hatten, und sonderte sich dann ein wenig ab.

»Hallo?«

»Was ist denn bei euch los? Klingt wie auf einem Basar.«

»Nicht ganz.« Unwillkürlich lächelte sie. Es tat gut, seine ruhige Stimme zu hören. »Wir schauen uns Nürnberg gerade von oben an. Ziemlich beliebtes Touristenziel, wie du hörst.«

»Nürn…?«, Justus' Kehle entwich ein lang gezogenes Stöhnen. »Na klar, wo sonst? Hör mal, es gibt eine neue Entwicklung.«

»Und deinem Tonfall nach zu urteilen, befürchte ich, nicht zum Guten.«

»Leider nicht. Leonie saß bis vor ein paar Minuten hier in meinem Büro. Sie droht, das Jugendamt einzuschalten. Ich konnte ihr nur mit Mühe ein neues Ultimatum abringen, laut dem Finn bis morgen Abend an ihrer Tür geklingelt haben muss. Taucht er nicht auf, garantiere ich für nichts.«

»Verstehe.« Mit gerunzelter Stirn warf Mia einen Blick durch das Turmfenster, vor dem sie hin und her marschierte. Direkt vor ihr ragten die Türme einer gotischen Kirche in den grauen Himmel.

»Ist Finn in der Nähe? Ich würde ihm den Ernst der Lage gerne selbst vor Augen führen.«

»Klar.« Mia schob sich durch ein Meer aus gezückten Tablets und Handys zu Finn durch, der Mattheo hochgehoben hatte, damit auch er den Ausblick bewundern konnte.

»Für dich.« Mia hielt Finn das Handy vor die Nase und der verzog widerwillig das Gesicht.

»Muss ich?«

»Ich rate es dir wirklich, Finn.«

Sie unterdrückte ein erleichtertes Seufzen, als er Mattheo nach kurzem Zögern absetzte und ihr das Handy aus der Hand nahm. Inzwischen schien er etwas auf ihr Wort zu geben.

»Hallo?«

Finn entfernte sich ein paar Schritte und Mia spielte mit Mattheo *Ich sehe was, was du nicht siehst*, um ihn abzulenken. Dabei schielte sie immer wieder in Finns Richtung. Er gestikulierte wild und ab und an gelang es ihr, ein paar Wortfetzen aus dem Stimmengewirr herauszuhören: »… genug durchgemacht … keine Ahnung … ja, das würde ihr so passen … kann sie nicht machen …«

Als Finn schließlich zurückkehrte, schoss Mia auf Mattheos Wunsch hin gerade ein Bild von ihnen beiden mit der Stadt im Hintergrund, wobei Mattheo aus voller Kehle »Cheese!« brüllte. Sein Vater hatte die Lippen zu einem schmalen Strich zusammengepresst und seine Augenbrauen sahen aus, als wären sie zu einer verschmolzen. »Habt ihr genug gesehen? Können wir gehen?«, fragte er mit einem Donnergrollen in der Stimme.

»Noch ein Bild von dir und mir?«, bat Mattheo, doch sein Vater wies ihn ungewohnt schroff zurück: »Jetzt nicht, Mattheo.«

Der Kleine zog den Kopf ein.

»Na komm, dann stürmen wir jetzt den Christkindlmarkt«, schaltete Mia sich übertrieben euphorisch ein und schnappte sich Mattheos Hand. »Hast du dir denn schon überlegt, was du dort essen willst? Vielleicht ein Fischbrötchen?«

Mattheo rümpfte die Nase. »Igitt. Ich mag keine Fischbrötchen.«

Mia schmunzelte und half ihm die Treppe hinunter.

»Na, dann eben eine Blutwurst im Brötchen?«

Mattheo prustete los. »Die kannst du ja essen. Ich ess doch keine Blutwurst.«

»Vielleicht eine Schale Schweinskopfsülze?«

Jetzt lachte Mattheo so herzhaft, dass er beinahe abgerutscht wäre. Zum Glück hatte Mia ihn fest im Griff.

Und so unterhielt sie ihn den ganzen restlichen Abend über, während sie eingequetscht in der Masse über den berühmten Weihnachtsmarkt geschoben wurden. Die gewaltigen Kräfte, die in diesem Menschenpulk wirkten – besonders vor den Bratwurst- und Glühweinständen –, zogen und schoben sie dabei derartig herum, dass Mia Mattheo schon bald auf ihre Schultern heben musste, um ihn nicht im Gedränge zu verlieren. Dazu versuchte sie, auch Finn im Auge zu behalten, der ihnen in einigem Abstand mit finsterem Blick folgte. Von Zeit zu Zeit richtete er seine Kamera auf etwas, sagte jedoch die ganze Zeit über kaum ein Wort.

Mattheo machte das spürbar zu schaffen, und nachdem sie Currywurst mit Pommes gegessen und mit Früchtepunsch hinuntergespült hatten, zupfte er plötzlich an Finns Handschuh. »Papa, hab ich's verbockt?«

Finns verkrampfte Miene entspannte sich für einen Moment und er griff nach Mattheos Hand. »Quatsch, Großer. Ich … muss nur über einige nicht so schöne Dinge nachdenken.«

Auf Mattheos Stirn bildeten sich Sorgenfältchen. »Über Mama?«

Finn musterte ihn mit schief gelegtem Kopf. »Ja, auch über Mama.«

Daraufhin zog Mattheo die rote Nase hoch und ein kurzes Schaudern schüttelte seinen Körper. »Der Weihnachtsmarkt mit der Eisenbahn war viel schöner. Mir ist kalt. Können wir zum Uwe zurück?«

Mia und Finn tauschten einen Blick aus. »Klar«, sagte Finn. »Hast du denn selbst auch ein paar Fotos vom Markt gemacht?«

Mattheo schüttelte den Kopf. »Ich fand's nur bis zum Turm richtig schön.«

Mia strich ihm über die Mütze. »Na gut, aber wir müssen noch deine besten Bilder von gestern und von heute ausdrucken, nicht?«

Mattheos Miene hellte sich nur für einen Augenblick auf. Dann sah er seinen Vater an. »Können wir das noch machen?«

Dieser nickte und spielte den Begeisterten. »Klar!«

Auf den Abstecher in die Drogerie folgte eine dreiviertelstündige U-Bahn-Fahrt. Finn starrte die ganze Zeit hinaus in die Dunkelheit und Mattheo schlief schon nach wenigen Minuten an Mias Schulter ein. Auch ihr fielen die Augen zu. Kaum hatten sie jedoch die Bahn an der Station am Stadtrand verlassen, war sie wieder hellwach. Denn die Eiseskälte draußen und der schneidende Wind wirkten wie eine Kaltwasserdusche.

Während des kurzen Fußmarsches zu ihrem Stellplatz hielt sie Mattheos Hand. Der schleifte seine Füße noch stärker als sonst über den Boden und zwinkerte immer wieder. Sein Blick allerdings war zum Himmel erhoben. »Guck mal, Tante Mia, ist das der große Wagen?«, fragte er plötzlich.

Mia folgte seinem Blick und stutzte. Durch die vielen Lichter der Stadt war ihr gar nicht aufgefallen, dass sich die Wolken vom Nachmittag verzogen hatten und sich ein eindrucksvoller Sternenhimmel über ihnen ausbreitete.

»Meinst du das direkt über uns? Das, was so aussieht?« Sie zeichnete ein breit gezogenes W in die Luft.

Mattheo nickte.

»Das ist die Kassiopeia.«

»Kasmiopeida?«, fragte er ehrfürchtig nach.

»Kassio…«

Mattheo wiederholte. »Kassio…«

»…peia.«

»…peia. Klassiopeia.« Beinahe wäre er gegen einen Laternenpfahl gelaufen, so vertieft war er.

»Warum hat Gott eigentlich Bilder mit den Sternen gemalt?«, wollte er unvermittelt wissen.

Beide, Finn und Mia, sahen ihn überrascht an.

So hatte Mia es bisher noch nie betrachtet. »Ich denke, weil Gott ein Künstler ist und es ihm einfach gefällt, schöne Dinge zu schaffen, die wir gerne ansehen«, gab sie zurück.

Mattheo dachte lange über diese Antwort nach, bevor er fragte: »Hat Gott dann bei mir was falsch gemacht, weil-weil ich so komisch laufe und so doof rede?«

Finn, der hinter ihm ging, zuckte sichtlich zusammen. »Wie kommst du denn darauf?«

»Weil-weil Tommy aus dem Kindergarten das immer sagt. Ich hoffe, er kommt nicht in mei-meine Klasse, wenn die Schule losgeht.«

»Hör nicht auf diesen Tommy! Der erzählt Schwachsinn«, fauchte Finn und Mia legte ihren Arm um Mattheos Schultern. »Gott hat keinen Fehler bei dir gemacht, Mattheo. Stell dir mal vor, ein so großer Künstler wie er würde immer bloß dieselben Bilder malen. Wie langweilig das wäre. Dich wollte er zu einem besonderen Kunstwerk machen.«

Mattheo sah zu ihr auf und die Falten auf seiner Stirn glätteten sich ein wenig. »Meinst du?«

»Klar!«, sagte Mia fest und lächelte ihn an.

Doch in Mattheos Kopf schienen noch mehr lose Enden zu baumeln: »Und Papa, du gibst mich also auch nicht weg, weil ich anders bin als-als andere Kinder, oder? Mama hat gesagt, dass du das vielleicht machst.«

Zum Glück konnte Mattheo Finns Reaktion nicht sehen, denn diesem schossen bei seinen Worten Tränen in die Augen und es sah aus, als müsse er einen Wutschrei unterdrücken.

Mia umrundete Mattheo und ging vor ihm in die Hocke, um mit ihm auf Augenhöhe zu sein. »Dein Papa, Mattheo – und das darfst du nie vergessen, ja? – liebt dich mehr, als du dir jemals vorstellen kannst. Sein ganzes Herz ist voll von Liebe für dich. Mehr passt da gar nicht rein. Der Einzige, der dich noch mehr liebt als er, ist Jesus. Das weißt du, oder?«

Mattheo nickte ernst. »Dann liebt Mama mich also nicht mehr als Papa?«

Finn packte seinen Jungen, drehte ihn zu sich herum und zog ihn in eine so feste Umarmung, dass Mattheo kaum noch Luft bekam. »Glaub das deiner Mama nicht, Mattheo, wenn sie so etwas erfindet. Sie kann gar nicht in mein Herz reinschauen. Ich hab dich so, so sehr lieb und ganz egal, was passiert: Daran wird sich nie etwas ändern. Du bist das Allerwichtigste in meinem Leben. Ich würde alles andere hergeben, wenn ich nur dich hab. Hast du gehört?« Als Mattheo nicht gleich antwortete, schüttelte sein Vater ihn sanft. »Hast du gehört?«

»Auch deine Kamera?«, wollte Mattheo wissen.

Finn schnaubte. »Die würde ich im hohen Bogen im Cospudener See versenken.« Er tat, als wirble er etwas durch die Luft und öffnete dann die Hand. Mattheo lachte und Finn lockerte seine Umarmung. »So einen Unsinn will ich nie wieder hören, ja, Mattheo?«, sagte er mit belegter Stimme.

»Okay.« Mattheo drängte sich zwischen die beiden Erwachsenen und griff nach ihren Händen. Dabei summte er die Melodie des Kinderliedes *Bist du groß oder bist du klein, Gott liebt dich.*

Über seinen Kopf hinweg tauschten Finn und Mia bedeutungsvolle Blicke aus. Mia hoffte, dass Finn das Mitgefühl in ihren Augen sah, denn in seinen glitzerten immer noch Tränen.

14

Im Camper empfing sie ein unschönes Déjà-vu: Wieder einmal sprang die Heizung nicht an.

»Ich glaub es nicht«, zischte Finn, ganz offensichtlich einem Wutausbruch nahe. »Wir haben die Gasflasche doch gerade erst ausgetauscht. Muss denn heute alles schiefgehen?«

Während er Flasche, Heizung und Leitungen schimpfend untersuchte, zog sich Mia mit Mattheo aufs Sofa zurück, breitete eine Wolldecke über sie beide und versuchte, ihn mit seinen Alben abzulenken. Sie löcherte ihn und hörte ihm aufmerksam zu, während er von seinen Erlebnissen erzählte. Als zwanzig Minuten später jedoch noch immer gefühlte Minusgrade im Uwe herrschten, bat Mia Mattheo, kurz allein weiterzuschauen, und sah Finn über die Schulter. Ihr Blick fiel auf das Thermometer, das neben der Heizung an der Wand hing. Zwei Grad minus. Nachdenklich suchten ihre Augen jeden Zentimeter der Heizung ab, bis sie schließlich die Gasleitung erreichten. Mia streckte die Hand aus und legte sie um die tiefste, leicht durchhängende Stelle. Sie war eiskalt.

»Was soll denn das werden?«, fragte Finn gereizt. »So stehst du mir nur im Weg.« Er stöhnte und fuhr sich dabei mit den Händen übers Gesicht. »Wir müssen einen Techniker anrufen.«

»Nur ein Versuch, Finn«, bat Mia. »Gib mir fünf Minuten!«

Am Ende brauchte sie nur drei. Wie sie vermutet hatte, war die Gasleitung an diesem Punkt zugefroren gewesen, wie auch immer Wasser in die Röhre hatte gelangen können, doch ihre Körperwärme hatte das Eis geschmolzen. Schon sprang die Heizung mit leisem Knattern an.

Finn sah sie an, als habe sie soeben den Mond vom Himmel geholt. Dann allerdings sprang er plötzlich auf, klopfte sich den Staub von den Knien und stürmte aus dem Wagen.

Also klebte Mia an diesem Abend die Erinnerungsfotos mit Mattheo ein. Die Auszeichnung *bestes Bild* für den gestrigen Tag hatte das Foto gewonnen, das Mia und ihn in Siegerpose vor dem Sessellift zeigte. Sie schrieb darunter, was er diktierte: *Ich habe Mia geholfen, dass sie keine Angst mehr hat.*

Für die heutige Seite verteilte er auf der Rückseite des Fotos, das sie auf dem Sinwellturm aufgenommen hatten, klebrige Klumpen mit seinem Leimstift. Dann drückte er das Bild so lange mit seinen Händen fest, bis es sich seinem Schicksal ergab. Zwar war nun das ganze Foto voller Fingerabdrücke, aber Mia hätte sich lieber die Zunge abgebissen, als ihn darauf hinzuweisen.

»Was soll ich schreiben?«, fragte sie stattdessen.

Er überlegte kurz. »Ich sehe den Christkindchenmarkt und wir spielen *Ich sehe was, was du nicht siehst*. Aber es ist nicht so schön und mir ist kalt.«

Gehorsam schrieb Mia. Währenddessen beobachtete sie aus dem Augenwinkel, wie Mattheo herzhaft gähnte.

Gerade als sie zum letzten Wort ansetzte, wurde die Tür aufgezogen und Finn kehrte zurück. Noch immer hüllte er sich in Schweigen. Er brühte sich einen Tee, ließ sich damit in den Sessel sinken und starrte in seine Tasse, machte jedoch keinerlei Anstalten, Mattheo ins Bett zu bringen.

Nach einer Weile räusperte sich Mia. »So, ich glaube der Sandmann ist längst durch und du bist auch ganz schön müde, stimmt's, Mattheo?«

Er gähnte zur Antwort ein weiteres Mal.

Mia warf Finn einen ungeduldigen Seitenblick zu, doch der

wirkte völlig abwesend. Sie griff nach Mattheos Album und klappte es schwungvoll zu. Wieder keine Reaktion.

Am liebsten hätte sie ihm unter dem Tisch einen ordentlichen Tritt verpasst. Stattdessen zwang sie sich ein Lächeln aufs Gesicht und strich einige wilde Locken aus Mattheos Stirn. »Soll ich dich heute mal ins Bett bringen?« Zwar behagte es ihr nicht, sich zur Mutter aufzuspielen, aber der Kleine schien kurz davor zu sein, direkt hier im Sitzen einzuschlafen. Kurz sah Mattheo zu seinem grübelnden Vater hinüber, dann nickte er kaum merklich, rutschte vom Sofa und schlurfte zum Waschbecken. Seine hängenden Schultern machten Mia traurig und sie überlegte, wie sie ihn aufheitern konnte.

»Ich hab eine Spitzenidee, Mattheo«, teilte sie ihm nur einen Augenblick später mit. »Du wäschst dich und putzt dir die Zähne und ich verkleide mich in der Zwischenzeit für ein kleines Theaterstück.«

Wie erhofft leuchtete Mattheos Gesicht auf. »Ein Theaterstück? Okay.« Schon schnappte er sich seine Zahnbürste, wartete, bis Mia ihm Zahncreme daraufgequetscht hatte, und begann dann, mit neuer Energie zu schrubben. Fünf Minuten später hockte er mit großen Augen auf seiner Matratze und nur an seinem Zwinkern konnte man noch erkennen, wie müde er war.

Mia hatte sich einen breitkrempigen Hut aufgesetzt, den sie im Schatzfach neben der Oma-Unterwäsche gefunden hatte. Dazu trug sie Finns schwarzen Mantel.

»Ich bin ein Hirte«, begann sie mit tiefer Stimme zu erzählen, »und ich habe einhundert Schafe.«

Sie lief durch das Wohnmobil und gab vor, ihre Herde von Weide zu Weide zu treiben. Dabei rief sie immer wieder Schafsnamen, die Mattheo zum Lachen brachten. Abends musste sie ihre Schafe natürlich zählen, und nachdem sie dreimal von Neuem hatte anfangen müssen, weil Gundula und Gottfried einfach nicht still stehen konnten, bemerkte sie voller Schrecken, dass ihr Schäfchen Mattheo fehlte.

Mattheo ließ sich sofort darauf ein und versteckte sich unter dem Bett. Nun zog Mia wieder los, um Mattheo zu suchen. Sie musste durch Eiswasser waten, über einen Baumstamm balancieren und sich durch einen Urwald kämpfen. Dabei rief sie immer wieder Mattheos Namen und dieser antwortete ihr mit einem kaum zu hörenden *Mäh!*.

Schließlich entdeckte Mia ihr Schäfchen, half ihm unter dem Bett hervor und zog es in ihre Arme. Dabei flüsterte sie in sein Ohr: »Was täte ich nur ohne mein süßes Schäfchen Mattheo. Ich hab es doch so lieb!«

Mattheo schmiegte sich an sie, wie ein Schäfchen es wohl getan hätte, und sie trug ihn durch den Wald, über den Baumstamm und durchs Wasser zurück auf seine Matratze und zu den anderen Schafen. Dort deckte sie ihn zu und gab ihm ein Küsschen auf die Stirn. »Gute Nacht, kleines Schäfchen. Träum schön und vergiss nicht, dass Jesus dich genauso lieb hat wie der Hirte sein Schäfchen! Und dein Papa auch.«

»Und du?«, fragte Mattheo mit winzigen Augen.

»Und ich auch.« Sie strich ihm über die Wange und innerhalb weniger Sekunden war der Kleine mit einem Lächeln auf den Lippen eingeschlafen.

Kaum hatte sich Mia auf die Suche nach Schäfchen Mattheo begeben, hatte Finn es erneut nicht mehr im Uwe ausgehalten. Da Mia seinen Mantel in Beschlag genommen hatte, musste die Wolldecke vom Sofa herhalten.

Draußen lehnte er sich mit dem Rücken an die eiskalte Karosserie und legte den Kopf in den Nacken. Zu schade nur, dass er hier auf der Erde festsaß. Irgendwo zwischen Jupiter und Mars kam einem sicher keiner mit diesem ewigen, nervtötenden Gelabere von Vernunft.

Finn griff in seine Hosentasche und brachte ein Feuerzeug

zum Vorschein. Minutenlang zog er den Daumen immer wieder ratschend über das kleine Rädchen, beobachtete, wie das Flämmchen aufzüngelte und wieder verlosch. Damals, nach Leonies Verschwinden, hatte er auch die dazugehörigen Zigaretten geraucht, bis ihm Justus ziemlich brutal klargemacht hatte, dass er ein schlechter Vater für sein Baby war, wenn er das Qualmen nicht ließ. Und er hatte auf seinen besten Freund gehört. Einfach aus Prinzip. Weil Justus meistens recht hatte. Weil Justus nachdachte, bevor er den Mund aufmachte. Weil er selbst im perfekten Chaos noch vernünftig handelte. Manchmal wünschte Finn sich, mehr wie er zu sein, weniger impulsiv und gefühlsgesteuert. Kein solcher Versager, wie er einer war.

Sein Kopf schwenkte zur Seite, als sich plötzlich die Tür neben ihm öffnete und Mia ins Freie trat. Sie trug noch immer seinen Mantel und Großvater Eugens lächerlichen Hut. Finns Blick kehrte zu seinem Feuerzeug zurück und er spürte, wie der Uwe ganz leicht erzitterte, als Mia sich ebenfalls dagegenlehnte. Sie sagte kein Wort, blieb einfach nur bei ihm und sah zum Sternenhimmel hinauf. Er rechnete es ihr hoch an, dass sie ihn nicht maßregelte oder auf ihrem Geistesblitz mit der Gasleitung herumritt. Um ehrlich zu sein, war Finn ziemlich dankbar, dass diese seltsame junge Frau am Mittwochmorgen so hartnäckig darauf bestanden hatte, mit ihnen zu fahren. Es war offensichtlich, dass sie sich wirklich für Mattheos und sein Schicksal interessierte. Warum auch immer.

Wahrscheinlich, mutmaßte Finn, hatte Gott da seine Hände im Spiel. Auch wenn er sich beim besten Willen nicht vorstellen konnte, welcher unergründliche Weg sich hinter diesem Berg aus Dreck verbergen sollte, der sie überhaupt erst zusammengeführt hatte.

»Wie geht es dir?« Mias leise Stimme riss ihn aus seinen Gedanken.

»Abgesehen davon, dass meine Ex-Frau mir meinen Sohn wegnehmen will und schon jetzt damit beginnt, ihn gegen mich aufzuhetzen, und abgesehen davon, dass ich ein absoluter Trottel bin, meinst du?« Er lachte bitter.

»Ich verstehe nicht, warum sie das tut; warum sie so gemein zu dir ist.«

Er seufzte. »Weil sie mich kennt. Sie weiß, ich bin ein Versager. Meine Fotografie bringt nie genügend Geld ein, ich bin chronisch unordentlich und unpünktlich und sowieso einfach absolut unzuverlässig. Zitatende. Ich bin wegen Mietschulden schon zigmal irgendwo rausgeflogen und unsere derzeitige Wohnung hab ich ganz allein Justus zu verdanken. Ich hab keine Ahnung von Wintercamping und zieh während eines Sorgerechtsprozesses mit meinem Sohn durchs ganze Land. Deshalb.«

»Aber«, hielt Mia sanft dagegen, »du bist ein wirklich guter, liebevoller Vater.«

»… der seinen Sohn andauernd zu spät vom Kindergarten abholt.«

Mia hob die Schultern. »Wer ist schon perfekt? Ich wette, wenn ich alleinerziehende Mutter wäre, würde mir das auch ständig passieren.«

»Dir?« Seine Brauen schossen in die Höhe. »Nein, dir niemals.«

Mia legte den Kopf schief. »Was soll das heißen?«

Ratschend ließ er eine Flamme aufflackern. »Ich erkenne einen vernünftigen Menschen, wenn ich ihn sehe. In dem Punkt bist du wie Justus. Ihr spürt das einfach, was Menschen brauchen und … was das Richtige ist.«

»Danke.« Ein schwaches Lächeln hob einen ihrer Mundwinkel.

»Muttersein würde wunderbar zu dir passen, glaube ich«, sprach er laut aus, was ihm durch den Kopf ging. »Warum hast du eigentlich keine Familie?«

Ihm fiel auf, dass es die erste persönliche Frage war, die er ihr überhaupt stellte. Dabei fuhren, aßen und schliefen sie seit Tagen Seite an Seite. Und was für eine! Viel zu direkt. Vielleicht sogar verletzend? Er schämte sich. *Finn Winkler, du bist ein Idiot.*

Doch sie hob nur die Schultern. »Ich bin noch nicht an den richtigen Mann geraten.«

So wie sie das Wort *richtig* betonte, schien es einen Falschen gegeben zu haben, doch er war unsicher, ob er nachhaken sollte. Sie nahm ihm die Entscheidung ab, indem sie weiterredete.

»Hast du es geahnt? Ich meine vor eurer Hochzeit – dass Leonie eine dunkle Seite hat, dass sie … imstande wäre, dich und euer Neugeborenes im Stich zu lassen?«

Er ließ sich auf den Gedanken ein, versuchte, sich an eine Zeit zu erinnern, in der Leonie und er etwas anderes als Rivalen gewesen waren. »Nein«, sagte er schließlich. »Natürlich hatte sie schlechte Seiten. Wer nicht? Sie war zum Beispiel nie leicht zufriedenzustellen, manchmal fast ein bisschen depressiv, aber das eigene Kind im Stich lassen … das ist eine ganz andere Hausnummer. Das hätte ich ihr nie zugetraut. Das traut man doch eigentlich keinem Menschen zu, oder?«

»Du … plagst dich also nicht manchmal mit der Frage: Hätte ich es kommen sehen müssen oder hätte ich es irgendwie verhindern können?«

Sie schien es wirklich wissen zu wollen. Hier ging es offensichtlich nicht mehr nur um ihn.

»Nein, ich plag mich mit vielem, aber damit nicht. Ich hab es ehrlich gemeint, als ich damals versprochen hab, in guten und in schlechten Zeiten zu ihr zu halten. Für ihr Versprechen trage ich keine Verantwortung. Ich kann doch nicht ins Herz eines anderen Menschen sehn. Warum?«

»Ach, bloß so. Ich … schlag mich manchmal mit solchen Zweifeln herum.«

Er sah sie an. »Weil du einem Lügner vertraut hast?«

Sie verschränkte die Arme vor der Brust und nickte dann.

»Hast du es denn ernst gemeint mit ihm?«, wollte Finn wissen, obwohl er sich nichts anderes vorstellen konnte.

»Natürlich.«

»Dann trifft dich auch keine Schuld.« Einen Moment lang beobachtete er sie. Dann meinte er mit einem Grinsen: »Komm, lass uns reingehen! So wie du zitterst, befürchte ich, dass du Mattheo gleich aufwecken wirst.« Als sie lächelte, hörte er ihre Zähne klappern, und als er sie nach drinnen schob, protestierte sie nicht.

Finn beobachtete sie, während sie den Hut abnahm und seinen Mantel auszog, alles säuberlich aufhängte und sich dann die kalten Arme rieb. Und die Frage, die ihm fast ein Loch in die Zunge brannte, musste heraus: »Warum bist du sitzen geblieben? Ich meine, du hättest ja auch einfach aussteigen können, als ich versucht habe, dich abzuwimmeln.«

Sie rieb die Hände aneinander. »So genau weiß ich das auch nicht. Eigentlich weiß ich nur, ich hätte es mir nie verziehen, wenn ich eingeknickt wäre. Ich dachte … ich dachte, ihr braucht vielleicht meine Hilfe. Das klingt eingebildet, ich weiß.«

»Nein.« Er lächelte. »Klingt für mich wie die Wahrheit.«

Mias Blick wanderte zu Mattheo hinüber. »Was wirst du jetzt tun? Justus hat mir von Leonies Drohung erzählt.«

Finn spürte, wie seine Mundwinkel herabsanken. »Ich weiß, was ich tun sollte.«

»Aber?«

In seinem Hals bildete sich ein Kloß, der ihm das Sprechen schwer machte. »Ich will Mattheo nicht hergeben …«

»Aber es ist doch noch gar nichts in Stein gemeißelt!«, unterbrach sie ihn leidenschaftlich. »Vielleicht solltest du zurückgehen und kämpfen, zeigen, dass du dich nicht geschlagen gibst.«

Er lächelte und war sich sicher, dass man die Traurigkeit dabei in seinen Augen sehen konnte. »Du glaubst daran, dass das Gute siegt. Das passt zu dir. Die Liebe triumphiert und das Böse verliert. Aber die Wirklichkeit sieht so aus: Ich bin geschlagen.«

»Du bist erst geschlagen, wenn der Hammer fällt.« Mia legte ihre Hände auf seine Schultern. »Und sollten wir nicht auch selbst glauben, was wir Mattheo vorhin gesagt haben? Dass wir unendlich geliebt sind?«

»Aber Leonie hat zu gute, unschlagbare Argumente gegen mich.«

»Und trotzdem kennt Jesus dein Herz und weiß, wie sehr du deinen Sohn liebst.«

Eine Träne lief Finn übers Gesicht und er wischte sie fort. »Mia, ich weiß nicht, wie ich ohne ihn leben soll!«, stieß er voller Verzweiflung hervor.

Da zog sie ihn an sich und er brach an ihrer Schulter in Tränen aus. Sein Herz war schon einmal durchbohrt worden, als Leonie über Nacht einfach alle Brücken hinter sich abgebrochen hatte, aber das hier fühlte sich noch schlimmer an. Es tat so weh – am liebsten hätte er laut geschrien.

Dass Mia ihn festhielt und mit sanften Händen über seinen Rücken strich, tat ihm gut und mit jeder Träne wurde der stechende Schmerz etwas erträglicher. Irgendwann löste er sich von ihr, zog ein Taschentuch aus seiner Hosentasche und putzte sich die Nase. Einen Moment lang rang er noch mit sich, dann sagte er: »Gut, wenn du meinst, dass es das Beste ist, dann fahren wir morgen zurück.«

Finn hatte erwartet, dass sie in Jubel ausbrechen würde. Stattdessen sah sie ihn mit großen, traurigen Augen an. »Bist du dir sicher?«

Er ließ die Schultern hängen. »Nein, aber alles andere wäre wohl … unvernünftig.«

Mia nickte und damit war ihre Unterhaltung beendet.

Als Finn kurz darauf im Bett lag und die Nase in Mattheos Haaren vergrub, leuchtete auf einmal das Display seines Handys auf. Zögernd griff er danach. Eine SMS. Er bekam nie SMS. Finn drückte auf *Öffnen.*

Ich gebe dir noch eine letzte Gnadenfrist. Morgen Abend stehst du vor meiner Haustür, sonst schalte ich das Jugendamt ein.

Finn seufzte und wollte das Handy gerade abschalten, als eine zweite Nachricht erschien.

Aber ganz abgesehen davon, ob du die Frist einhältst oder nicht … Ich werde alles dafür tun, dass dieser Trip für sehr lange Zeit der letzte sein wird, den du mit ihm unternommen hast.

15

Nürnberg
12. Dezember

Während des Frühstücks am nächsten Morgen herrschte absolute Stille. Zuerst versuchte Mia, ein Gespräch in Gang zu bringen, doch Mattheo schien noch mit offenen Augen zu schlafen und Finns Gesichtszüge waren hart wie Granit. Mia war heilfroh, nicht der Apfel zu sein, den er da mit finsterem Blick zermalmte. Die lilafarbenen Ringe unter seinen Augen erzählten dazu von einer schlaflosen Nacht und Mia unternahm keinen zweiten Versuch, die Stimmung zu heben. Ihre Eltern hatten sich nach ihrer Rückkehr monatelang wie zwei schlechte Komiker aufgeführt, beseelt von der Hoffnung, Mia werde wieder vor Freude über die Felder ihrer Kindheit tanzen, wenn sie nur heile Welt spielten. Aber man kann traurige Herzen nicht zum Singen zwingen.

Deshalb hielt Mia die Stille aus, bis Finn sich hinters Lenkrad klemmte und sie ihre Gurte in die Schlösser klickten.

»Bereit?«, fragte sie dann leise und vergewisserte sich mit einem Schulterblick, dass Mattheo auf dem Rücksitz mit einer Folge von *Freddy, der Esel* beschäftigt war, die er auf Finns altem Discman hörte.

»Klar.«

Finn sah sie nicht an. Vielleicht, weil er Angst hatte, sonst wieder in Tränen ausbrechen zu müssen? Vielleicht waren ihm seine ehrlichen Gefühle von gestern heute aber auch peinlich.

Er drehte den Zündschlüssel, doch der Motor wollte nicht gehorchen. Es war nur ein leises tuckerndes Geräusch zu hören. Dann erstarb auch dieses wieder.

Finn stöhnte. »Das ist jetzt nicht wahr, oder?«

Er probierte es noch drei weitere Male. Ohne Erfolg.

»Springt der wieder nicht an?«, erklang Mattheos Stimme von hinten und er zog sich seine Kopfhörer aus den Ohren.

»Wird schon«, brummte Finn. Und wirklich: Beim fünften Mal erwachte der Motor endgültig zum Leben.

»Wir sollten in eine Werkstatt fahren«, riet Mia. Der Gedanke an eine Verzögerung behagte ihr zwar nicht, aber wenn sie mitten auf der Autobahn liegen blieben, war auch keinem geholfen.

Entweder hatte Finn sie wirklich nicht gehört oder aber er wollte sie nicht hören, denn er rollte einfach wortlos vom Parkplatz und hielt dann auf den Autobahnzubringer zur A3 zu. Erst wollte Mia protestieren, aber dann entschied sie sich dagegen. Wenn sie auf den Rastplätzen den Motor laufen ließen, sollten sie es bis nach Leipzig schaffen, auch ohne Werkstatt.

Sie kamen gut voran. Alles lief reibungslos, der Verkehr war überschaubar. Dann tauchte das Nürnberger Kreuz vor ihnen auf und Mia hielt den Atem an. Gleich würde Finn von der A3 auf die A9 in Richtung Bayreuth abfahren, dann befänden sie sich offiziell auf dem Heimweg. Da war schon ihre Abfahrt, doch Finn blinkte nicht.

»Finn?«

Die Abfahrt zog an ihnen vorüber und Mia verkrampfte sich in ihrem Sitz. »Da hätten wir rausgemusst.«

»Nein, hätten wir nicht«, schoss er zurück.

Sie starrte ihn an. »Aber ... aber gestern Abend, da ...«

»Lies die letzte Nachricht!« Er deutete auf sein Handy, das im Ablagefach lag.

Mia nahm es und fing an zu lesen. Der Text ähnelte einem Fausthieb. »Leonie?«

Finn nickte.

»Miststück«, entfuhr es Mia zu ihrer eigenen Überraschung, zum Glück zwar so leise, dass Mattheo es nicht gehört haben konnte, aber Finn ganz sicher. Der jedoch zuckte nicht einmal mit der Wimper. Mia seufzte. Sie wollte Finns Ex-Frau wirklich nicht verurteilen, ohne sie überhaupt zu kennen. Aber sie machte es Mia unheimlich schwer. Was sollte diese zweite Nachricht? Mia konnte es sich nicht anders erklären, als dass Leonie Finn genau kannte und wusste, welche Knöpfe sie drücken musste, um seinen Fluchtmechanismus auszulösen. Setzte sie darauf, dass Finn sich selbst ins Knie schoss, indem er das Jugendamt auf den Plan rief? War sie wirklich so berechnend?

»Wie stehen meine Chancen, dich umzustimmen?«, fragte Mia leise.

»Bei null.«

Einige Sekunden lang kaute Mia auf ihrer Unterlippe herum, dann zwang sie sich, tief einzuatmen, und während sie versuchte, die Luft so langsam und gleichmäßig wie möglich wieder herauszulassen, las sie das nächste vorbeifliegende Schild: *Regensburg 95 km*. Natürlich wusste sie, sie sollte Finn jetzt in eine Debatte verwickeln, ihm noch einmal ganz deutlich die Katastrophe vor Augen malen, die er mit seinem Davonlaufen heraufbeschwor – denn sie war sicher, genau das hätte Justus getan, wäre er da gewesen –, aber wenn sie ehrlich war, konnte sie Finns Motiv nachvollziehen. Er tauschte den Beginn des aus seiner Sicht scheinbar aussichtslosen Endkampfes gegen einen, vielleicht zwei letzte, unbeschwerte Tage mit seinem Sohn ein. Wer war sie, dass sie ihn da belehren wollte? Zwar konnte sie sich nicht vorstellen, dass ein Richter mit einem Herz in der Brust den so offensichtlich glücklichen Mattheo von seinem Vater trennen könnte; aber was wusste sie schon? Weder kannte sie sich mit Sorgerechtsprozessen aus noch vermochte sie einzuschätzen, welche Argumente Leonie gegen Finn in die Waagschale werfen würde.

»Wisst ihr was?«, sagte sie und tippte Mattheos Knie an, damit er seine Hörer aus den Ohren nahm. »Ich kenne da einen Ort, der euch bestimmt gefallen würde.«

»Wie heißt der?«, fragte Mattheo neugierig und wirkte dabei so entspannt und ausgeglichen wie Rotkäppchen, das nichts ahnend mit seinem Körbchen in den finsteren Wald hineinschlendert. Er zerbrach sich nicht den Kopf über seine Zukunft oder irgendwelche Gerichtstermine. Er lauschte lustigen Geschichten über einen Esel und zählte gelbe Autos.

Mia gab sich Mühe, heiter zu klingen. »Das wird nicht verraten.«

»Juhu! Eine Überraschung!«, jubelte der Kleine und klatschte in die Hände.

Finn reagierte weitaus zurückhaltender und Mia las Misstrauen in seinem Blick. Offen sah sie ihn an. »Ich bin auf eurer Seite, Finn. Versprochen.«

Kurz zögerte er noch, dann hob er ergeben die Schultern. »Na dann … Führ uns!«

»Ein Hirschpark! Ein Hirschpark!« Ungelenk hüpfte Mattheo vor dem Wagen auf und ab. Plötzlich jedoch unterbrach er sein Hopsen. »Was ist eigentlich ein Hirschpark?«

Mia lachte und strich ihm über den Kopf. »Ihr bekommt Ferngläser und dann werdet ihr beim Wandern hoffentlich ganz viele Rehe sehen. Vielleicht sogar richtige Herden.«

»Echt?« Jetzt hüpfte er wieder.

»Und du willst wirklich nicht mitkommen?«, vergewisserte Finn sich.

»Nein, ich setze mich da drüben ins Gasthaus und lasse euch beiden ein bisschen Papa-Sohn-Zeit«, erwiderte sie mit einem Augenzwinkern. »In zwei Stunden wieder hier?«

»Okay«, sagte er gedehnt, doch er zögerte und musterte sie nachdenklich. *Woher weiß ich, dass uns nicht die Polizei oder das Jugendamt auflauert, wenn wir zurückkommen?*, fragte sein Blick. Doch Mia hielt ihm stand, blinzelte nicht einmal. Schließlich fischte Finn nach Mattheos Hand. Dann senkte er den Blick, wandte sich abrupt ab und zog Mattheo mit sich in Richtung Hofladen.

Mia wartete, bis die beiden hinter der Glastür verschwunden waren, dann drehte sie sich um und schlenderte auf das große weiße Haus mit den grünen Fensterläden und der Aufschrift *Wild Berghof Buchet* zu. Sie erinnerte sich noch gut daran, wie sie damals mit ihrer Familie auf der Terrasse gesessen und Eis gelöffelt hatte. Zwar war das im Sommer gewesen, aber Wild hielt schließlich keinen Winterschlaf. Daher hoffte Mia inständig, Mattheo würde auf seine Kosten kommen und vielleicht sogar ein Bild von einem Hirsch oder wenigstens einem Reh schießen können. Denn in Zukunft würden Erinnerungen vermutlich noch kostbarer für ihn werden.

Mia wählte einen Zweiertisch am Fenster und bestellte eine heiße Schokolade. Während sie darauf wartete, kramte sie ihr Handy aus der Tasche und verfasste eine kurze Nachricht an Justus, dass sie sich leider noch immer nicht auf dem Rückweg befanden, damit er im Bilde war. Kaum hatte sie es zurückgesteckt, entdeckte sie Finn und Mattheo, die draußen in Richtung Rundwanderweg an der Veranda vorbeimarschierten. Beide hatten sich Ferngläser und Kameras um den Hals gehängt – zwei Abenteurer, bereit für die besten Schnappschüsse ihres Lebens. Mia musste schmunzeln, als ihr Blick an Mattheo hängen blieb, der immer wieder zu seinem Vater hinaufsah und offensichtlich tierisch aufgeregt war, denn sein Mund ging pausenlos auf und zu.

Mit diesem Bild vor Augen senkte Mia den Kopf und tat, was sie in Wirklichkeit dazu bewogen hatte, sich den beiden nicht anzuschließen. Vater und Sohn brauchten im Moment dringend jemanden, der für sie kämpfte, und Mia kannte nur eine kompetente Adresse für derartige Anliegen.

Es dauerte etwa eine Stunde, bis Justus auf ihrem Handy Sturm klingelte.

»Ich weiß, was du sagen willst«, kam sie seinem Appell zuvor, »und normalerweise würde ich dir zustimmen. Aber du hättest ihn sehen sollen …«

»Mia«, unterbrach er sie unerwartet ruhig. »Ich habe nie von dir erwartet, dass du Wunder vollbringst. Außerdem habe ich doch gestern selbst mit Finn telefoniert. Er ist erwachsen. Wir können ihn zu nichts zwingen. Er wird die Folgen seiner Flucht tragen müssen, auch wenn ich selbstverständlich mein Bestes geben werde, um das Schlimmste zu verhindern. Wo seid ihr?«

»Im Hirschpark Buchet. In der Nähe von Deggendorf«, gab sie Auskunft. Die Bedienung brachte ihre zweite heiße Schokolade. »Mattheo und Finn sind mit den Kameras auf Wildjagd. Und ich nutze die Zeit und bete, dass Gott irgendetwas unternimmt.« Mia klemmte sich ihr Handy zwischen Schulter und Ohr, holte das beiliegende eingeschweißte Plätzchen aus seiner Verpackung und tunkte es in die duftende Flüssigkeit. »Weißt du, ich fühle mich so hilflos. Ich wünschte, ich könnte mehr tun.«

Einen Augenblick lang schwieg Justus, dann sagte er leise: »Du beschämst mich. Ich sitze hier über meinem Plädoyer und ringe um jedes Wort, telefoniere mit Hinz und Kunz und habe dabei heute noch kein einziges Gebet für die beiden gesprochen.«

»Ich hab auch erst heute Morgen so richtig angefangen«, gestand sie und biss in den tropfenden Keks. »Also heb mich nicht zu hoch in den Himmel!«

»Für mich bist du trotzdem ein Engel«, gab er zurück. »Du hättest mich nicht anrufen müssen, hättest dich einfach auf dein Leben konzentrieren können und keiner hätte dir das übel genommen, aber du hast dich nicht gescheut, da hinzusehen, wo andere wegsehen.«

Sein Lob ließ Mia erröten, doch sie hatte das Gefühl, etwas

richtigstellen zu müssen: »Also im Moment habe ich kein Leben, auf das ich mich allzu gerne konzentriere. Ich schätze, es war auch ein klein wenig Abenteuerlust dabei, als ich mich auf den Beifahrersitz geschwungen habe.«

»Jetzt, wo du es ansprichst …« Er zögerte. »Ich habe mich ehrlich gesagt auch gefragt, was eine so leidenschaftliche Frau wie dich in ein Häuschen am Feldrand zieht.«

»Leidenschaftlich? Ich?«

»Natürlich«, sagte er. »Du setzt dich für andere ein, vertraust auf Gott und nimmst Unbequemlichkeiten und Gegenwind in Kauf, um zu helfen.«

»Das sind viel zu große Worte.« Mia war es unangenehm, so überschätzt zu werden.

»Und bescheiden bist du auch noch.« Sie hörte ein Lächeln in seiner Stimme. »Also: Wovor versteckst du dich? Ich hoffe, ich werde nicht zu persönlich?«

Zuerst wollte Mia widersprechen, ihm sagen, sie verstecke sich nicht, doch dann schloss sie den Mund wieder und nippte stattdessen an ihrer Schokolade. »Vielleicht«, sagte sie schließlich leise, »verstecke ich mich wirklich. Ich habe vor ein paar Monaten einen ziemlich schweren Schlag eingesteckt …« Er hörte zu, ohne sie zu unterbrechen, und das ermutigte sie zum Weiterreden. »Ich war Dramaturgin am St. Pauli Theater in Hamburg und habe diesen Job wirklich geliebt. Aber noch mehr habe ich meinen Kollegen Vincent geliebt.« Es wunderte Mia selbst, dass sie einem beinahe Fremden davon erzählte. Doch es fühlte sich eigentümlich befreiend an. »Er ist fast zehn Jahre älter als ich, aber das hat mich damals nicht gestört. Für mich war klar, wir würden eines Tages heiraten und zusammen alt und grau werden. Deshalb habe ich es auch nie hinterfragt, dass er jede zweite Woche in Berlin verbracht hat. Offiziell betreute er einfach noch andere Theater. Kurz nach unserer Verlobung allerdings habe ich dann herausgefunden, dass seine Frau und seine Tochter dort leben, inzwischen sogar *Töchter*.«

Justus schnappte hörbar nach Luft. »Echt? So was gibt es tatsächlich?«

»Ja, so was gibt es«, sagte sie trocken und war überrascht, dass es ihr nicht wie sonst die Tränen in die Augen trieb, wenn es um Vincents Verrat ging.

»Tut mir leid. Das war nicht sehr einfühlsam. Ich bin nur so … entsetzt darüber, dass Menschen mit so etwas durchkommen.«

Mia nickte bedächtig. »Ja, sie hinterlassen eine Spur der Verwüstung und leben ihr Leben dann einfach weiter, als sei nichts gewesen. Vincent hat mir sogar Weihnachtsgrüße geschickt!«

»Trottel«, kommentierte Justus. »Und dann hast du die Flucht ergriffen?«

»Zum Teil bin ich geflüchtet, zum Teil haben meine Eltern mich geflüchtet.«

»Und an welchem Theater arbeitest du jetzt?«

»An keinem. Ich bin zurzeit in einem Buchladen angestellt.« Mia nahm einen weiteren großen Schluck.

»Und vermisst du es?«

Sie wollte schon antworten, dass sie zufrieden war – ihre Standardantwort eben –, doch da musste sie an ihr Gespräch mit Lars denken und daran, wie von einem Moment auf den anderen die Ideen aus ihr herausgesprudelt waren, als er das Dürrenmatt-Stück erwähnt hatte. Und dann war da noch die frische Erinnerung an das Leuchten in Mattheos Augen, als sie die alte Bibelgeschichte mit ihren beschränkten Möglichkeiten für ihn zu neuem Leben erweckt hatte.

»Wie verrückt«, gab sie zu und wieder erstaunte es sie, wie radikal ehrlich sie Justus gegenüber war.

»Hast du schon mal ein eigenes Stück geschrieben?«, wollte er hörbar begeistert wissen.

Mia schmunzelte. »Na ja, ich habe ein paar Entwürfe auf meinem Laptop, aber als Dramaturgin passt man vor allem bereits existierende Stücke an. Hier und da habe ich allerdings auch mal mit einem Autor an einem neuen Projekt gearbeitet.«

»Und wie gefällt dir die Arbeit im Buchladen?«

Mia holte tief Luft. »Der Buchladen … Hm, die Arbeitszeiten sind angenehm. Ich werde jeden Tag von meinem Bruder mitgenommen. Mein Chef ist gewöhnungsbedürftig, aber man kann es schon mit ihm aushalten. Ich mag es, das Schaufenster zu dekorieren. Nur hat Herr Wieland da genaue Vorstellungen …«

Justus gluckste und Mia runzelte die Stirn. »Was?«

»Hast du das gerade nicht selbst bemerkt? Als du mir vom Theater erzählt hast, warst du Feuer und Flamme, und als ich dich nach dem Buchladen gefragt habe … also Begeisterung klingt anders.«

»Es ist so«, versuchte Mia sich zu verteidigen, »am Theater erinnert mich alles an Vincent und …«

»Vincent, Vincent«, unterbrach er sie heftig. »Warum sollte sich auch nur noch irgendetwas in deinem Leben um Vincent drehen? Er hat doch schließlich lange genug seinen Schatten über dich geworfen, oder nicht?«

Mias Protest erstarb wie eine Flamme, der man den Sauerstoff entzogen hatte, denn Justus hatte ohne Zweifel recht. Sie fragte sich, warum niemand aus ihrer Familie, nicht einmal Emil, das je zu ihr gesagt hatte.

»Mia? Bist du noch dran?«

»Ja.« Ein Lächeln stahl sich auf ihr Gesicht, zusammen mit einer einzelnen Träne. »Danke, Justus.«

»Danke?«, fragte er. »Äh … gern geschehen. Ich hoffe, ich habe dich nicht beleidigt. Manchmal gehen die Pferde mit mir durch, wenn ich das Gefühl habe, jemand ist einer Lüge aufgesessen.«

»Und ich schätze, genau das macht dich zu einem sehr guten Anwalt«, erwiderte Mia. »Keine Sorge, mit der Wahrheit kann man mich nicht beleidigen, schon eher, wenn man sie mir vorenthält.«

»Genauso geht es mir auch.«

Ein warmes Gefühl breitete sich in Mia aus und aus diesem Moment unerwarteter Verbundenheit heraus wagte sie einen Vorstoß: »Und was ist mit dir? Hast du eine Frau? Kinder?«

Er verneinte. »Aber ich war verheiratet. Mit Eva. Einer … einzigartigen Frau. Sie hatte vor drei Jahren einen Fahrradunfall. Ein Motorrad hat ihr die Vorfahrt genommen.«

Mia erstarrte. »Und sie ist gestorben«, schlussfolgerte sie flüsternd.

»Ja.«

»Justus, das tut mir so leid.«

Lange Zeit herrschte Schweigen. Dann sagte Justus: »Finn und Mattheo waren mein Rettungsanker damals. Ich weiß nicht, was ich ohne sie gemacht hätte. Darum fällt es mir jetzt umso schwerer zuzusehen, wie Leonie die beiden vor Gericht auseinandermontieren will.« Er räusperte sich.

»Apropos Anhörung.« Seine Stimme klang auf einmal sehr geschäftsmäßig. »Wärst du bereit, als Zeugin für Finn auszusagen? Ich glaube, das wäre enorm hilfreich. Leonies Anwalt wird Finns und Mattheos kleinen Weihnachtsausflug ohne Frage gegen ihn verwenden und dann brauchen wir dich, um zu beweisen, dass Finn wirklich Weihnachtsmärkte abgelichtet hat und nicht nur kopflos durch die Gegend gefahren ist. Außerdem hast du in den letzten Tagen hautnah miterlebt, wie Finn seinen Sohn vergöttert. Das können wir nutzen.«

Mias Knie wurden weich. »Ich vor Gericht? Wird einem da nicht jedes Wort im Mund umgedreht?« Unsicher lachte sie. »Ich glaube, ich würde mich um Kopf und Kragen reden und alles nur schlimmer machen.«

»Ach, du hast zu viele dramatische Serien gesehen. Leonies Anwalt und der Richter müssen einfach aus einem anderen Mund als meinem hören, was für ein liebevoller Vater Finn ist. Und ich glaube, du würdest das ganz hervorragend machen.«

»Ich weiß nicht. Wenn du das für sinnvoll hältst …«

»Das tue ich.« Seine Stimme war fest. »Und dann hab ich noch eine Bitte: Würdest du während der Anhörung auf Mattheo aufpassen? Kinder dürfen im Allgemeinen selbst entscheiden, ob sie dabei sein wollen oder nicht, aber ich sehe nicht, dass es Mattheo guttun würde, sich anzuhören, wie Finns Fähigkeiten als Vater hinterfragt werden. Ich würde ihm Mut machen, die Zeit mit dir zu verbringen. Für die Minuten, in denen du im Zeugenstand sitzt, werde ich eine Lösung suchen. Klingt das annehmbar für dich?«

Mia sah aus dem Fenster und entdeckte Mattheo, der wie ein stolzer König auf Finns Schultern ritt und mit einem breiten Grinsen im Gesicht auf seiner Kamera herumklickte.

»Das klingt mehr als annehmbar. Liebend gerne sogar«, sagte Mia schmunzelnd. »Du solltest sie sehen. Sie kommen gerade zurück. Mattheo grinst wie ein Honigkuchenpferd und Finn wirkt absolut entspannt.«

»Weil die beiden ein Team sind«, gab Justus zurück. »Mia, es war schön, mit dir zu reden.«

»Geht mir genauso.«

»Ich sehe, was ich hier für die beiden ausrichten kann. Und du bete weiter!«

»Natürlich. Du auch.«

»Sofort.«

Als er auflegte, hatte Mia das Gefühl, seit Langem wieder einmal einen Freund gefunden zu haben.

16

»Na? Wie war es?« Mia schlenderte auf den Uwe zu, wo Mattheo auf dem Beifahrersitz gerade mit großen Schlucken eine Flasche Mineralwasser leerte.

Als er Mia entdeckte, stellte er das Wasser achtlos neben sich, kletterte ungelenk vom Sitz und rannte auf sie zu. Weil er dabei mit beiden Händen die Kamera umklammert hielt, die – ganz wie Finns – um seinen Hals hing, verlor er die Balance, stolperte und wäre wohl der Länge nach im Kies gelandet, hätte Mia ihn nicht aufgefangen. Er schien es jedoch kaum zu bemerken, so aufgeregt war er.

»Ich hab den größesten Hirsch der Welt gesehen, Mia! Guck mal!« Mit stolzgeschwellter Brust präsentierte er ihr ein Foto von einem wirklich stattlichen Hirsch.

»Der schaut ja sogar in eure Richtung. Was für ein Bild!«, stellte Mia bewundernd fest und an Finn gewandt rief sie mit einem Augenzwinkern:»Wie der Vater, so der Sohn, was?«

Finn, der in der offenen Beifahrertür lehnte, brauchte gar nichts zu sagen; sein Lächeln sprach Bände.

Währenddessen erzählte Mattheo ununterbrochen weiter von dem großen Hirsch und seiner Herde, die wie angestochen über die Felder gejagt war; wie sie sich dann ganz nah an eine andere Herde herangepirscht hatten, bis Finn auf einem glitschigen Stock ausgerutscht war, und wie sie versucht hatten, das Röhren des Leittieres zu imitieren. Er machte erst eine Pause, als er schon wieder in seinem Kindersitz saß und der Motor zum zweiten Mal an diesem Tag den Dienst verweigerte.

»Keine Sorge. Man muss ihm nur gut zureden.« Finn strich mit der linken Hand übers Lenkrad und murmelte: »Du bist ein wirklich feiner, alter, frisch reparierter Camper. Und jetzt sei so lieb und spring an!«

Mia und Mattheo jubelten, als der Uwe ihnen den Gefallen tat.

Diesmal verriet Finn Mia, wohin die Reise gehen sollte, und während sie auf fast leeren Straßen in Richtung bayerischer Wald brausten, schaltete er das Radio ein und drehte es auf volle Lautstärke. In der nächsten Stunde jagte ein Weihnachtshit den nächsten und die drei Ausreißer sangen jede Zeile, die sie kannten, aus voller Kehle mit. *Wonderful Christmastime* von Paul McCartney bescherte ihnen einen richtigen Ohrwurm und Mattheo summte ihn noch immer, als er am Abend auf ihrem Stellplatz am Rande von München über seinem Album saß und die druckfrischen Bilder durchging.

Heute hatte er sich bei *Rossmann* einfach nicht entscheiden können und so hatte Finn ihn einen ganzen Stapel drucken lassen. Schlussendlich klebte Mattheo drei Bilder ein: das preisverdächtige Hirschfoto, eines von Finn, wie er nach seinem Sturz lachend am Boden lag, und eines von Mia und Finn. Sie lächelten in die Kamera, während sie Seite an Seite am höchsten Punkt des Baumwipfelpfades standen, ihrer zweiten Station an diesem Tag. Mia hatte sich oben krampfhaft am Geländer festgehalten, während Mattheo das Foto machte und ihr beteuerte, dass man ihr die Höhenangst überhaupt nicht ansehen würde.

Bevor Mattheo schlafen ging, bestand er auf ein weiteres Theaterstück und diesmal musste auch Finn mitspielen. Als Mattheo verlauten ließ, er wolle die biblische Geschichte vom verlorenen Sohn sehen, kreuzten sich Finns und Mias Blicke nur für den Bruchteil einer Sekunde. Dann suchten sie den Camper auch schon nach passenden Kostümen ab. Mia hatte das Gefühl, dass sie in diesem kurzen Moment beide dasselbe dachten: Morgen würden sie sich der Realität stellen, ja, vielleicht morgen. Wer wusste schon, was der nächste Tag bringen würde? Aber nicht heute. Heute waren Finn und Mattheo vereint, abgeschnitten vom Rest der Welt in ihren mobilen vier Wänden. Und wenn es nach Mia und Finn ging, dann konnte das auch für immer so bleiben.

Justus hielt das Versprechen, das er Mia gegeben hatte. Er betete beim Studieren ähnlicher Sorgerechtsfälle für Finn und Mattheo; er betete in den fünf Minuten für sie, in denen sein Mandant auf Toilette war; er tat es auf dem Heimweg und auch noch am Abend, während er eine Pizza im Ofen aufwärmte. Dabei war es ihm wichtig, nicht nur darum zu bitten, dass sie siegreich aus diesem Kampf hervorgingen. Mehr noch als das betete er, dass Gottes Wille geschehen möge, dass es ihm gelang, zu seinem Freund durchzudringen, und Mattheo die Liebe erhielt, die er benötigte, um zu einer reifen Persönlichkeit heranzuwachsen.

Justus hatte unter Schmerzen gelernt, so zu beten: In den vier Monaten, in denen Eva nach ihrem Unfall im Koma gelegen hatte, hatte er Jesus um ein Wunder angefleht. Er hatte fest daran geglaubt, dass dieser mächtig genug war, sie zurückzuholen, so wie er damals Lazarus aus dem Grab zurückgeholt hatte. Doch dann war sein Glaube auf die Probe gestellt worden. Er sah den jungen Arzt noch heute vor sich: geschäftsmäßig, einen Stapel Dokumente unter den Arm geklemmt, als er Justus berichtete, seine Frau sei hirntot, und ihm nahelegte, möglichst schnell seine Zustimmung zur Organspende zu erteilen, solange ihre Herz-Kreislauf-Funktionen noch intakt waren. Justus war es tagelang vorgekommen, als sei er selbst gestorben.

Plötzlich hatte er vor der Wahl gestanden, seinen Glauben an Gott, auf den er sich seit seiner Kindheit stützte, aufzugeben, weil er Eva kein Wunder geschenkt hatte, oder aber, sich mit letzter

Kraft an ihn zu klammern. Mit Finns Hilfe hatte Justus sich für die zweite Option entschieden und über die Jahre und Stück für Stück gelernt zu akzeptieren, dass Gottes Kind zu sein nicht bedeutete, dass ihm alle seine Wünsche erfüllt wurden – selbst wenn sie ihm noch so wichtig waren. Und er glaubte daran, dass Gott gute Pläne verfolgte, so schwer sie hier auf der Erde häufig auch zu verstehen waren.

Mittlerweile hatte sich Pizzaduft in der Küche ausgebreitet und Justus' Magen grummelte laut. Kein Wunder, sein Tag war so eng getaktet gewesen, dass er kaum etwas zu sich genommen hatte.

Die Welt dreht sich auch weiter, wenn du kurz eine Pause machst, Justus.

Beinahe war es ihm, als höre er Evas Stimme aus dem Nebenzimmer. Und obwohl sie ihn mit diesen Worten aus so manchen produktiven Momenten herausgerissen hatte, wünschte er sich, er hätte diese Wahrheit öfter von allein beherzigt und mehr Zeit mit ihr verbracht.

Aber irgendwer schien ihm auch jetzt keine Pause zu gönnen, denn noch während er die Ofentür öffnete, klingelte plötzlich wie auf Kommando sein Handy.

»Im Ernst jetzt?«, brummte Justus, doch als er sah, wer ihn da zu erreichen versuchte, schaltete er ergeben den Ofen ab und schloss die Tür wieder. Er hatte ihren Anruf schon erwartet und gefürchtet.

»Leonie …«

»Kein Finn vor meiner Tür, ergo, ich rufe das Jugendamt. Du hast meine Erlaubnis, es mir hoch anzurechnen, dass ich dich zuvor informiere und du Finn vorbereiten kannst. Ich werde dich außerdem als Kontaktperson angeben. Wunder dich also nicht, wenn demnächst ein Sozialarbeiter oder vielleicht sogar die Polizei bei dir anruft.«

Justus hoffte, dass er sich das nur einbildete, aber in seinen Ohren klang Leonie weniger besorgt als hämisch. Bevor er auch nur ein Wort sagen konnte, ertönte schon wieder das Freizeichen in der Leitung.

Ungläubig starrte Justus das Display an. Dann versuchte er zurückzurufen. Mehrmals. Doch sie blieb stur und nahm nicht ab. Justus' Faust landete krachend auf dem Tisch. Er konnte das doch nicht einfach so hinnehmen! Sie musste ihm wenigstens die Gelegenheit geben, ihr noch einmal ins Gewissen zu reden. Wie von allein wanderte sein Blick in den Flur, wo sein Autoschlüssel an einem Haken neben der Tür baumelte.

Keine gute Idee, Justus. Wirklich, überhaupt keine gute Idee, warnte die Stimme der Vernunft in seinem Kopf.

In jedem anderen Fall wäre Justus nicht einmal auf den Gedanken gekommen, die Klägerin in ihrem Zuhause aufzusuchen. Es war leichtsinnig, unprofessionell, übergriffig … Justus atmete tief ein. Aber es war eben nicht jeder andere Fall. Hier ging es um Finn und um Mattheo. Seine Kollegen hatten ihn davor gewarnt, den Fall eines Freundes zu übernehmen. Das würde immer nur in einer emotionalen Schlammschlacht enden, hatten sie prophezeit. Doch Justus hatte sich für stark genug gehalten.

Jetzt war er sich plötzlich nicht mehr sicher.

Einen Moment lang fixierte er den Autoschlüssel noch. Dann sprang er auf, schnappte ihn sich, dazu Handy und Mantel, band sich eilig die Schuhe und hastete aus der Wohnung. Jetzt war nicht die richtige Zeit für Zweifel und auch nicht die richtige Zeit, um die Füße still zu halten und abzuwarten. Das hatte er die vergangenen Tage über zur Genüge getan. Er musste mit Leonie reden, sie musste sich anhören, was er zu sagen hatte. Und dann musste er beten, dass sie ihm keinen Strick daraus drehen würde.

Nur eine knappe Viertelstunde später hallte Justus' Klingeln durch das Treppenhaus in der Hahnemannstraße 25a. Dabei fühlte er den misstrauischen Blick des alten Mannes auf sich, hinter dem er durch die Haustür geschlüpft war. Der fragte sich angesichts der ausbleibenden Reaktion von drinnen sicher schon, ob er einen ungebetenen Störenfried hereingelassen hatte. Endlich schwang die Tür auf.

»Ich wette, du hast mindestens ein oder zwei Blitzer mitgenommen. Was willst du, Justus?« Breitbeinig und mit verschränkten Armen stand Leonie im Türrahmen. Sie trug eine grüne Bluse – die gleiche Farbe wie die ihrer Augen – und eine schwarz-weiß gemusterte Leggins. Justus schoss durch den Kopf, dass diese Frau wohl sogar in einem Kartoffelsack gut aussehen würde. Aber der Schein trog. In all den Jahren, in denen er sie kannte, war er nie wirklich warm mit ihr geworden. Denn sie fehlte ihr einfach gänzlich, die Wärme. Unerwartet musste er an Mia denken. Ja, Mia war eine Frau, deren Lächeln ihre Augen erreichte. In ihrer Gesellschaft fühlte man sich wohl, und sei es nur am Telefon.

Noch immer sah Leonie ihn mit erwartungsvollem, fast provokantem Blick an und Justus verdrängte Mia aus seinen Gedanken.

»Hast du es schon getan?«, fragte er und hielt die Luft an.

Sie lächelte kalt. »Sag bloß, unser Riesenbaby ist zur Vernunft gekommen.«

Justus ging nicht darauf ein. »Hast du?«

Ein Schulterzucken. »Noch nicht.«

Er schloss vor Erleichterung kurz die Augen. »Kann ich einen Augenblick hereinkommen?«

Sie deutete mit dem Daumen hinter sich. »Ich sitze an einem unheimlich wichtigen Artikel. Mein Redakteur braucht ihn heute noch.«

»Nur einen Moment.«

Skeptisch musterte sie ihn, trat dann jedoch einen Schritt zurück. »Meinetwegen. Fünf Minuten. Aber Andrej hält gerade eine Videokonferenz in seinem Arbeitszimmer ab. Also ...« Sie legte einen Finger auf die Lippen. »Achte nicht auf das Chaos! Rosa hat uns vor Kurzem einige Kisten zugeschickt. Alte Sachen von mir. Soll sie aussortieren. Bin nur noch nicht dazu gekommen.«

Justus hob eine Augenbraue, als er seine Schuhe auszog und die vielen Kartons sah, die sich im Flur bis an die Decke stapelten. Unmöglich, dass Leonies Pflegemutter so viel auf einmal geschickt hatte.

Leonie hatte sich in der angrenzenden Küche bereits wieder hinter ihren Laptop gesetzt. Ihre Finger flogen über die Tastatur.

»Lass mich nur kurz diesen einen Absatz beenden! Ich hatte gerade einen Geistesblitz.«

Justus hob eine Augenbraue. Er selbst hatte sogar Mühe, sich auf sein Plädoyer für Finns Anhörung zu konzentrieren, und sie sprudelte anscheinend nur so vor Ideen für irgendwelche Artikel.

Er trat näher und ließ seinen Blick durch die zweckmäßig eingerichtete Küche schweifen. Dabei wurde er das Gefühl nicht los, dass hier zwei Menschen auf der Durchreise lebten.

Leonie beendete ihren Geistesblitz mit einem unüberhörbaren Punkt und einem theatralischen Seufzen. Dann rückte sie den Laptop einige Zentimeter zur Seite, klappte ihn aber nicht zu. »Also?« Unverhohlen ungeduldig sah sie ihn an.

Justus setzte sich auf den Stuhl ihr gegenüber und faltete die Hände auf dem Tisch. »Ich will gleich zur Sache kommen, Leonie. Finn lässt sich von dir zu nichts zwingen, das weißt du.«

»Und ob ich das weiß. Er ist ein elender Sturkopf und bedenkt nie die Konsequenzen.« Sie sagte es so ungerührt, als rede sie über das Wetter.

Justus zwang sich zur Ruhe. »Das Jugendamt einzuschalten, würde bedeuten, Mattheo die Fehler seines Vaters ausbaden zu lassen.«

Sie lehnte sich vor und funkelte ihn an. »Jetzt komm mir nicht mit der Schlechte-Mutter-Nummer. Soll ich untätig zuschauen, wie Finn mit ihm davonläuft? Woher soll ich wissen, ob sie Deutschland nicht längst verlassen haben, um sich irgendwohin abzusetzen?«

Justus unterdrückte ein ungläubiges Lachen. »Weil ich Finns Anwalt bin und das in seinem Sinne niemals zulassen würde?«

Sie maßen einander mit herausfordernden Blicken.

»Du bist mir ein schöner Anwalt, Justus.« Plötzlich lächelte sie und es sah fast ein wenig mitleidig aus. »Kommst hierher und spielst den Vermittler. Ich könnte dir diesen unangekündigten Besuch mit nur einem Anruf bei meinem Anwalt zum Verhängnis werden lassen. Du dringst schließlich in meine Privatsphäre ein, setzt mich unter Druck …«

Justus hielt die Luft an.

Sie schmunzelte. »Du solltest mal dein Gesicht sehen. Keine Sorge. Das mache ich nicht.«

»Danke«, brachte er mühsam heraus.

Nun beugte Leonie sich vor. »Du brauchst mir nicht zu danken. So kann ich immerhin ganz offen zu dir sein: Ich hatte nie vor, das Jugendamt einzuschalten.«

Justus hatte ein flaues Gefühl im Magen. »Ach nein?«

Leonie lehnte sich wieder zurück und ließ sich Zeit mit ihrer Antwort. »Ich bin kein Unmensch. Und egal, was du oder was Finn denkt, ich will, dass es meinem Sohn gut geht, dass er die besten Chancen für eine erfolgreiche Zukunft erhält. Ihr liegt falsch, wenn ihr denkt, der Prozess mache mir Spaß. Es geht mir auch nicht darum, zu gewinnen oder Finn und Mattheo voneinander fernzuhalten. Ich weiß, dass Finn seinen Sohn liebt.« In ihren Augen spiegelten sich zum ersten Mal während dieser Unterhaltung tiefere Gefühle und Justus spürte, dass sie nicht nur Schein waren.

»Monatelang hab ich die beiden beobachtet und versucht, über Finns … Lebensstil hinwegzusehen. Aber ich konnte nicht, und jedes Mal, wenn ich versucht habe, ihm ins Gewissen zu reden, hat er sofort dichtgemacht. Klar, ich weiß, er will keine Ratschläge von einer Frau annehmen, die jahrelang mit sich und ihren eigenen Problemen beschäftigt war, aber ich bin in diesen Jahren erwachsen geworden und er nicht. Man kann ein Kind nicht in einem Zimmer schlafen lassen, in dem sich in der Ecke schon die ersten Schimmelpilze bilden. Genauso wenig wie im Wagen, nur weil man auf einer Gala Fotos schießen muss und der Babysitter absagt.«

Justus räusperte sich. Er konnte sich gut an diesen Abend erinnern, auf den sie anspielte, denn er war der besagte Babysitter gewesen, der unerwartet bis spät in die Nacht hinein hatte arbeiten müssen.

»Aber dafür gibt es doch Lösungen, Leonie«, sagte er leise. »Es ist ja nicht so, als ob du keine Rechte hättest. Du bist genauso sorgeberechtigt wie Finn. Es gibt so viele Möglichkeiten ...«

Sie hob die Hand. »Die habe ich alle erwogen und verworfen. Es ist einfach nicht genug. Mit Finn kann man keine Kompromisse schließen. Zumindest ich nicht, denn er hasst mich. Er nennt mich Cruella De Vil.« Ein kurzes, freudloses Lachen drang aus ihrer Kehle. »Aber das weißt du sicher.« Sie hob die Schultern. »Sei's drum. Solange ich Mattheo ein gutes Leben ermöglichen kann. Auf lange Sicht werden die beiden mir danken.«

Was sie sagte, klang vernünftig, ja beinahe überzeugend. Schließlich hatte Justus schon viele ähnliche Kämpfe mit Finn ausgetragen. Wäre da nicht diese brutale Berechnung, diese Eiseskälte gewesen, die über den Tisch hinweg eine Gänsehaut auf seinen Armen verursachte.

Als hätte Leonie seine Gedanken gelesen, fuhr sie fort: »Zum Glück ist Finn kein ernst zu nehmender Gegner in diesem Prozess. Für einen offenen Kampf ist er viel zu feige. Die Drohung mit dem Jugendamt reicht vollkommen aus, um ihn schachmatt zu setzen. Sein Stuhl wird am Tag der Anhörung leer bleiben, das sag ich dir.« Sie starrte gedankenversunken auf den leuchtenden Bildschirm. »Er läuft davon und stolpert dabei über seine eigenen Füße, dieser Dummkopf.«

Justus bekam selten Wutanfälle, aber jetzt war er kurz davor, etwas Unüberlegtes zu sagen oder zu tun. Er sprang so hastig auf, dass sein Stuhl beinahe nach hinten umgefallen wäre. Sie erhob sich fast zeitgleich.

»Was ich jetzt sage«, brachte er so beherrscht, wie er konnte, hervor, »das sage ich nicht als Anwalt, Leonie, sondern als Mann. Mir ist unbegreiflich, was Finn einmal in dir gesehen hat. Ich würde den größten Sturkopf der Welt deinem kalten Herzen vorziehen. Wie kannst du nur so über den Vater deines Sohnes reden?« Er schüttelte den Kopf. »Weißt du, warum Mattheo so ein wunderbarer Junge ist? Weil er einen Vater hat, der ihm zeigt, was Liebe und Empathie sind. Ich fürchte mich davor, was er von dir lernen wird.«

»Verantwortung, Vernunft, Ordnung?«, schoss sie zurück. »Er soll doch einmal imstande sein, ein erfolgreiches Leben zu führen und für sich und andere Verantwortung zu übernehmen. Schau dir Finn doch an! Diesen mittellosen Möchtegernkünstler.« Sie redete sich immer mehr in Rage. »Er hatte früher wirklich gute Jobangebote und er hat sie alle in den Wind geschlagen, weil sie ihn angeblich einengen würden.«

»Bist du schon einmal darauf gekommen, dass es im Leben Wichtigeres gibt als Geld und Erfolg?«

Eine fremde Stimme schaltete sich ein: »Könnt ihr euren Hahnenkampf irgendwo anders austragen als direkt neben meinem Arbeitszimmer?«

Ein groß gewachsener bärtiger Mann mit langen, am Hinterkopf zu einem Knoten zusammengebundenen Haaren war in die Küche gestürmt gekommen. Schäumend vor Wut starrte er Leonie an.

Das musste Andrej sein. Bisher kannte Justus ihn bloß von seinen Social-Media-Profilen: vierzig Jahre alt, Vertriebsleiter bei Mercedes in Düsseldorf, Nichtraucher, Einzelkind, Mitgliedschaften in drei verschiedenen Fitnessstudios.

Leonie und er lieferten sich ein kurzes, gezischtes Wortduell. Dann verschwand Andrej so schnell, wie er gekommen war, und sie hörten eine Tür knallen.

Leonie rieb sich die Schläfen. »Das waren lange fünf Minuten, Justus, und ich glaube, es gibt nichts mehr zu sagen.«

Ihm blieb nichts anderes übrig, als sich zu verabschieden. Es war eindeutig ein Fehler gewesen herzukommen. Nicht nur Finn war ein Sturkopf – Leonie konnte ihm in diesem Punkt ohne Frage das Wasser reichen.

Während Justus wortlos seine Schuhe zuband, blieb sein Blick erneut an den vielen Kisten im Flur hängen und plötzlich fügten sich die Kartons und Andrej in seinem Kopf wie zwei passende Puzzleteile zusammen. Nichts an all dem, was er über Andrej herausgefunden hatte, passte zu dessen Umzug nach Leipzig. Er arbeitete von daheim aus für eine Firma in Düsseldorf und hatte erst kürzlich seine Mitgliedschaft bei allen drei Fitnessstudios dort verlängert. Damit hatte er sich neulich in einem seiner Posts gebrüstet. Außerdem war Leonies Geschichte von den nachgeschickten Habseligkeiten eine glatte Lüge gewesen. Das war sonnenklar.

Vielmehr schien es, als seien Leonie und Andrej nie wirklich in diese Wohnung eingezogen.

Ihn schauderte, wenn er daran dachte, was wohl geschehen würde, wenn Leonies Plan aufging und Finn nicht zur Verhandlung erschien.

Kaum war er wieder im Treppenhaus, da zückte er auch schon sein Handy. Finn musste zur Vernunft gebracht werden. Koste es, was es wolle.

17

München
14. Dezember

In Mias Bauch kribbelte es. Es fühlte sich ein wenig an wie die Aufregung vor einem Vorstellungsgespräch oder der Premiere eines Theaterstücks: eine Mischung aus erwartungsvoller Spannung und Übelkeit. Sie hatte Mia überfallen, als sie Finn und Mattheo in die U-Bahn-Station Thalkirchen gefolgt war. *14. Dezember, 13:40 Uhr.* Die Anzeige der digitalen Tafel über dem Eingang hatte sich in ihr Gedächtnis eingebrannt.

Heute war Sonntag. Das hieß, morgen war Montag – der Tag, an dem die Wunderwelt der Bücher sie zurückerwartete. Der Tag vor Finns Gerichtstermin.

Mattheo und Finn saßen ihr gegenüber auf den schmutzig blauen Sitzen der Münchner Metro, waren über Finns Kamera gebeugt und fachsimpelten über die Bilder, die Finn am Vortag geschossen hatte. Sie studierte seine Gesichtszüge. Nein, sie konnte keine Nervosität erkennen. Vielmehr wirkte er entspannt. Viel zu entspannt.

Es war Mia ein Rätsel, wie es ihm gelang, sich so wirksam von der Wirklichkeit abzulenken, aber es war definitiv ansteckend. Mia hatte sich gestern Abend kurzzeitig infiziert, und zwar so rasant, dass es ihr nicht einmal in den Sinn gekommen war, ihr Handy über Nacht zu laden. Etwas, das ihr sonst nie passierte. Sie hatte Justus vor zwei Stunden gerade noch die Nachricht schicken können, dass sie sich in München aufhielten, eine Fahrt mit der Christkindltram machen und dann den Weihnachtsmarkt am Chinesischen Turm besuchen wollten. Nicht viel später hatte der Akku aufgegeben. Jetzt ärgerte sie sich über sich selbst.

Mattheo lachte laut und Mias Mundwinkel hoben sich zu einem wehmütigen Lächeln. Die letzten Tage waren Perlen gewesen, voller Lachen, voller Abenteuerlust, und sie wünschte sich, die Zeiger der Uhr zurückdrehen zu können. Es schien ihr unwirklich, dass sie morgen um diese Zeit wieder in dem muffigen, dunklen Buchladen hinter der Kasse stehen und sich mit der ständig herunterfallenden Sternengirlande herumärgern würde.

Als du mir vom Theater erzählt hast, warst du Feuer und Flamme, und als ich dich nach dem Buchladen gefragt habe … also Begeisterung klingt anders.

Justus' Worte hallten durch ihren Kopf. Für ihn war alles so klar: Lass die Vergangenheit hinter dir und tu, was du magst! Aber Mia fürchtete sich. Normalerweise war sie keine, die das Risiko suchte. Zugegeben, nicht jeder hätte sich zu einem Fremden ins Auto gesetzt, um mit ihm und seinem Sohn wer weiß wohin zu fahren. Aber wahrscheinlich war es eine Mischung aus Fluchtinstinkt und Idealismus gewesen, die sie dazu bewogen hatte.

Mattheo lachte erneut und Mia betrachtete die beiden mit gerunzelter Stirn. Sie waren vollkommen in ihre eigene Welt abgetaucht, in der nur sie, die Kamera und der Uwe existierten. Mia wusste, es war unvernünftig, dass sie sich nicht längst auf den Heimweg gemacht hatten, und doch verstand sie Finn. Es war so verlockend, sich noch eine Weile vor der Realität zu verstecken. Trotzdem würde sie einen Weg finden müssen, die beiden zur Heimkehr zu bewegen … Nur wie?

Jesus, auf was habe ich mich hier nur eingelassen?

»Nächster Halt: Sedlinger Tor. Umsteigemöglichkeit zu den U-Bahn-Linien 1 und 2.«

Mia tippte mit dem Finger Finns Knie an. »Das ist unsere Haltestelle.«

Er blickte auf und sah dann Mattheo mit großen Augen an. »Mensch, das ging schnell. Ich hab gar nicht bemerkt, wie die Zeit vergeht.«

»Fährt hier der Weihnachtszug?«, fragte Mattheo aufgeregt.

»Ganz genau.«

Die U-Bahn hielt und sie wurden in einer Menschentraube auf den Bahnsteig und über die Rolltreppe hinauf ans Tageslicht geschoben. In der Nacht hatte es geschneit und das Sedlinger Tor, das der U-Bahn-Station seinen Namen gegeben hatte, war mit einer weißen Decke überzogen.

Am Christkindltramstand ergatterten sie drei Tickets für die erste Fahrt um 15 Uhr, und da sie noch eine gute Stunde bis zum Start überbrücken mussten, kaufte Finn ihnen Kinderpunsch und Vanillekipferl und schoss dann einige Fotos von ihnen. Inzwischen hatte sich Mia längst an seine Kamera gewöhnt und versuchte nicht mehr, sich zu verstecken, wenn er sie zückte. Zumal ihr die meisten Aufnahmen, die er von ihr machte, gefielen. Sie konnte nicht genau sagen, woran das lag, aber sie hatte das Gefühl, ihr Lächeln wirkte zum ersten Mal seit Langem nicht mehr gekünstelt und ihr Gesicht nicht so blass wie sonst.

Die halbstündige Christkindltramfahrt führte sie einmal quer durch die Innenstadt und Mia musste Finn und Mattheo mehrmals auf die Sehenswürdigkeiten vor dem Fenster hinweisen, weil die beiden so damit beschäftigt waren, ihre Fotos zu vergleichen.

Ihr nächstes Ziel war wie geplant der Weihnachtsmarkt am Chinesischen Turm, der Mia von allen bisherigen am besten gefiel. Er strahlte Gemütlichkeit und Ruhe aus, und während sie zur Musik einer Blaskapelle von Stand zu Stand schlenderten, überkam Mia zum ersten Mal in diesem Jahr ein Anflug von echter Weihnachtsstimmung.

Kaum verschwand die Sonne jedoch hinterm Horizont, rutschten die Temperaturen in den Minusbereich ab und die Kälte fraß sich von Minute zu Minute mehr durch ihre Wintermäntel. Da kam ihnen der Flöte spielende Weihnachtswichtel, der die Kinder in seinen bunten Zirkuswagen mit der Aufschrift *Weihnachtsgeschichtenland* lockte, gerade recht.

Während Finn und Mattheo sich ganz nach vorne auf die erste Bank setzten, lehnte Mia sich im hinteren Bereich an die Heizung. Bald lullten die Wärme und die weiche Stimme der Geschichtenerzählerin sie ein und sie ließ es geschehen, dass ihr für einen Moment die Augen zufielen. Umso heftiger zuckte sie zusammen, als jemand plötzlich ihren Arm berührte.

Ihr Blick schoss nach oben und einen verwirrten Augenblick lang fragte sie sich, ob sie träumte. Justus' Lippen teilten sich zu einem breiten Grinsen. Dann zupfte er an Mias Ärmel, zum Zeichen, dass sie mit nach draußen kommen sollte. Auf das Überraschungsmoment folgte die Erleichterung. Justus war hier. Mia musste Finn und Mattheo nicht mehr ganz allein im Auge behalten. Nach einem prüfenden Blick in Richtung erste Bankreihe lief sie Justus nach, hinaus in die Kälte, die auch den letzten Rest Müdigkeit vertrieb.

Er wartete am Fuß der Wagentreppe auf sie und warf die Hände in die Luft, als sie aus der Tür trat. »Ich versuche seit Stunden, dich zu erreichen. Was war los?«

»Tut mir leid.« Ihr stieg die Schamesröte in die Wangen und sie verwünschte ihre Gedankenlosigkeit. »Mein Akku ist leer.«

Er stöhnte und schob die Hände in seine Jackentaschen. »Ich dachte, es ist wer weiß was passiert.«

»Und da hast du dich einfach ins Auto gesetzt und bist auf gut Glück hierhergefahren?«, fragte Mia und aus ihrer Stimme war mehr Bewunderung herauszuhören, als ihr lieb war.

»Du hast vom Chinesischen Turm geschrieben.« Er hob die Schultern. »Und da uns die Zeit davonläuft, dachte ich, ich versuche es einfach. Ein Spurensucher hätte bestimmt seine reinste Freude an meinen Schuhabdrücken – so viele Runden, wie ich auf dem Markt gedreht habe … Ich war schon kurz davor umzukehren, als mir der Wichtelwagen hier aufgefallen ist. Ich weiß doch, wie sehr Mattheo Geschichten liebt.«

Mias Magen verkrampfte sich, denn plötzlich fiel ihr Leonies Drohung wieder ein. »Was ist mit dem Jugendamt?«

Justus ließ seine Kiefermuskeln spielen, das einzige Indiz für seine Anspannung. »Sie hat nur geblufft.«

»Aber das ist doch gut, oder nicht?« Mia wagte ein Lächeln, doch Justus' Miene blieb ernst. »Sie glaubt, er wird nicht zum Gerichtstermin erscheinen.«

Mia schnappte nach Luft. »Natürlich erscheint er. Sonst macht er sich strafbar und ruiniert seine Chance, den Prozess zu gewinnen.«

»Das war auch mein erster Gedanke …« Er zögerte. »Aber du hast Finn ja jetzt kennengelernt.«

»Du denkst, sie könnte recht behalten«, flüsterte Mia erschrocken.

»Können wir es denn ausschließen?«

Unglücklich sahen sie einander an.

Mia atmete geräuschvoll aus. »Ich denke, es ist gut, dass du hier bist. Seit gestern kommt es mir vor, als habe Finn jeglichen Gedanken an zu Hause erfolgreich verdrängt.«

»Ich liebe es, den Bewährungshelfer zu spielen«, brummte Justus. »Aber so ist das nun mal.« Sein Blick wanderte zum Glühweinstand hinüber und auf einmal begann er zu schmunzeln.

»Kinderpunsch?« Erwartungsvoll sah er sie an.

»Klingt toll«, erwiderte sie.

»Bin sofort wieder da. Behalte unsere Landstreicher im Auge, ja?« Justus nickte in Richtung Wagentür. Dann joggte er die wenigen Meter bis zum Ende der Schlange, die sich vor dem Glühweinausschank gebildet hatte, und kramte in seinem Portemonnaie. Als er plötzlich zu ihr herübersah und lächelte, kribbelte es merkwürdig in Mias Bauch. Es war nicht dasselbe Kribbeln wie in der U-Bahn, aber es war genauso Angst einflößend. Was war nur los mit ihr? Sie kannte Justus doch kaum. Entschlossen, sich zusammenzureißen, konzentrierte sie sich auf die Eingangstür des Zirkuswagens und wartete, bis Justus mit zwei Pappbechern zurückkehrte. Einen davon reichte er ihr.

»Danke.« Sie lächelte. Und weil sie nicht wusste, was sie sagen sollte, nippte sie an ihrem Punsch. Ein wenig zu hastig, sodass sie sich die Zunge verbrannte.

»Ganz schön heiß das Zeug, was?«, neckte Justus und dann – Mia hatte keine Ahnung, wie es passiert war – verhedderten sich plötzlich ihre Blicke ineinander und sie konnten beide nicht wegsehen. Erst eine enorme Schneeflocke, die auf Justus' Nasenspitze landete, brach den Bann, denn er schielte darauf und Mia musste lachen.

»Mia?« Auf einmal klang es besonders, wie er ihren Namen aussprach. »Wenn all das hier vorbei ist und wir wieder zu Hause sind, hättest du dann Lust … mal mit mir auszugehen?«

Ihr Lächeln gefror und sie bemühte sich, die Glocken, die in ihrem Kopf Alarm schlugen, zu ignorieren. *Justus ist nicht Vincent*, sagte sie sich. Sie atmete tief ein und wagte einen mutigen Schritt. »Gerne.«

»Sehr gut.« Justus grinste schief und dann nippten sie beide ein wenig verlegen an ihrem Punsch.

Sie brauchten dringend ein neues Gesprächsthema.

Justus heftete seinen Blick wieder auf die Tür des Zirkuswagens.

»Was ist eigentlich mit Finns Familie?«, fiel ihr daraufhin ein. »Er hat mir nur erzählt, dass seine Großeltern in Annaberg gewohnt und ihm das Wohnmobil vererbt haben. Wo leben seine Eltern?«

»Das ist ein wenig kompliziert«, biss Justus an. »Finns Mutter wurde schwanger mit ihm, da war sie … ich glaube, siebzehn. Sie wollte Finn abtreiben lassen, weil sein Vater nur eine flüchtige Bekanntschaft war und nichts von dem Kind wissen wollte. Finns Großeltern haben sie nur davon abhalten können, indem sie ihr versprachen, dass sie sich um das Baby kümmern würden. Und das haben sie auch gemacht. Sie waren damals schon ziemlich alt, Finns Mutter war die Jüngste von fünf Kindern. Nach seiner Geburt ist sie weggezogen und hat außer Geburtstags- und Weihnachtsgrüßen nie wirklich versucht, Kontakt mit ihm aufzunehmen. Vor ein paar Jahren sind dann schließlich auch Finns Großeltern gestorben.«

Bei seinen Worten war es Mia immer schwerer ums Herz geworden. »Wie furchtbar. Dann weiß er also, was es heißt, ohne Vater und Mutter aufzuwachsen.«

Justus nickte. »Oh ja. Als Leonie ihn verlassen hat, war das Schlimmste für ihn, dass er Mattheo nun nicht die Familie bieten konnte, nach der er sich selbst immer gesehnt hat.« Sein Blick wanderte über Mias Schulter hinaus und in Sekundenschnelle verwandelte sich sein Gesichtsausdruck von betrübt zu fröhlich. »Da seid ihr ja!«

Mia wandte sich um und entdeckte Finn und Mattheo in der geöffneten Wagentür. Mattheo winkte und grinste, als er Justus erkannte, doch Finns Gesicht nahm einen verbissenen Ausdruck an.

»Was willst du denn hier?«, zischte er.

»Ich habe gesehen, dass es da drüben zwei Eisstockbahnen gibt.« Justus ignorierte Finns Feindseligkeit und begrüßte ihn scheinbar unbeschwert mit einem Schlag auf die Schulter. »Da sollten wir unbedingt vorbeischauen.«

»Was macht man da?«, wollte Mattheo stirnrunzelnd wissen.

»Komm mit! Ich zeig es dir.« Justus nahm Mattheo bei der Hand und schlenderte mit ihm davon, sicher wohl wissend, dass Finn seinen Sohn nicht aus den Augen lassen würde.

Mia blieb stehen und wartete, bis Finn sich endlich dazu durchgerungen hatte, Justus zu folgen.

»Was habt ihr beiden ausgeheckt?«, knurrte er.

»Er hat mich genauso überrumpelt wie dich.« Sie zog ihr Handy aus der Manteltasche und hielt es ihm hin. »Siehst du? Tot. Er meinte, er habe versucht, mich zu erreichen. Und als das nicht geklappt hat, ist er einfach losgefahren.«

Justus musste gewusst haben, dass Finn sich mit dem Eisstock-schießen auskannte. An den Bahnen angekommen, bat er ihn, es Mia und Mattheo zu erklären und auch seine rudimentären Kenntnisse noch einmal aufzufrischen. Ganz sicher nur Mattheo zuliebe ließ Finn sich darauf ein, anfangs noch gequält, doch mit der Zeit immer begeisterter. Schließlich bildeten sie zwei Teams, die immer abwechselnd versuchen mussten, ihre Eisstöcke möglichst nah an die Daube heranzubringen, die am Ende der Bahn in der Mitte des Zielkreises lag. Finn und Mattheo spielten gegen Mia und Justus. Beim ersten Versuch war Mattheo so aufgeregt, dass er den Eisstock mehr warf als schlittern ließ, woraufhin sich Finn hinter ihn stellte und sie den nächsten Stock gemeinsam auf die Bahn beförderten. Zwar stellten sich Mia und Justus auch nicht ungeschickt an, doch Finn war ein solch guter Spieler, dass er ihnen trotz Mattheos Hand am Eisstock meilenweit überlegen war und sie drei Runden in Folge verloren. Mia trauerte dem Sieg jedoch keine Sekunde nach, denn es war offensichtlich, dass das Spiel die von Justus erhoffte Wirkung erzielte: Finns Stimmung hob sich mit jeder Minute. Als er nach dem Spiel mit Mattheo auf den Schultern, der meinte, er würde gleich grün vor Hunger, zum Bratwurststand galoppierte, stieß sie Justus in die Seite und der zwinkerte ihr zu.

Wie durch ein Wunder hielt die entspannte Atmosphäre während des gesamten Essens an. Finn unterhielt sie dabei mit Anekdoten übers Curling, eine Sportart, die dem Eisstockschießen ähnelte und in der Finn offenbar ein ebensolcher Meister war. Außerdem steckte in ihm auch ein wirklich begnadeter Geschichtenerzähler. Sie hingen alle drei förmlich an seinen Lippen.

Als er gerade davon berichtete, wie er mit seinen Tricks einmal einen Profi zur Weißglut getrieben hatte, fiel Mia auf, dass Mattheos Lippen sich langsam blau färbten.

»Ich hole noch mal Punsch. Wer möchte einen?«, fragte sie in die Runde. »Du, Mattheo?«

Der Kleine nickte zitternd und auch Finn und Justus gaben ihre Bestellungen auf.

Mia stellte sich in die Schlange und zog instinktiv ihr Handy aus der Manteltasche, in dessen Hülle einmal ihr »Not-Fünfziger« gesteckt hatte. »Mist«, murmelte sie, als ihr einfiel, dass da kein Geld mehr war. Sie drehte sich um und versuchte, die anderen armeschwenkend auf sich aufmerksam zu machen. Finn und Justus bemerkten es zeitgleich und Mia stülpte ihre Manteltaschen mit einem entschuldigenden Grinsen nach außen. Justus begriff schneller, zückte seine Geldbörse und kam zu ihr herüber. Auf dem Weg zum Stand studierte er die Getränketafel und zählte das Geld dann inklusive Pfand in Mias Hand ab.

»Läuft doch gar nicht so übel bisher«, flüsterte Mia ihm dabei zu, doch Justus hob nur eine Augenbraue.

»Weil wir die wichtigen Themen bisher umschifft haben. Aber damit ist jetzt Schluss.«

Er drehte sich zu ihrem Tisch um und erstarrte. »Mia.«

»Was?« Sie sah in dieselbe Richtung und dann erschrocken zu Justus zurück. »Sag mir, dass Mattheo nur mal musste.«

»Mist.« Er verließ die Schlange und setzte sich in Bewegung. »Das hätte ich kommen sehen müssen. Wo hat er den Camper geparkt?«

Mia folgte ihm. »Wir müssen zur U-Bahn-Station Giselastraße. Mir nach!«

Sie verließen den Weihnachtsmarkt auf der westlichen Seite, durchquerten den Englischen Garten und rannten entlang der Thiemestraße in Richtung U-Bahn-Station.

»Da ist er«, keuchte Mia und deutete nach vorne.

Finn hatte einen Vorsprung von etwa zweihundert Metern.

»Finn! Halt an! Das bringt doch nichts!«, rief Justus. Er zog an Mia vorbei, und obwohl sie sich alle Mühe gab mitzuhalten, fiel sie immer weiter zurück. Schließlich blieb sie stehen und rang nach Atem. Ihr letzter Sprint lag schon viel zu lange zurück und es fühlte sich an, als wollte die eiskalte Luft Löcher in ihre Luftröhre fressen. Mühsam schluckte sie und setzte sich dann wieder in Bewegung.

Jesus, bitte halte Finn auf!

Als sie jedoch die U-Bahn-Station erreichte, kam Justus gerade wieder die Treppe herauf.

»Was ist passiert?«, fragte sie und musste husten.

»Drei Sekunden ... haben gefehlt«, brachte er zwischen hektischen Atemzügen hervor. »Nur diese ... blöde Tür ... war zwischen uns.« Er raufte sich die Haare und schrie ärgerlich auf. Dann riss er sich zusammen. »Okay. Mein Auto steht nicht weit von hier. Kannst du noch ein paar Meter rennen?«

Mia nickte und presste die Lippen aufeinander. Was blieb ihr anderes übrig?

Am Auto angekommen, fühlte sie sich einer Ohnmacht nahe. Mit letzter Kraft ließ sie sich auf den Beifahrersitz sinken und rang um jedes einzelne Sauerstoffmolekül.

»Langsam und gleichmäßig. Das wird gleich wieder«, sagte Justus keuchend, aber mit beruhigender Stimme, und startete den Motor. »Führst du mich?« Er reichte ihr sein Handy. Sie tippte *Campingplatz Thalkirchen* ein und lotste ihn dann durch die überfüllten Straßen.

Als sie an einer Ampel bereits die dritte Rotphase in Folge mitnahmen, schlug Justus aufs Lenkrad. »Bis wir ankommen, sind die beiden über alle Berge.«

Mia versuchte, ihm Mut zu machen, doch auch sie befürchtete das Schlimmste.

Und tatsächlich: Als sie den Campingplatz endlich erreichten, lag der Stellplatz, auf dem der Uwe geparkt gewesen war, verwaist da.

Justus schloss die Augen, stöhnte und ließ den Kopf aufs Lenkrad sinken.

Mia kämpfte ihrerseits mit den Tränen. »Ich hätte nicht gedacht, dass er das noch mal macht. Jetzt stehen wir wieder ganz am Anfang.«

Doch Justus schüttelte den Kopf und hob den Blick. »Nein, diesmal ist es schlimmer. Denn jetzt hat er keine Freundin dabei.«

18

»Und jetzt?«, flüsterte Mia, nachdem sie fünf endlos lange Minuten auf den leeren Stellplatz gestarrt hatten. Inzwischen begann sich bereits eine dünne Schneeschicht darauf zu bilden.

Justus hob die Schultern. »Ich weiß es nicht.« Mit finsterem Blick beobachtete er das Schneetreiben draußen vor der Scheibe, das immer mehr zunahm. »Wäre ich doch nie hergekommen. Ich hab alles nur verschlimmert.«

»Ich habe *gar nichts* gemacht. Das ist auch nicht besser.« Doch Mia machte sich noch ganz andere Sorgen. »Ich hoffe, Finn fährt vorsichtig. Die Straßen sind spiegelglatt und ich traue dieser Klapperkiste nicht.« Eindringlich sah sie Justus an. »Wir müssen für die beiden beten.«

Und das taten sie, eine geschlagene Viertelstunde lang.

»Ich fahr dich jetzt nach Hause«, murmelte Justus danach und startete den Motor.

Lange Zeit sprach keiner von ihnen ein Wort.

Dann beendete Mia die Stille: »Ist Finns Fall wirklich sofort hoffnungslos verloren, wenn er nicht zur Anhörung erscheint?«

Justus holte tief Luft. »Wenn er Glück hat, wird die Anhörung nur vertagt. Dazu müsste er sich allerdings verhindert melden. Tut er das nicht, muss er auf jeden Fall ein Ordnungsgeld zahlen. Im schlimmsten Fall erfolgt der Richterspruch ohne ihn.«

»Das heißt, der Richter fällt ein Urteil, obwohl Finn nicht anwesend ist?«

»Das kommt heute zwar nur noch äußerst selten vor, aber ich habe es schon erlebt. In dem Fall stehen seine Chancen natürlich denkbar schlecht.«

»Und was käme dann?«

»Du meinst, wenn Leonie das Sorgerecht erhält?« Er bremste vor einer Ampel und sah Mia an. Sein Blick ließ sie das Schlimmste befürchten. »Dann wird aus Kindesentziehung Kindesentführung und dann wird eine Polizeifahndung eingeleitet.«

Die Ampel wechselte auf Grün und er trat aufs Gas. »Hoffen wir, dass es nicht so weit kommt.« Mia spürte seinen Blick auf sich. »Du wirst da sein, richtig? Ich meine als Zeugin, wie besprochen, nicht?«

Mia fielen tausend Gründe ein, die dagegensprachen. Sie fürchtete sich vor den Fragen, die ihr Leonies Anwalt stellen würde, und davor, sich vielleicht zu verhaspeln oder ihre Antworten so zu formulieren, dass sie Finn oder Justus in Schwierigkeiten bringen könnten. Und der Gedanke an Herr Wielands Gewittermiene, wenn er hören würde, dass sie schon wieder ausfiel, machte die Sache auch nicht unbedingt besser.

Sie seufzte leise. *Für Mattheo.*

»Ich weiß nicht, ob ich etwas Passendes zum Anziehen habe. Ich bin nicht so der Nadelstreifenanzug-Typ«, war schließlich alles, was sie einwandte.

»Das ist die einzige Sorge in diesem ganzen Schlamassel, die dir wirklich nicht den Schlaf rauben sollte. Überlass das mal mir! Ich kümmere mich darum. Welche Größe hast du?«

»Danke. Das ist wirklich nett. Größe M.« Je mehr Mia über ihre Rolle als Zeugin nachdachte, desto enger fühlte sich ihre Kehle an. »Wann soll ich am Dienstag wo sein?«

»Ich schicke dir eine Nachricht mit allen Details, ja? Übrigens musst du dir auch keine Gedanken machen, was die Kosten angeht. Dank des deutschen Justizvergütungs- und -entschädigungsgesetzes erhältst du Zeugengeld. Das heißt Fahrtkostenerstattung, eine Entschädigung für den verlorenen Arbeitstag, Übernachtungskosten …«

»Bezahlen sie mir auch Schmerzensgeld für die Ängste, die ich da vorne ausstehen werde?«, fragte Mia gequält und schnitt eine Grimasse.

Justus lächelte und legte seine Hand auf Mias linke Schulter, was Mia für einen Moment den Atem anhalten ließ. »Ich kenne niemanden, der besser als Zeugin geeignet wäre. Glaub mir, du schaffst das.«

Kurz streichelte sein Daumen über ihren Schulterknochen und alle Gedanken an den Prozess waren wie weggeblasen. Jeder Nerv in ihrem Körper schien nur noch diese Berührung zu fühlen. Abgesehen von ihrem Vater und ihrem Bruder hatte sie seit Vincent kein Mann mehr berührt und es war verwirrend. So verwirrend, dass sie gar nicht wusste, was sie fühlen sollte, als Justus seine Hand wieder zurückzog. War es Erleichterung? Sehnsucht? Angst?

»Ich würde dich ja in meinem Gästezimmer einquartieren, aber …« Er unterbrach sich.

Mias Wangen begannen zu glühen. »Nein, das … das sollten wir besser lassen.«

Er nickte. »In meiner Rolle als Anwalt wäre das äußerst unprofessionell und wir sollten nichts riskieren, was uns negativ ausgelegt werden und damit Finns Fall gefährden könnte. Ich hab mich diesmal sowieso schon viel zu weit aus dem Fenster gelehnt.«

Mia hatte bei der Erwähnung seines Gästezimmers weder an die Gerichtsverhandlung noch an Justus' berufliche Integrität gedacht. Aber das würde sie ihm ganz sicher nicht auf die Nase binden.

»Ich kann dir das Hotel *Marktgraf* empfehlen. Es ist nur einen Katzensprung vom Gericht entfernt und das Frühstück ist gut.«

»An dem Morgen werde ich höchstwahrscheinlich nicht mal ein Glas Milch hinunterwürgen können.«

»Das solltest du aber. Solche Verhandlungen ziehen sich mitunter.«

Ihre Miene schien ganz klar auszudrücken, wie unwohl sie

sich trotz aller Bemühungen beim Gedanken an die Verhandlung fühlte, denn er lächelte aufmunternd. »Das wird schon. Solange Finn auftaucht, glaube ich wirklich fest, dass alles gut wird.«

Er nahm die rechte Hand vom Lenkrad, um zu schalten, und Mia ertappte sich dabei, dass sie gehofft hatte, er würde noch einmal ihre Schulter streicheln.

Was ist nur los mit dir, Mia?

Irgendwo zwischen Nürnberg und Bayreuth übermannte Mia schließlich der Schlaf und sie wachte erst wieder auf, als Justus den Motor abstellte.

»Wie spät ist es?«, fragte sie schläfrig und streckte vorsichtig die steifen Glieder.

»Kurz vor elf.« Justus gähnte und sah aus dem Fenster. »Ich glaube, wir haben Glück. Da oben brennt noch Licht.«

Erst jetzt fiel Mia auf, dass Justus am Gartenweg 3 gehalten hatte. »Dann muss ich da jetzt wohl raus«, murmelte sie. »Bin gleich zurück.« Klirrend kalte Winterluft empfing sie, als sie, noch immer ganz benommen, die Tür aufschob und über den Steinpfad zur Haustür tappte. Die wurde zu Mias Überraschung aufgezogen, noch bevor sie überhaupt klingeln konnte. Was sie jedoch restlos verblüffte, war die kurze, aber feste Umarmung, in die Emil sie ohne Vorwarnung zog.

»Mimi, du glaubst gar nicht, wie heilfroh ich bin, dich wiederzusehen!«

Sie hatte erwartet, dass er sie mit Tausenden Fragen über die letzten Tage löchern würde. Stattdessen streifte Emils Blick den VW in seiner Einfahrt und er wollte nur wissen: »Ein guter Mann?«

»Ähm ... ja ... a-aber nicht das, was du denkst«, beeilte Mia sich klarzustellen. »Kann ich jetzt meinen Schlüssel wiederhaben?«

Emils Blick kehrte noch einmal zu Justus zurück – wahrscheinlich überlegte er, ob er diesen fremden jungen Mann zu einem Vorstellungsgespräch einladen sollte –, dann nickte er, verschwand in seinem Arbeitszimmer und kehrte kurz darauf mit dem Schlüssel zurück. »Hier.«

Mia schnappte ihn sich. »Danke! Wir sehen uns morgen früh.«

»Zur gewohnten Zeit.« Emil versenkte die Hände in den Hosentaschen, lehnte sich gegen den Türrahmen und wartete in dieser Position, bis Mia wieder im Auto saß.

Sein ungewohntes Verhalten gab ihr Rätsel auf. Wie war es ihm nur gelungen, all die Bedenken und Ratschläge hinunterzuschlucken, die ihm bestimmt beinahe Löcher in die Zunge gebrannt hatten? Mia schüttelte den Kopf. Sie wusste in diesem Moment nur eines ganz sicher: Das ungewohnte Vertrauen, das Emil ihr entgegenbrachte, tat ihr gut.

Auf den letzten Metern in Richtung Steinke-Häuschen beobachtete Mia verstohlen, wie Justus gleich mehrmals gähnte, und obwohl es ihr nicht sonderlich behagte, drängte sie ihn, über Nacht in ihrer Ferienwohnung zu bleiben. Denn eine Weiterfahrt in seinem Zustand wäre einfach unverantwortlich gewesen.

Justus fehlte jegliche Energie zum Protestieren.

Mia schloss ihm die Eingangstür auf und holte dann die Decken und Kissen von ihrem Sofa, auf dem er vor einigen Tagen schon geschlafen hatte. Zurück in der Ferienwohnung allerdings fand sie Justus bereits fest schlafend in Mattheos Bett vor.

Und weil sie diesmal nicht befürchten musste, ertappt zu werden, erlaubte Mia es sich, ihn einen Augenblick lang zu betrachten. In den letzten Tagen hatte sie Hochachtung vor diesem Mann bekommen. Er war ein einmalig guter Freund, der für Finn zehn Stunden Autofahrt an einem Tag auf sich nahm, sich mit Leonie herumärgerte und es Finn nicht nachtrug, dass der schon zum zweiten Mal vor ihm davongelaufen war. Mia wusste nicht, ob sie an seiner Stelle genauso geduldig wäre. Und dann war da noch die Sache mit seiner verstorbenen Frau. Eva. Justus' Tonfall hatte keinen Zweifel daran gelassen, dass er sie unheimlich geliebt und ihr Tod sein Herz in Stücke gerissen hatte. Aber irgendwie hatte er sich durch diese Nacht gekämpft und seinen Glauben dabei nicht verloren. Ja, Mia bewunderte ihn wirklich.

Auf Zehenspitzen schlich sie noch näher und breitete dann die Decke über ihn.

Er bemerkte es nicht, bewegte nicht mal einen Muskel. Wie erschlagen lag er da, das friedliche Gesicht ihr zugewandt. *Hättest du Lust mit mir auszugehen?*, hatte er gefragt.

Mia horchte in sich hinein. Wollte sie das wirklich? Sich noch einmal verletzlich machen, ihr Herz noch einmal öffnen, trotz des Risikos?

Sie musste an Finn denken, der vor seinem Schmerz davonlief und sich jedes Mal wie ein Igel einrollte, wenn jemand an seiner Schutzhülle zupfte. Genau so, fiel Mia in diesem Moment auf, hatte sie selbst die letzten Monate zugebracht, eingeigelt in diesem Häuschen. Und sie hatte ihren Eltern die Alleinschuld daran gegeben, ihnen vorgeworfen, dass sie sie wie ein Kind behandelten. Dabei hatte sie selbst sich auch so behandelt, wenn sie ehrlich zu sich war. Schließlich hatte niemand sie gezwungen, sich hier in Goppel wieder häuslich einzurichten oder Bücher abzustauben. Niemand hielt sie fest.

Mit einem Mal erkannte Mia es ganz klar: Das alles war nur eine Ausrede gewesen. Eine Ausrede dafür, nicht selbst aktiv werden und neue Verletzungen riskieren zu müssen.

Sie verschränkte die Arme vor der Brust. *Du bist ein noch schlimmerer Feigling als Finn!*, sagte sie sich. Dabei hatte sie es im Grunde so satt davonzulaufen. Sie wollte mutig sein, wie Justus, kämpfen, wofür es sich lohnte, und darauf vertrauen, dass Gott sie in alledem festhielt.

Mia zog es hinaus aus der Ferienwohnung und unter den weiten Sternenhimmel, Gottes Kunstwerk.

»Herr«, flüsterte sie und der Anblick des Sternenheers überwältigte sie so sehr, dass sie für einen Augenblick nicht weitersprechen konnte. Plötzlich verstand sie, dass sie nicht länger auf ihren liebevollen Hirten warten musste; er war längst hier. Über Monate hatte sie sich danach gesehnt, dass er auftauchte und sie und ihre Situation umkrempelte. Doch was zeichnete den guten Hirten aus, von dem Jesus im Johannesevangelium sprach? Er rief seine Schafe, er packte sie nicht und zerrte sie nicht auf gute Weiden. Das Schaf musste sich selbst entscheiden, den scheinbar sicheren Stall zu verlassen und dem Hirten zu glauben, der versprach, es gut und weise zu führen.

Vielleicht bedeutete es ein Risiko, ganz sicher erforderte es Mut und wahrscheinlich barg es sogar neue Verletzungen, doch wenn es wirklich die Stimme ihres guten Hirten war, die Mia da in sich spürte, dann war sie bereit. Finn hatte in Justus einen wirklich aufopferungsvollen Freund, auf den er sich verlassen konnte. Einen wie viel besseren Freund hatte Mia da erst in Jesus, der sich selbst für sie geopfert hatte?

»Jesus«, flüsterte sie. »Ich bin durch meine eigenen Fehler in diese Katastrophe hineingeschlittert. Aber ich will so nicht mehr leben, Herr. Ich entscheide mich heute, dir zu vertrauen, und ich bin gespannt, wohin du mich führen wirst.«

Dresden
15. Dezember

Herr Wieland erschien Mia am nächsten Morgen noch übellauniger als sonst, insofern das überhaupt möglich war.

»Schön, dass Sie sich auch einmal wieder zur Arbeit bequemen«, grunzte er anstelle einer Begrüßung.

»Ich freue mich auch, Sie zu sehen.« Mia hängte ihren Mantel auf und schenkte ihrem Chef dabei ihr strahlendstes Lächeln. »Hatten Sie ein schönes Wochenende?«

»Schön? Ich wüsste nicht, was daran schön gewesen sein soll.

Meine Schwester hat mich auf einen dieser Weihnachtsmärkte geschleift. Aber das war das letzte Mal, dass ich das mitgemacht habe. Das allerletzte Mal.«

Seine Worte riefen Mia den Chinesischen Turm vor Augen – oder besser gesagt: den leeren Tisch vor dem Glühweinstand – und unwillkürlich fragte sie sich, wo sich Finn und Mattheo wohl in diesem Moment herumtrieben. Ihnen blieb noch exakt ein Tag bis zum Gerichtstermin. Nur ein einziger Tag.

Jemand hämmerte gegen die Ladentür und Mia erkannte Frau Meier, die ihr Gesicht so dicht an die Glasscheibe presste, dass ihr Atem einen weißen Kreis darauf malte. Als sie Mia entdeckte, winkte sie stürmisch.

Herr Wieland eilte mit großen Schritten zur Tür. »Wir. Haben. Noch. Geschlossen!«, schrie er aus vollem Hals und deutete mit dem Finger auf das Geschlossen-Schild vor ihrer Nase. »Kommen Sie wieder, wenn wir geöffnet haben!«

»Aber Herr Wieland«, wagte Mia zu protestieren. »Frau Meier ist eine unserer besten Kundinnen. Ich finde, wir sollten sie hereinlassen. Und außerdem«, Mia warf einen Blick auf die Uhr über dem Eingang, »sind es doch nur noch zehn Minuten bis neun.«

Obwohl Mia ihre Stimme gesenkt hatte, schien es, als habe Frau Meier ihre Worte gehört, denn sie nickte kräftig, zeigte zuerst auf ihre Uhr und dann auf die Weihnachtstüte in ihrer Hand. Und auch wenn es aussah, als würde er gleich explodieren, zückte Wieland nach einem letzten Zögern schließlich den Schlüssel und öffnete ihr.

»Danke. Haben Sie vielen Dank, Herr Wieland. Ich verspreche auch, ich störe nur einen Augenblick.« Mit schnellen Schritten schob sich Frau Meier aufgeregt an dem Geschäftsinhaber vorbei und steuerte auf Mia zu. Das Gesicht ihrer Kundin strahlte heute auf eine eigentümliche Weise.

»Frau Lorenz«, sagte sie vergnügt, »ich habe das Buch, das Sie mir geschenkt haben, gerade heute Morgen ausgelesen.«

»Und wie hat es Ihnen gefallen?«, fragte Mia mit einem Lächeln. Frau Meiers Fröhlichkeit steckte an.

»Es war«, sie holte Luft und es dauerte eine Weile, bis sie die richtigen Worte gefunden hatte, »schrecklich traurig und ermutigend zugleich. Genau das, was ich gebraucht habe.« Mia grinste. »Das freut mich. Ich kann Ihnen gerne ähnliche Bücher empfehlen.« Sie wollte schon damit beginnen, da legte Frau Meier ihre Hand auf Mias Arm. »Jederzeit gerne. Nur heute nicht, meine Liebe. Ich bin nämlich etwas in Eile. In einer knappen Stunde geht schon mein Zug.«

»Sie verreisen?« Mia kam aus dem Staunen nicht heraus. Frau Meier wirkte an diesem Morgen wie ein neuer Mensch. Jetzt nickte sie und ihr Gesicht begann dabei zu leuchten. »Sie werden es nicht glauben, aber als ich Ihr Buch las und gerade Rotz und Wasser heulte, weil Sarah so viele Jahre hat verstreichen lassen, in denen sie mit Sam hätte zusammen sein können, da ist es mir wie Schuppen von den Augen gefallen: Warum soll ich jammernd und einsam in meiner Wohnung sitzen, wo ich doch zwei gesunde Beine habe und mich jederzeit selbst auf den Weg nach Frankreich machen kann, hm?«

»Das heißt, Sie besuchen Ihren Sohn?«

Frau Meier nickte heftig. »Vielleicht ist es waghalsig von mir. Schließlich hab ich Dresden seit Oskars Tod vor zehn Jahren nicht mehr verlassen ... aber ich werde es tun.«

Ihr Gesichtsausdruck erinnerte Mia an einen furchtlosen Ritter vor seinem Kampf mit dem Drachen.

»Und das hier«, sie stellte die Weihnachtstüte, die sie mitgebracht hatte, auf den Tisch, »das ist für Sie. Ein kleines Dankeschön für Ihre Freundlichkeit. Mich amüsiert die Geschichte jedes Mal neu. Sie ist ein wenig düster, aber ich denke, Sie werden sie mögen.«

»Danke.« Gerührt nahm Mia die Tüte entgegen.

Frau Meier sah indessen auf ihre Armbanduhr. »Nun muss ich mich aber sputen.« Sie kicherte wie ein junges Mädchen. »Nischt, dass isch noch meinen Sug nach Pari verpasse.«

Sie zwinkerte Mia zu, die in Lachen ausbrach, und verließ den Buchladen mit beschwingtem Schritt, begleitet vom fröhlichen Bimmeln des Glöckchens.

»Was hat die denn heute Morgen in ihrem Tee gehabt?« Herr Wieland starrte Frau Meier mit hochgezogenen Augenbrauen hinterher und Mia kicherte. »Ist es nicht einfach schön, sie so glücklich zu sehen?«

»Mir wäre es lieber, sie hätte ein Buch gekauft«, gab er unbeeindruckt zurück.

Mia verdrehte nur hinter seinem Rücken die Augen und beachtete ihn nicht weiter. Neugierig warf sie einen Blick in Frau Meiers Tüte. Darin befanden sich eine Flasche Glühwein und ein schmales Buch, das Mia sofort bekannt vorkam. Ungläubig zog sie es heraus. Sie hatte sich nicht getäuscht. Es war eine Sonderausgabe von Dürrenmatts *Der Besuch der alten Dame*.

Herr Wieland schnaubte. »Wie ich neulich schon sagte: Ich schätze es nicht, wenn Arbeit und Freizeit nicht strikt voneinander getrennt werden. Meinetwegen können Sie Frau Meier jeden Nachmittag zu sich nach Hause einladen. Dann können Sie Ihre Lieblingsbücher austauschen und sich über Familienangelegenheiten und anderen sentimentalen Kram unterhalten.« Er trat an den Kassentisch und tippte bei jedem Wort mit dem Zeigefinger auf die Holzplatte. »Aber. Nicht. In. Meinem. Laden.«

Mia legte den Kopf schief. »Aber meinen Sie nicht, dass es gerade das Gespräch mit den Kunden ist, das diesen Laden für sie einzigartig macht?«

Herr Wielands Brauen zogen sich wie zwei Gewitterwolken zusammen. »Ich brauche niemanden, der mich darüber belehrt, wie ich meinen Laden zu führen habe. Haben Sie das verstanden?«

Sie starrten einander herausfordernd an und plötzlich ging Mia auf, dass dies der Augenblick der Wahrheit war.

»Ich glaube nicht, dass Sie das wirklich so meinen.« Mit einem Mal tat ihr der so in seiner Verbitterung gefangene Mann ein wenig leid.»Deshalb nehmen Sie das, was ich jetzt sage, bitte nicht persönlich: Ich kündige.«

Nur Minuten später verließ Mia die *Wunderwelt der Bücher* zum letzten Mal. Herr Wieland pfiff auf die dreimonatige Kündigungsfrist – unter diesen Umständen könne er keinen einzigen weiteren Tag mit ihr zusammenarbeiten, meinte er – und Mia war das ganz recht. Er sagte ihr nicht einmal Lebewohl. Nur das Glöckchen verabschiedete sich von ihr.

Wider besseres Wissen hoffte Mia, Justus wäre noch da, wenn sie heimkam. Doch zu ihrer Enttäuschung sah sie schon von Weitem, dass sein Wagen aus der Einfahrt verschwunden war. An der Tür zur Ferienwohnung klebte ein Notizzettel.

Liebe Mia,
ich habe den Schlüssel in deinen Briefkasten geworfen. Tut mir leid, dass ich eingeschlafen bin, ohne mich zu verabschieden. Danke für alles. Bis morgen.
Dein Justus

Mia nahm den Zettel ab, faltete ihn einmal in der Mitte und steckte ihn ein. Dann vergrub sie die Hände in den Manteltaschen und blickte aufs Feld hinaus, wo hier und da noch einige weiße Flecken an den Schneefall von letzter Woche erinnerten.

Du bist frei, Mia, rief sie sich in Erinnerung. Doch die Freiheit warf eine simple und zugleich unheimlich komplexe Frage auf: *Und jetzt?*

19

Schwangau am Forggensee

Das Stativ ein winziges Stück nach rechts. *Perfekt.*

Finn drückte auf den Auslöser. Gleich mehrere Male. Seine Hände waren längst taub, doch er konnte einfach nicht genug von diesem Anblick bekommen.

Geheimnisvoll schimmerte im Vordergrund der kristallklare Forggensee. Dahinter erhoben sich die majestätischen Gipfel des Tegelbergs und des Säulings und dazwischen, angesichts dieser atemberaubenden Kulisse fast ein wenig unscheinbar, schmiegte sich Neuschwanstein, das Märchenschloss des exzentrischen bayerischen Königs Ludwig II. Was den Anblick jedoch erst wirklich einzigartig machte, war der dichte Nebelschleier, der sich wie ein weißer Schal durch die Bergtäler wand und sich so dicht um die Anhöhe schlang, auf der das Schloss thronte, dass es aussah, als schwebe es in den Wolken.

Plötzlich schob sich eine verschwommene rote Bommel vor die Szenerie.

Lächelnd zoomte Finn aus der Landschaftsaufnahme heraus und lichtete stattdessen Mattheo ab, der am Ufer Steine sammelte. Nachdem er einige Aufnahmen gemacht hatte, rief er: »Matthi!«, und der Kleine hob den Kopf. Als er sah, dass Finns Linse auf ihn gerichtet war, grinste er breit. Dann jedoch verdüsterte sich sein Blick und er schlurfte mit hängenden Schultern auf ihn zu.

Finn schaltete die Kamera ab und ging in die Hocke. »Was ist los mit meinem Mineralienforscher, hm?« Er zupfte an Mattheos Nase und sein Sohn lehnte sich gegen ihn. »Warum kann Mia nicht-nicht mehr bei uns mitfahren?«, wollte er wissen.

»Sie ist jetzt mit Justus unterwegs, weißt du nicht mehr?«

»Doch«, erwiderte Mattheo leise, »aber irgendwie fehlt sie.«

»Ja.« Die Stirn in Falten gelegt, blickte Finn auf den See hinaus und strich abwesend über Mattheos Rücken.

»Papa, wann fahren wir nach Hause?«

Finn versteifte sich. »Gefällt dir unser Urlaub nicht mehr?«

»Doch.« Mattheo nickte. »Aber mir fehlt auch Mama, und Johan und Lenny aus dem Kindergarten.«

»Wie … wie wäre es«, Finn erhob sich, packte sein Stativ und zog Mattheo in Richtung Uwe, »wenn wir uns jetzt das Schloss mal aus der Nähe anschauen, hm?«

Mattheos Gesicht hellte sich nur ein winziges bisschen auf. »Na gut. Aber dann fahren wir nach Hause, oder?«

Finn gab ihm keine Antwort. Mit verschlossener Miene packte er seine Ausrüstung zusammen, half Mattheo in seinen Kindersitz und klemmte sich dann hinters Lenkrad. Während er den Zündschlüssel drehte und der Motor wieder einmal mehr stotterte als brummte, fiel sein Blick auf den Beifahrersitz. Es hatte sich wirklich etwas verändert, seit Mia nicht mehr bei ihnen war. Er spürte es und Mattheo spürte es ganz offensichtlich auch. Es hatte in dem Moment begonnen, als Finn sich Mattheo geschnappt hatte und losgelaufen war. Und dieses Etwas fühlte sich falsch an.

Leonies Nachricht geisterte durch seinen Kopf: *Ich werde alles dafür tun, dass dieser Trip für sehr lange Zeit der letzte sein wird, den du mit ihm unternimmst.* Alle seine Muskeln spannten sich an. Natürlich meinten Justus und Mia es gut. Mia hatte Mattheo und ihn immerhin nicht einmal gekannt und trotzdem war sie ihnen in den letzten Tagen nicht von der Seite gewichen; und Justus, das war Finn klar, würde für ihn vor Gericht bis aufs Messer kämpfen. Es tat Finn auch leid, dass er die beiden so enttäuscht hatte – ehrlich. Mit Sicherheit hielten sie ihn für einen Feigling und vielleicht, ja vielleicht stimmte das sogar, aber ihnen drohte auch keiner, das Liebste, was sie hatten, wegzunehmen.

Sicher, Justus hatte Eva verloren, aber Finn fragte sich, was Justus wohl unternommen hätte, hätte er an jenem Morgen auch nur geahnt, dass sie zum letzten Mal auf ihr Fahrrad steigen würde. Hätte er nicht alles darangesetzt, sie aufzuhalten, sie wenn nötig sogar eingeschlossen, nur um sie zu beschützen und weiter bei sich zu haben?

Finn warf einen Blick in den Rückspiegel und beobachtete, wie Mattheo sich linkisch Kopfhörer in die Ohren schob. Er war noch so klein, so hilfsbedürftig, so … gutgläubig. Er würde Leonie alles abnehmen, was sie ihm auftischte: dass Finn ein Versager von Vater war oder ihn nicht genug liebte und dass es in Düsseldorf, Berlin, Oslo oder Timbuktu oder wo auch immer tausendmal schöner war als in Leipzig.

Finn kämpfte gegen die Tränen an, die mit einem Mal seinen Blick verschleierten. Morgen war ihr Gerichtstermin. Sosehr er auch versuchte, es zu verdrängen, der 16. Dezember flatterte wie eine rote Fahne in seinem Gewissen. Er wusste, wenn er nicht auftauchte, würde er eine Lawine lostreten. Wenn er allerdings auftauchte, würde er Mattheo sicher sogar noch viel eher an Cruella De Vil verlieren …

Genau in diesem Moment drang ein raues Stimmchen an Finns Ohr. Ganz leise und ziemlich schief sang Mattheo das Lied mit, das er gerade hörte: »Sei mutig und stark und fürchte dich nicht. Sei mutig und stark und fürchte dich nicht, denn der Herr, dein Gott, ist bei dir.«

Finn biss sich auf die Unterlippe und hoffte, dass Mattheo seine Tränen im Rückspiegel nicht sehen konnte.

Leipzig

Als Mia aus der Badewanne ihres Hotelzimmers stieg, fühlte sie sich so erholt wie lange nicht mehr. Das Steinke-Häuschen verfügte zwar über eine winzige Dusche, aber die wurde über einen Boiler betrieben, der sogar an seinen besten Tagen gerade einmal lauwarmes Wasser ausspuckte. Daher hatte Mia den seltenen Luxus eines heißen Bades in vollen Zügen genossen. Ein Weihnachtslied summend band sie sich den hoteleigenen Bademantel um, machte sich über die Sandwiches her, die der Zimmerservice ihr gebracht hatte, und betrachtete dabei vom Bett aus die Lichter der Stadt.

Sie wartete noch darauf, dass ihre spontane Kündigung von heute Morgen sie einholen und ihre Hochstimmung wegwischen würde. Doch es waren bereits zwölf Stunden vergangen und noch immer fühlte sie sich wie ein freigelassener Vogel.

Grinsend griff sie nach der Sektflöte, die sie ebenfalls geordert hatte, und nippte an der prickelnden Flüssigkeit. Alkoholfrei – wie bestellt. Schließlich wäre alles andere, mit Justus' Worten ausgedrückt, äußerst unprofessionell. Sie kicherte. Aber es war ja auch nur eine winzig kleine Geste. Zur Feier des Tages.

Mit einem äußerst unfeierlichen *Riiiing* zerriss das Telefon auf dem Wandtisch den Augenblick. Unschlüssig starrte Mia es einige Sekunden lang an, doch als das Klingeln nicht aufhörte, nahm sie schließlich ab. »Ja? Lorenz?«

Am anderen Ende meldete sich die Rezeption. »Hier ist ein Herr Schäfer, der Sie gerne sprechen möchte. Darf ich ihm Ihre Zimmernummer nennen?«

Justus? Mia warf unwillkürlich einen Blick auf ihr Handy. Sie hatte ihm geschrieben, nachdem sie eingecheckt hatte, hatte aber erwartet, er würde ihr schreiben oder sie anrufen und nicht plötzlich im Hotel auftauchen.

»Ähm.« Mia blickte auf ihren Bademantel hinunter. »Ja.«

»In Ordnung. Wiederhören.«

Einen Augenblick lang stand Mia noch wie versteinert da, dann sprang sie hastig vom Bett und schaffte es gerade noch, in Pullover und Jeans zu schlüpfen, da klopfte es auch schon an der Tür.

»Du liebst Überraschungen, was?«, empfing sie Justus mit beinahe schriller Stimme. Sie kam sich wie eine zu stark aufgezogene Spieluhr vor und hielt sich krampfhaft an der Tür fest.

Justus, ein breites Lächeln im Gesicht, wirkte kein bisschen aufgeregt. »Entschuldige, dass ich so hereinplatze, aber ich war bis eben im Gericht beschäftigt und dachte daher, ich komme einfach gleich vorbei.«

Der Hauch seines Aftershaves kitzelte Mias Nase und sie atmete tief ein. Hatte er sich extra für sie frisch rasiert?

»Darf ich?« Er schmunzelte und deutete hinter sie. »Ich meine reinkommen?«

»Oh. Klar.« Peinlich berührt trat Mia einen Schritt zurück. Schwer zu glauben, dass wirklich kein Alkohol in ihrem Sekt gewesen war, so wie sie sich anstellte. Augenblicklich zuckte sie zusammen. *Der Sekt.* Ihr Blick flog in Richtung Flöte. Doch leider zu spät. Justus hatte sie schon entdeckt.

»Na, da ist aber jemand in Feierstimmung. Hab ich was verpasst?« Er klang amüsiert, aber Mia hätte im Boden versinken können. Finn hatte sich noch bei keinem von ihnen gemeldet und morgen war der alles entscheidende Tag für ihn und Mattheo. Wie musste diese Sektflöte da auf seinen besten Freund wirken?

Sie stellte sich zwischen Justus und das Glas, als könne sie es so verschwinden lassen, und kam sich nur noch lächerlicher vor.

Er sah sie prüfend an. »Hab ich dich mit der ganzen Zeugensache zu sehr unter Druck gesetzt?«

»Nein.« Sie hob abwehrend die Hände. »Ich trinke mir hier keinen Mut an oder so. Ich …«, sie hob die Schultern und lächelte verlegen, »ich habe heute Morgen gekündigt und … irgendwie bin ich so froh darüber, dass ich mir aus einer Laune heraus Sekt bestellt habe. Natürlich ohne Alkohol.«

Ein breites Grinsen hatte sich bei ihren Worten auf seinem Gesicht ausgebreitet. »Du hast gekündigt? Echt?«

»Ja. Echt.«

»Wow! Ich bin stolz auf dich.«

Das ließ sie einige Zentimeter wachsen.

»Und jetzt?«

»Ich habe keine Ahnung.«

Er sah sie so lange kopfschüttelnd an, dass sie sich unwohl zu fühlen begann. »Was?«

»Ich weiß nicht. Du … du bist einfach erstaunlich. Alles an dir.«

Mias Gedanken wanderten zurück zu dem Abend vor wenigen Wochen, an dem sie wie ein Häuflein Elend vor ihrem Laptop gesessen und wie gebannt auf das Familienporträt der Procházkas gestarrt hatte.

»Glaub mir, wenn du mich länger kennst, wirst du das nicht mehr sagen.«

»Darauf würde ich an deiner Stelle nicht wetten.« Sein Tonfall war weich, fast zärtlich, und ihr war, als würden seine Blicke ihr Gesicht wie Finger streicheln. Selbst in ihren glücklichsten Momenten hatte Vincent sie nie so angesehen.

Vincent. Sie presste die Lippen aufeinander. Warum nur musste er immer wieder auftauchen und Augenblicke wie diese beschmutzen?

»Hey.« Mia zuckte zusammen, als sich plötzlich Justus' Hand an ihre Wange legte. »Alles in Ordnung?«

»Ich denke schon«, hauchte sie atemlos, weil ihre Kehle plötzlich eng wurde.

Als sein Daumen die Kontur ihres Wangenknochens nachzeichnete, musste sie die Augen schließen, und zu ihrer unendlichen Verlegenheit fühlte sie Tränen aufsteigen.

»Tut mir leid«, flüsterte sie und da rollte auch schon ein verräterischer Tropfen über ihre Wange.

Justus fing ihn auf und strich ihn weg. »Du musst dich doch nicht entschuldigen. Willst du mir sagen, was dich traurig macht?«

Sie holte tief Luft. »Ich bin nicht traurig. Es ist nur ... wie du mich ansiehst. So hat mich lange keiner angesehen.«

Das war es. Sie fühlte es. Das war der Grund. Über ein Jahr lang hatte sie, wenn sie in den Spiegel gesehen hatte, nur einen Schandfleck gesehen. Die dumme, kleine Mia: Ehebrecherin, Vincents Spielball, das schwarze Schaf ihrer Familie.

»Dann wird es Zeit.« Er löste seine Hand von ihrer Wange und strich ihr stattdessen eine blonde Strähne aus dem Gesicht.

Sie sahen sich an und Mia konnte es in seinem Blick lesen: Er wollte sie küssen.

Er *würde* sie küssen.

Und wenn sie auch nur noch einen weiteren Moment in diese liebevollen Augen schaute, dann würde sie in seinen Armen dahinschmelzen. Aber war sie dazu schon bereit? War es richtig? Oder war sie nur wieder dabei, sich Hals über Kopf in eine Romanze zu stürzen, ohne die Konsequenzen zu überdenken?

Sie zwang sich, den Blickkontakt abzubrechen.

»Ich vermute, das ist der Nadelstreifenanzug für morgen?« Sie deutete auf die Anzugtasche, die Justus aufs Bett gelegt hatte.

Er räusperte sich. Noch immer sah er sie an. Das konnte Mia deutlich spüren.

»Es ist Evas Kostüm. Ich hoffe, es passt dir.«

Jetzt musste sie ihn doch ansehen. »Eva? Und ... und das ist in Ordnung für dich?«

Er vergrub die Hände in den Hosentaschen und blickte auf die Anzugtasche. Als er sprach, sah er jedoch wieder sie an. »Wir tragen alle unser Päckchen. Ich meines und du deines. Aber das sollte uns nicht davon abhalten weiterzuleben, oder?«

Sie wusste genau, was er meinte, und sein Blick war schon wieder so intensiv, dass sie vor den Schmetterlingen in ihrem Bauch fliehen musste.

Mit einem »Ich probier das gleich mal an« verschwand sie im Badezimmer. Fahrig zog sie Evas Kostüm aus der Hülle und schlüpfte hinein. Es saß ein wenig eng, aber für einen Vormittag würde es wohl gehen. Kurz überlegte sie, es Justus zu präsentieren, doch während sie ihr Spiegelbild begutachtete, entschied sie sich dagegen. Justus sollte jetzt nicht an Eva denken. Er sollte nur Mia sehen und sie noch einmal genau so anschauen wie einige Minuten zuvor. Schon allein die Erinnerung an diesen liebevollen Blick ließ sie zittern.

Dann musst du aber auch aufhören, ihn mit Vincent zu vergleichen und andauernd an das zu denken, was war, flüsterte ihr eine Stimme in ihrem Kopf zu.

Das mache ich ja gar nicht. Ich will nur nichts überstürzen, verteidigte sie sich.

Rasch zog sie sich wieder um und kehrte nach nebenan zurück.

»Passt«, verkündete sie und versuchte, locker zu wirken, während sie sich im Schneidersitz aufs Bett sinken ließ.

»Was hältst du davon, wenn wir draußen noch eine kleine Runde drehen und irgendwo für einen Snack einkehren?«, schlug Justus vor. »Ich hatte heute noch nichts zum Abendessen.«

Es war eine ausgezeichnete Idee. Kaum hatten sie das Hotelzimmer verlassen, spürte Mia, wie ihre innere Anspannung sich aufzulösen begann. Auch ihr Gespräch drehte sich nun um unverfänglichere Themen. Mia erzählte Justus noch einmal ausführlich von den letzten Tagen, sie lachten über Herr Wielands Reaktion auf ihre Kündigung und schließlich berichtete sie ihm sogar von den zwei gescheiterten Verkupplungsversuchen ihrer Eltern.

Als er sie später zurück ins Hotel brachte, saßen sie noch eine ganz Weile auf dem großen Doppelbett, aßen Pringles, teilten sich den letzten Rest Sekt und Justus ging noch einmal Schritt für Schritt den kommenden Tag mit ihr durch, damit sie genau wusste, was sie erwartete. Im Anschluss falteten sie, wie schon am Tag zuvor, die Hände und beteten, dass Gott Finn und Mattheo morgen zur Verhandlung erscheinen und das Ganze gut ausgehen lassen würde.

Als Justus »Amen« sagte und sie sich anlächelten, durchströmte Mia mit einem Mal ein ganz warmes Gefühl. Er sah nicht nur umwerfend aus und war einer der warmherzigsten, intelligentesten Menschen, die ihr je begegnet waren, er hatte auch noch etwas anderes, das ihr mit Vincent immer gefehlt hatte: Er teilte ihren Glauben. Sie standen auf dem gleichen Fundament.

»So, Zeit zu gehen, würde ich sagen, und noch ein wenig Schlaf abzugreifen.« Justus gähnte.

Mia brachte ihn zur Tür.

Und da standen sie und wussten nicht, wie sie sich voneinander verabschieden sollten.

»Ja, dann … Gute Nacht.« Sie lehnte sich gegen den Türrahmen.

»Schlaf gut.« Er hob die Hand und strich ihr über die Wange. »Und hab keine Angst vor morgen. Gott hat einen Plan. Ich weiß nicht welchen, aber ich bin sicher, nichts von dem, was passiert, wird ihn überraschen.«

Sie konnte nicht antworten. In seinen Augen lag schon wieder dieser Ausdruck. Diese Zärtlichkeit, die sie gefährlich nahe an den Schmelzpunkt brachte.

»Wolltest du nicht gehen?«, krächzte sie, in dem kläglichen Versuch, einen Scherz zu machen.

Aber er ging nicht. Stattdessen wanderte seine Hand plötzlich an ihren Hinterkopf und er zog sie entschlossen, wenn auch sanft, zu sich.

Augenblicklich versteifte sich Mia. Ein Meer von Alarmglöckchen begann in ihrem Kopf wild durcheinanderzuläuten. »Vincent, ich kann nicht …«

Sie biss sich auf die Lippe. Hatte sie ihn gerade wirklich *Vincent* genannt?

»Was macht dir solche Angst, Mia?«, flüsterte Justus, während seine Nasenspitze ihre für einen kurzen Moment berührte. Er schien nicht verletzt zu sein.

»Ich hab beim letzten Mal so viel falsch gemacht. Und Vincent, er ...«

Justus legte seine an ihre Stirn und sie verstummte. Seine Nähe überwältigte sie.

»Mia, ich bin nicht Vincent. Ich bin ein Mann, der lange allein war und bezweifelt hat, dass es irgendwo da draußen jemanden gibt, der noch einmal sein Herz berühren kann. Und dann kommst du und gehst mir einfach nicht mehr aus dem Kopf. Ich bin verliebt, Mia.« Leise lachte er. »Und ja, ich würde dich wahnsinnig gern küssen. Aber«, er trat einen Schritt zurück, »nicht, wenn ich dich damit überrenne.«

Er meinte es ernst. Mia konnte es ihm ansehen. Er würde gehen, ohne sie noch einmal in den Arm zu nehmen. Aus Respekt vor ihr.

Es war genau das, was sie gewollt hatte. Oder nicht? Warum nur war ihr dann nach Heulen zumute, als er sich zum Gehen wandte?

Weil du genauso verliebt bist wie er.

Mia legte eine Hand auf ihr flatterndes Herz und ahnte, dass es stimmte. Sie war verliebt. In einen Mann, dem Vincent nicht das Wasser reichen konnte. In einen Mann, der ihre Gefühle über seine stellte. Einen Mann, den sie so einfach nicht gehen lassen wollte.

»Justus. Warte!« Sie bekam seine Hand zu fassen und er sah sie an – überrascht.

Und dann war sie es, die auf die Zehenspitzen ging und ihn küsste. Ganz zart streifte ihr Mund seine vor Verwunderung noch immer geteilten Lippen, wie der Flügelschlag eines Schmetterlings.

»Willst du das wirklich?«

Sie lächelte und nach einem kurzen Zögern verschwand das Fragezeichen aus seinem Blick. Diesmal legte er beide Arme um sie, bevor er sie an sich zog. Sein Kuss war zärtlich. An seiner flachen Atmung und dem Zittern seiner Hände spürte sie seine

Leidenschaft, doch er schien sie ganz bewusst zu zügeln, um ihr jederzeit den Rückzug zu ermöglichen. Aber sie dachte gar nicht daran. Ihren Zweifeln hatte es für den Moment vollkommen die Sprache verschlagen. Es fühlte sich so gut, so richtig an, von diesen Armen gehalten zu werden.

»Ich ... sollte jetzt ... wirklich gehen.« Er löste sich von ihr und lachte dabei. »Mein Kopf braucht die Stunden bis zur Verhandlung, um wieder klar denken zu können. So viel zur Professionalität.«

Sie stimmte in sein Lachen ein. »Solange Leonie hier nicht heimlich eine Kamera installiert hat, sollten wir keine Probleme bekommen.«

Er hob eine Braue. »Zutrauen würde ich es ihr.« Er küsste ihre Stirn. »Gute Nacht, Mia.«

Sie blieb im Türrahmen stehen und sah ihm nach, bis er im Treppenhaus verschwand und sie sich fragte, ob das alles eben Wirklichkeit oder nur ein Traum gewesen war.

20

Campingplatz Brunnen am Forggensee
16. Dezember

»Startklar?« Finn schaute über seine Schulter.

Mattheo hielt schläfrig einen Daumen hoch. »Kann losgehen«, antwortete er mit einem Gähnen.

»Aye, aye!« Finn schob den Zündschlüssel ins Schloss und ließ seinen Blick über den im Dunkeln liegenden Campingplatz schweifen. Noch brannte nirgendwo sonst ein Licht. Kein Wunder, mitten in der Nacht.

Er schnitt eine Grimasse, schloss die Augen und riss den Schlüssel dann ruckartig herum. Wider Erwarten sprang der Motor diesmal völlig problemlos an und Finn nickte. »Gut gemacht, Uwe.«

Während er den Rückwärtsgang einlegte, warf Finn einen Blick auf sein Handy. Kurz nach drei. Ihm blieben also noch etwa acht Stunden bis zur Anhörung. Das war mehr als ausreichend, denn sie würden nur knappe sechs bis nach Leipzig brauchen.

Finn parkte aus und bog schon wenige Straßen weiter auf die B16 ab, die sie am Forggensee entlangführte. Im Rückspiegel konnte er die von Scheinwerfern angestrahlte Silhouette Schloss Neuschwansteins zwischen den Bergen ausmachen.

»Schau mal, Mattheo!«, flüsterte er ergriffen nach hinten, doch von dem Kleinen kam keine Reaktion. Er war schon wieder eingeschlafen.

Finn kaute auf seiner Unterlippe herum und begann, leise zu singen: »Sei mutig und stark und fürchte dich nicht. Sei mutig und stark und fürchte dich nicht …«

Als Mattheo vom Rücksitz verlauten ließ, dass er sich gleich in die Hose machen würde, zeigte Finns Handy 5:50 Uhr an. Wenige Minuten später, kurz vor Nürnberg, steuerte er den Uwe auf einen Autobahnrastplatz und half dem zappelnden Mattheo aus seinem Kindersitz. Die volle Blase ließ seinen Gang noch auffälliger wirken und Finn bekam mit, wie zwei Lastkraftwagenfahrer, die vor ihren Trucks standen und rauchten, Witze über ihn machten.

Finns Kiefermuskeln spannten sich an. Es gab weniges, was er so schwer ertrug wie Menschen, die sich über Schwächere lustig machten. Als einer der beiden sogar so weit ging, Mattheos Gang nachzuahmen, verlor Finn die Beherrschung.

»Dümmer geht's nicht, oder?«, zischte er ihnen im Vorbeigehen zu.

»Was sagst du? Hat der mit uns geredet?« Der dickere, gedrungenere von beiden, der Mattheo imitiert hatte, packte Finn am Arm und hielt ihn fest.

Finn fuhr herum. »Mit wem denn sonst? Ich seh hier nur zwei, die ihren geringen IQ nicht für sich behalten können.«

Die Männer sahen aus, als würden sie jeden Moment auf ihn losgehen.

»Reiß dich zusammen, Freundchen!«, riet der Größere ihm knurrend. »Wir haben sehr wenig geschlafen und noch nicht mal unseren ersten Kaffee intus.«

»Ihr wollt euch also prügeln, zwei gegen einen, und das vor einem Kind?«, schnaubte Finn verächtlich.

»Papa, ich muss aufs Klo«, erinnerte Mattheo ihn flüsternd. Er wirkte todunglücklich, wie er da schief von einem Bein auf das andere trat.

»Was stimmt denn eigentlich mit dem Jungen nicht?«, wollte der Dicke wissen.

Mattheo heftete seinen Blick auf den Boden und Finn trat noch näher an die beiden heran.

»Mit meinem Sohn ist alles in bester Ordnung. Ich wette, er hat dreimal mehr Grips im Kopf und bessere Manieren als ihr beide zusammengenommen.«

Der Größere ballte die Hände zu Fäusten, und bevor Finn sich ducken konnte, traf ein harter Schlag sein Gesicht. Er taumelte rückwärts, presste die Hand auf sein linkes Auge, das wie Feuer brannte, und die Männer lachten.

Zuerst glaubte Finn, sie würden erneut auf ihn losgehen, doch dann sah er durch sein unversehrtes Auge, dass sie sich vor Lachen die Bäuche hielten, und als er ihren Blicken folgte, bemerkte er, dass ihre Schadenfreude nicht ihm, sondern Mattheo galt.

Der hielt den Kopf gesenkt und stand ganz still. Nur seine Schultern bebten kaum sichtbar. Seine ehemals helle Hose hatte sich an einigen Stellen dunkelblau verfärbt.

»Tolle Manieren, ich muss schon sagen!«, rief einer der Männer und sie wandten sich, noch immer lachend, ab.

Schuldbewusst ging Finn vor seinem Sohn in die Knie. »Es tut mir leid, Mattheo.«

Dieser wimmerte. »Ich hab doch gesagt, ich muss dringend.«

Finn nahm ihn auf den Arm und Mattheo vergoss stumme Tränen, während Finn ihn zurück zum Uwe trug. Dort suchte er frische Unterwäsche, Socken und eine trockene Hose für Mattheo heraus und nahm ihn dann bei der Hand. Wortlos überquerten sie den Rastplatz noch einmal in Richtung Toilette, wobei sie einen großen Bogen um die beiden Fernfahrer von vorhin machten, die ihnen entgegenkamen – immer noch lachend und Kaffeebecher in den Händen. Bei ihrem Anblick loderte Selbsthass in Finn auf.

Als er im Spiegel seine aufgeplatzte linke Augenbraue entdeckte, sagte er sich, dass er genau das verdient hatte. Was war er nur für ein miserabler Vater! Ein Nichtsnutz, wie er im Buche stand. Leonie hatte recht.

Er presste ein paar nasse Papierhandtücher auf die Wunde, um sie notdürftig zu säubern und die Blutung zu stoppen. Dann half er Mattheo beim Umziehen.

Zurück im Camper versagte dann auch noch der Motor erneut den Dienst und Finn hätte am liebsten laut geschrien.

»Gut zureden, Papa«, erinnerte Mattheo ihn leise.

»Du musst mir helfen, ja?«, presste Finn hervor.

»Lieber Motor, sei lieb und geh an!«, sagte Mattheo im selben Tonfall, in dem er mit Mias Katze geredet hatte. »Wir brauchen dich ganz doll. Wir wollen doch nach Hause fahren und Mama sehen und Mia und Justus.«

Jetzt kamen die Tränen doch. Finn war machtlos. Sein kleiner Junge hatte ja keine Ahnung, was ihn zu Hause erwartete.

Kurz stotterte der Motor, dann kehrte wieder Stille ein, genau wie bei den folgenden zehn Versuchen.

»Wir müssen beten«, sagte Mattheo irgendwann und begann gleich selbst damit. »Lieber Jesus, bitte mach unsern Motor an. Er schafft's nicht von-von alleine. Und bitte mach, dass Papa nicht mehr wütend ist. Amen.«

Nach drei weiteren Versuchen ging das Husten des Motors in ein gleichmäßiges Brummen über.

»Gott hat's gemacht!«, jubelte Mattheo und Finn lächelte ungläubig. Hatte Gott gerade wirklich Mattheos Gebet erhört? Er selbst hatte nicht einmal daran gedacht zu beten, vor Wut und Sorge war er zu keinem klaren Gedanken mehr fähig gewesen.

Sie kehrten auf die Autobahn zurück. Die Pause hatte sie fast eine Stunde gekostet und ihr Puffer war beträchtlich geschwunden. Jetzt musste alles glattgehen.

Doch je näher sie Leipzig kamen, desto unruhiger wurde Finn.

»Mattheo«, sagte er nach einer Weile, »wenn wir ankommen,

fahren wir nicht nach Hause, sondern ins Gericht. Da warst du doch schon einmal mit. Erinnerst du dich?«

Er sah im Rückspiegel, wie Mattheo die Augen zusammenkniff.

»Gab's da den ekligen Kräutertee?«

»Da hat dir Frau Novak viele Fragen gestellt.«

»Ja, und sie hatte keinen Hon-Honig für den Tee da. Nur Zucker. Aber das find ich noch ekeliger.« Er machte eine kurze Pause. »Ich will keine-keine Fragen mehr hören heute, okay, Papa?«

Ein leichtes Zittern hatte sich in seine Stimme geschlichen.

»Sie wird dich heute nicht noch mal ausfragen. Versprochen. Aber mit mir wollen dort heute ein paar Leute reden.«

»Auch Frau Novrak?«

»Ja, die auch. Es wird ziemlich lang und langweilig werden. Was hältst du davon, wenn du draußen wartest und noch mal alle Bilder anschaust, die du in den letzten Tagen gemacht hast?«

Mattheo zögerte. »Okay.«

»Gut.«

»Und wo gehen wir danach hin?«

Finn schluckte. »Das weiß ich nicht. Entweder du gehst mit mir mit oder … du gehst mit zu Mama, ja?«

»Okay.« Mattheo drückte auf dem Stoffteddy in seinem Arm herum. »Wenn ich mit nach Hause komme, dann drucken wir Fotos, oder?«

Nur mit viel Mühe brachte Finn ein »Klar« zustande.

»Und wenn ich bei Mama bin, dann … spiel ich mit der Autorennbahn«, überlegte Mattheo laut weiter. »Guck mal, Papa. Es schneit wieder.«

Er hatte recht. Finn bereiteten die dicken Flocken keine Sorgen. Sie fielen auf eine trockene Straße.

Plötzlich jedoch ertönte ein lautes Krachen. Reifen quietschten, Autos begannen zu schlingern und überall hupten Fahrer. Finn stieg auf die Bremse und schaffte es gerade noch, einem Pkw auszuweichen, der vor ihm auf ein anderes Auto aufgefahren war. Bevor Finn selbst einen Auffahrunfall bauen konnte, brachte er den Uwe mit einer Vollbremsung zum Stehen. Finns Kopf prallte gegens Lenkrad, aber nicht hart genug, um ihn ernsthaft zu verletzen. Nur die Platzwunde über seinem linken Auge riss wieder auf und frisches Blut tropfte auf seine Hose.

»Alles in Ordnung, Kumpel?«, fragte Finn nach hinten. Mattheo sah ihn mit kreisrunden Augen erschrocken an, schien aber unversehrt.

Gemeinsam beobachteten sie durchs Fenster, wie die ersten Autotüren sich öffneten. Mindestens zehn Wagen waren hinter einem umgestürzten Lkw ineinandergefahren. Und Mattheo und Finn wären um ein Haar die Nächsten gewesen.

Nachdem er den ersten Schock überwunden hatte, schnallte Finn sich ab und stieg aus.

»Papa, wo gehst du hin?«, quietschte Mattheo und streckte die Arme nach ihm aus, als wolle er ihn festhalten. Finn griff nach seiner Hand und drückte sie. »Ich muss schauen, ob jemand meine Hilfe braucht.«

»Ich komme mit!«, rief Mattheo und machte Anstalten, seinen Gurt zu lösen.

»Nein, du bleibst hier!«, befahl Finn streng. Dann wurde seine Stimme weicher und er sah seinem Sohn tief in die Augen. »Du, Mattheo, musst beten. Tust du das für mich? Ich brauche dich.«

Mattheo blickte aufmerksam zurück und schien den Ernst der Lage zu verstehen, denn er nickte feierlich. »Okay. Ich bete.«

»Danke.« Finns Stimme zitterte. Er presste einen Kuss auf Mattheos Hand und verschwand dann in einem Durcheinander aus verbeulten Karosserien, Verletzten und Benzinlachen.

21

Die Fenster des Amtsgerichts in der Bernard-Göring-Straße schienen Mia wie finster dreinblickende Augen anzustarren, als sie sich viel zu früh dem Eingangsportal näherte. Auf den Stufen vor der Glastür verwünschte sie die Absätze ihrer Stiefeletten, die ihre Füße jetzt schon nach Befreiung schreien ließen. Wie hatte sie es früher nur beinahe täglich in hochhackigen Schuhen ausgehalten? Auch Evas Kostüm, das seit ihrer Anprobe gestern Abend noch enger geworden zu sein schien, half nicht gerade dabei, ihr Selbstvertrauen zu stärken.

»Gott, hilf mir! Ich kann das nicht allein«, flüsterte sie nicht zum ersten Mal an diesem Morgen, und wie schon zuvor spürte sie eine prompte und für den Moment beruhigende Antwort in ihrem Innern: *Nicht du hast den Ausgang dieser Verhandlung in der Hand, sondern ich.*

Mia zog die Eingangstür hinter sich zu und blieb dann etwas unschlüssig stehen. Sie hatte keine Ahnung, wie es von hier aus weiterging, und bis zur Verhandlungseröffnung würde noch eine gute Stunde ins Land gehen. Also blieb sie, wo sie war, und beobachtete durch die Scheibe, wie der kalte Wind draußen die Menschen zum Schnellergehen zwang, während sie sich im Warmen die Beine in den Bauch stand. Mit einem Mal fragte sie sich, wie wohl Finn und Mattheo sich die lange Zeit vertreiben würden. Sie stellte sich vor, wie Mattheo begeistert rief: »Au ja, wir-wir machen Bilder von-von den lustigsten

Hüten, die vorbeikommen, und am Ende such-suchen wir den witzigsten aus.«

Der Gedanke half ihr, die angespannten Schultern etwas zu lockern. Wie sie den Jungen vermisste! Er war wie … Öl für verklemmte Türen. Mia grinste, als ein karierter Filzhut in schrillen Farben draußen vorüberging. Das wäre doch ein Anwärter, oder?

Zwanzig Minuten später war es eine beige Baskenmütze, die ihre Aufmerksamkeit erregte. Doch es war nicht allein die Kopfbedeckung, die Mias Blicke in ihren Bann schlug; vielmehr war es die gesamte Erscheinung der Mützenträgerin: rote Locken wie aus einer Shampoo-Werbung, ein farblich zur Mütze passender Trenchcoat und ein Gang, der vermuten ließ, dass ihr Selbstvertrauen für Mia mitgereicht hätte.

Die Frau trat direkt neben ihr durch die Eingangstür. Ohne Mia eines Blickes zu würdigen, hielt sie mit langen Schritten auf die Treppe ins Obergeschoss zu und verschwand aus Mias Blickfeld, eine Wolke blumigen Parfüms hinter sich herziehend.

»Ah, du hast die Kontrahentin also schon kennengelernt.«

Mia fuhr herum und da stand Justus.

Er zögerte kurz. Dann reichte er ihr die Hand. »Guten Morgen, Frau Lorenz.«

»Guten Morgen, Herr Schäfer.«

Als ihre Hände sich berührten, fragte sich Mia, ob nur sie dieses angenehme Kribbeln spüren konnte, das in Sekundenschnelle direkt bis zu ihrem Herzen hinaufzuwandern schien. Die kalte Atmosphäre im Inneren des Gerichts und Justus' Anzug ließen den vergangenen Abend weit weg erscheinen. Allein das Funkeln in seinen Augen sagte ihr, dass er sich an jedes Detail erinnern konnte.

Er deutete mit einer Hand zur Treppe. »Wollen wir?«

Auf halbem Weg nach oben fielen Mia plötzlich Justus' erste Worte wieder ein, die ihren Fokus wieder ganz auf das Hier und Jetzt richteten. Sie senkte ihre Stimme. »Warte mal … sagtest du *Kontrahentin*? Ist die Frau mit den roten Haaren Leonie?«

»Exakt. Habt ihr miteinander gesprochen?«

»Kein Wort. Ich wusste nicht, wen ich vor mir habe, und ich schätze, sie weiß nicht einmal, dass ich existiere.«

»Dann werden wir das jetzt ändern.«

Sie erreichten das Ende der Treppe und Mia entdeckte Leonie, die mit verschränkten Armen und verbissenem Gesichtsausdruck auf dem schwarz-weiß gekachelten Fußboden auf und ab ging. Plötzlich drehte sie den Kopf in ihre Richtung und hielt inne. »Justus.« Sie lächelte breit, aber ihre Augen blieben ausdruckslos. »Immer eine Freude, dich zu sehen. Hast du Ersatz für Finn gefunden?« Beiläufig nickte sie Mia zu, ohne sie wirklich anzusehen.

Mia schluckte. Nach allem, was sie bisher über Leonie gehört hatte, hielt sich ihre Lust auf eine Unterhaltung mit dieser Frau in Grenzen.

»Finn braucht keinen Ersatz, sondern Fürsprecher. Darum habe ich Frau Lorenz eingeladen. Frau Lorenz, das ist Leonie Schmidt, die Klägerin.«

Pflichtschuldig reichte Mia ihr die Hand.

In Leonies Augen flackerte kurz etwas auf, das stark nach Misstrauen aussah. Dann blinzelte sie und streckte ebenfalls die Hand aus. »Lorenz ...« Leonie musterte sie einige unangenehme Sekunden lang. »Sie sind keine von Mattheos Erzieherinnen, sonst wären wir uns sicher schon begegnet. Sind Sie eine Nachbarin?«

»Nein, ich ...«, setzte Mia zu einer Erklärung an, doch Leonie kam ihr mit einem unerwarteten Ausruf der Verblüffung zuvor: »Sie sind seine Freundin, oder? Wo hat er Sie aufgegabelt? Hat er auf einer Hochzeit Fotos geschossen, bei der Sie Gast waren?«

Ihre Strategie lag auf der Hand: Egal, wer Mia wirklich war – Leonie machte schon jetzt die Fronten klar, um Mia einzuschüchtern. Diese klassische Schönheit mit ihrem unterkühlten, souveränen Auftreten passte so wenig zu dem Lebenskünstler Finn wie ein Pudel in ein Wolfsrudel. Mia schenkte Leonie das netteste

Lächeln, das sie aufbringen konnte. »Ich muss Sie leider enttäuschen. Ich bin nicht *seine* Freundin, sondern nur *eine*.«

»Mia hat Finn und Mattheo in den vergangenen Tagen begleitet«, erklärte Justus, als sei dies das Normalste der Welt.

Leonies Gesicht glich einem Fragezeichen. »Begleitet? Warum?«

Oh, oh! Gefährlich! Mia warf Justus einen Hilfe suchenden Blick zu. Zu ihrem Glück schien Leonie eine andere Frage noch brennender zu interessieren: »Moment mal!«, rief sie. »Das hieße ja, Finn ist hier!«

»Er wird kommen«, erwiderte Justus und selbst Mia wunderte sich über die Sicherheit, die er ausstrahlte. Hatte er womöglich Nachricht von Finn erhalten?

»Na, wenn du das sagst.« Spott schlich sich in Leonies Stimme. »Dreißig Minuten hat er ja noch.« Mit diesen Worten wandte sie sich ab.

Sofort flüsterte Mia Justus zu: »Hat sich Finn etwa bei dir gemeldet? Ist er auf dem Weg?«

»Leider nicht.« Justus zog sein Handy aus der Hosentasche, warf einen Blick darauf und schüttelte den Kopf dann gleich noch einmal.

Die folgenden dreißig Minuten glichen einer Ewigkeit. Leonies Anwalt, ein Herr Habeck, traf ein und er und Leonie waren bald flüsternd in eine Unterhaltung vertieft. Außerdem erschienen noch zwei weitere Frauen zur Verhandlung: eine Erzieherin aus Mattheos Kindergarten, Frau Reichel, wie Justus Mia aufklärte, sowie Frau Novak, Mattheos Verfahrensbeistand.

»Diese Frau ist heute eine Schlüsselfigur«, erklärte Justus. »Sie ist dafür zuständig, Mattheos Interessen zu vertreten, und ihre Stellungnahme hat immensen Einfluss auf den Ausgang des Prozesses.«

Mia versuchte, Hoffnung aus dieser Aussicht zu ziehen, doch das Gesicht der Frau blieb unbewegt, als sie ihr freundlich zulächelte. Dann wanderte ihr Blick zu Frau Reichel. »Sind Sie und ich etwa die einzigen Zeugen?« Der Gedanke verursachte ihr gleich ein noch flaueres Gefühl im Magen, doch Justus beruhigte sie. »Bei der letzten Verhandlung sind unheimlich viele Zeugen befragt worden. Die Anhörung heute findet nur statt, weil der Richter die Gesamtsituation nicht für eindeutig und klar genug befunden hat, um ein Urteil sprechen zu können. Er hat weitere Gutachten eingeholt und … jetzt sind wir wieder hier. Mattheos Erzieherin und du, ihr seid die Versuche beider Seiten, noch etwas Rettendes in die Waagschale zu werfen.«

Die Anspannung wuchs, braute sich zusammen wie Gewitterwolken vor einem Sturm. Immer wieder sah Mia zur Treppe, wenn sie meinte, jemanden husten oder rennen gehört zu haben. Justus starrte die meiste Zeit mit zusammengepressten Lippen zur Decke hinauf und Mia fragte sich, ob er betete. Ihr selbst fehlten vor Nervosität die Worte dafür. In ihr hallte nur immer wieder: *Gott, hilf uns!*

Zehn Minuten vor elf wurde die Tür zum Gerichtssaal geöffnet und Leonie und Herr Habeck kamen herüber, um ihre Plätze drinnen einzunehmen. Als Leonie an Mia und Justus vorüberging, hielt sie zehn Finger hoch und machte dabei ein beinahe mitleidiges Gesicht.

Justus wartete noch einige weitere Minuten vor der Tür an Mias Seite, wurde dann aber von einem kleinen Mann mit Schnurrbart und Brille auf das baldige Eintreffen des Richters hingewiesen.

»Sie sind …«, der Mann sah auf sein Klemmbrett, »Frau Lorenz?«

Mia nickte.

»Der Zeugenwarteraum ist gleich da vorne rechts.« Er deutete auf eine offene Tür. »Bitte warten Sie dort, bis man Sie aufruft.« Er lächelte knapp und wandte sich wieder ab.

Mia sah zu Justus auf und zum ersten Mal an diesem Tag entdeckte sie unkaschierte Gefühle in seinen Augen: Enttäuschung und Angst.

»Immer noch nichts von Finn?«, fragte sie leise.

Er sah auf sein Handy, doch seine Miene blieb unverändert.

»Justus.« Mia versuchte, seinen Blick einzufangen. »Es liegt nicht in unserer Hand.«

Er atmete einmal tief ein, nickte und wandte sich dann ab.

Nachdem er die Tür hinter sich zugezogen hatte, schloss Mia die Augen und versuchte, den Kloß in ihrem Hals hinunterzuschlucken. Jetzt blieb nur zu hoffen, dass der Richter gnädig war, ein geringes Ordnungsgeld erhob und die Anhörung dann vertagte.

Sie sah zur immer noch offen stehenden Tür des Zeugenwarteraums hinüber. Vermutlich würde es gar keine Befragung geben. Also würde sie einfach hier draußen warten, bis sich die Tür des Gerichtssaals wieder öffnete.

In einem Aufsteller nahe dem Warteraum fand sie einige Broschüren, die sie durchblätterte, ohne wirklich darin zu lesen; einfach, um die Zeit totzuschlagen. Da drang mit einem Mal eine vertraute Stimme an ihr Ohr.

»Papa, ich muss schon wieder.«

»Gleich, Mattheo, jetzt muss ich erst mal schauen, wo wir hinmüssen. Gib mir fünf Minuten!«

»Wie viel ist das?«

Mia wartete die Antwort nicht ab, sondern ließ die Broschüre einfach fallen und raste nach unten. Ohne Zweifel – da standen sie: Finn mit Mattheo an der Hand. Der Kleine hielt seinen Teddy im Arm und trug einen Rucksack, der so schwer zu sein schien, dass er ihm bereits von den Schultern rutschte.

Mia war so erleichtert, dass sie Finn direkt um den Hals fiel. »Ihr seid da! Ihr seid wirklich da!«

»Mia!« Mattheos Ärmchen schlossen sich um ihre Körpermitte.

»Was … was machst du denn hier?«, wollte Finn wissen.

»Wir haben keine Zeit für Erklärungen. Die haben da oben schon angefangen. Nichts wie rauf mit dir! Die Treppe hoch und dann auf der linken Seite die mittlere Tür …« Mia schnappte nach Luft. »Wie siehst du denn aus?«

Vor lauter Aufregung war ihr Finns Zustand erst auf den zweiten Blick aufgefallen. Über seine linke Gesichtshälfte zogen sich getrocknete Blutspuren, das linke Auge war zugeschwollen und begann, groteske Farben anzunehmen, und in seiner Hose klaffte auf Kniehöhe ein handtellergroßes Loch. Dazu starrte alles an ihm vor Schmutz, bis hin zu seinen Haaren.

»Ist das ... Öl?«

»Das«, Finn sah bedeutungsvoll zu Mattheo hinunter, »ist eine lange Geschichte.«

»Für lange Geschichten ist jetzt keine Zeit. Ich passe auf Mattheo auf. Lauf!«

Dieses eine Mal tat Finn wie geheißen. Hoffentlich nicht zu spät!

»Ich muss mal ganz dringend, Mia.«

Mia ließ den für einen Moment angehaltenen Atem entweichen und nahm Mattheo dann seinen Rucksack ab, an dem das Lebkuchenherz mit der Aufschrift *Mein Liebling* baumelte. »Alles klar. Dann gehen wir mal auf die Suche.«

Unterwegs lieferte Mattheo Mia einen Bericht über seinen und Finns Morgen und Mia lauschte mit wachsender Verwirrung, als er von einer Schlägerei, nassen Unterhosen und Autos berichtete, die auf dem Dach lagen. Sie konnte nur hoffen, dass Finns Version weniger nach *Fast & Furious* klang und ihm nicht zusätzliche Minuspunkte einbrachte.

Nach ihrem Toilettenbesuch zog sich Mia mit Mattheo in den Zeugenwarteraum zurück, der zur Freude des Jungen mit Büchern, Stiften und Papier sowie einigen abgenutzten Spielzeugen ausgestattet war. Noch mehr freute er sich allerdings über Frau Reichel. Sie solle doch bitte alle seine Freunde grüßen. Er komme auch bald einmal wieder zum Spielen vorbei, meinte er. Dann setzte er sich an den Kindertisch und begann, ein Bild zu malen.

Das Warten war unerträglich und die Minuten schlichen nur so übers Zifferblatt. Frau Reichel wurde zuerst in den Gerichtssaal geholt. Etwa fünfzehn Minuten später, Mia las Mattheo gerade eine Geschichte vor, kam schließlich der gefürchtete Moment: Die Tür ging auf und der kleine Mann von vorhin trat ein, gefolgt von Mattheos Verfahrensbeistand, der Frau mit der unbeweglichen Miene.

»Frau Lorenz? Sie werden im Zeugenstand erwartet. Frau Novak hier wird den Jungen solange im Auge behalten.«

Mias Herz begann mit einem Mal mehr zu stolpern, als zu schlagen. Sie hob Mattheo von ihrem Schoß. »Ich bin gleich zurück, okay, Großer?«

»Ich will aber keinen Kräutertee diesmal«, war seine Reaktion, doch Mia war zu nervös, um sich darüber zu wundern.

Im Gerichtssaal herrschte Stille, und als sie eintrat, richteten sich alle Blicke auf sie. Mias Knie zitterten so stark, dass sie befürchtete, über ihre eigenen Füße zu stolpern.

Auf der linken Seite saßen Leonie und Herr Habeck, beide kerzengerade und mit ausdruckslosen Gesichtern, auf der anderen Seite hatten Justus und Finn Platz genommen. Justus' Züge waren angespannt. Hatte er genauso viel Angst davor, dass sie alles verdarb, wie sie selbst? Finn biss auf seiner Unterlippe herum und presste etwas gegen seine geschundene Augenbraue. Offenbar hatte man ihm ein Kühlkissen gebracht.

»Frau Lorenz, ich begrüße Sie.«

In der Mitte thronte der Richter. In seiner Robe und über den Rand seiner Brille hinweg blickend wirkte er auf Mia wie ein strenger Schulrektor, in dessen Büro sie zitiert worden war.

»Nehmen Sie doch bitte Platz!« Er deutete auf einen einzelnen freien Stuhl zu seiner Linken, und während Mia sich setzte, erhob Justus sich.

»Frau Lorenz ist Vater und Sohn freundschaftlich verbunden und hat Herrn Winkler während seiner berufsbedingten Reise in den letzten Tagen begleitet und unterstützt.«

Der Blick des Richters senkte sich über den Rand seiner Brille wieder auf sie.

»Sie bekräftigen im Bewusstsein Ihrer Verantwortung vor Gericht, dass Sie nach bestem Wissen die reine Wahrheit sagen und nichts verschweigen werden?«, fragte er sie.

Mia bejahte und hoffte, dass ihre Stimme nicht allzu hörbar zitterte.

»Frau Lorenz«, Justus' Blick zeigte keine Emotionen, »haben Sie, während Sie mit den beiden unterwegs waren, zu irgendeinem Zeitpunkt feststellen können, dass es Herrn Winkler an väterlicher Fürsorge mangelt?«

Mia überlegte und konnte nicht verhindern, dass ihr Blick in Finns Richtung schweifte. Er fixierte offenbar einen festen Punkt auf der Tischplatte vor sich und seine Kiefermuskeln arbeiteten.

»Er war, meiner Erinnerung nach, immer sehr bemüht, auf die Bedürfnisse seines Sohnes einzugehen. Er hat ihn, bis auf einen Abend, an dem ich das aus Eigeninitiative übernommen habe, ins Bett gebracht, den Jungen mit ausreichend Nahrung versorgt und auch immer auf Mattheos Sicherheit geachtet, angefangen beim Autogurt bis hin zur Straßenüberquerung. Wenn wir viel gelaufen sind und Mattheo durch seine körperliche Verfassung das Gehen schwer wurde, hat er ihn auf den Rücken genommen und getragen.«

»Danke, Frau Lorenz.«

Mias Blick begegnete Leonies und sofort wünschte sie sich, sie hätte nicht zu ihr geschaut. Der Ausdruck in ihren Augen war spöttisch. Sie schien ihr kein Wort abzunehmen.

Justus fragte Mia weiter aus, über ihre Aktivitäten der vergangenen Tage und Finns Verhalten. Doch obwohl Justus' gezielte Fragen Finn in ein gutes Licht rückten, hatte Mia ein flaues Gefühl im Magen. Es verstärkte sich noch, als Leonies Anwalt sich erhob.

»Herr Vorsitzender, würden Sie nun auch mir gestatten, Frau Lorenz einige Fragen zu stellen?«

Mia hoffte inständig, der Richter würde es ablehnen, doch dieser hob nur kurz die Hand zu einer einladenden Geste.

»Lassen Sie mich«, der Anwalt sprach mit der Dramaturgie

eines Schauspielers, »doch noch einmal zum Anfang zurückspulen. Frau Lorenz, seit wann genau kennen Sie Herrn Winkler und seinen Sohn?«

»Seit dem«, sie musste kurz nachrechnen, »4. Dezember. Da standen die beiden abends vor meiner Tür und fragten nach meiner Ferienwohnung.«

»Das macht ganze zwölf Tage. Und wann sind Sie und Herr Winkler zu Ihrem ... kleinen Abenteuer aufgebrochen?«

Das spöttische Lächeln in seinem Mundwinkel ließ Mia einen aufgebrachten Blick in Richtung Richter werfen, doch dieser sah sie nur erwartungsvoll an.

»Vor sieben Tagen«, antwortete sie bemüht ruhig.

»Finn und Sie kannten sich also ganze fünf Tage, bevor er mit Ihnen und seinem Sohn zu einer Reise in seinem Wohnmobil aufgebrochen ist; quasi mit einer fremden Frau. Das wirft bei meiner Mandantin zu Recht Fragen auf.« Er wandte seine Aufmerksamkeit dem Richter zu. »Herr Vorsitzender, ich ziehe in Zweifel, dass Frau Lorenz überhaupt als eine ernst zu nehmende Fürsprecherin Herrn Winklers auftreten *kann,* und es wundert mich, dass hier niemand Zeugnis ablegt, der verlässlichere Aussagen zu bieten hat. Außerdem erscheint es mir sehr fragwürdig, dass Herr Winkler seinen scheinbar einzigen langjährigen Freund als Anwalt engagiert ...«

Mia sah aus dem Augenwinkel, wie Finns Kopf in die Höhe schoss, und konnte dann, wie vermutlich alle im Saal, hören, was er Justus zuflüsterte: »Pastor Unger und Arthur haben in der letzten Anhörung für mich ausgesagt. Es kann doch nicht sein, dass ich hier für die Anzahl meiner Freunde abgeurteilt werde.«

Justus legte nur beruhigend die Hand auf Finns Arm und blickte ihn fest an. Das brachte Finn zum Schweigen.

Einen Augenblick lang war es still, dann räusperte sich der Richter. »Ich stimme zu; beides ist fragwürdig und dennoch möglich. Wie Sie wissen, kenne ich Herrn Schäfer aus anderen Fällen und ich zweifle nicht an seiner Integrität. Was Frau Lorenz' Zeugnis betrifft, so sehe ich hier sehr wohl einen Nutzen für diesen Prozess. Behalten Sie bitte im Blick, dass es hier nicht ums Gewinnen oder Verlieren, sondern um eine möglichst sinnvolle Lösung im Sinne des Kindes geht! Und nun bitte: Fahren Sie fort!«

Diese Rüge schien Herrn Habeck momentan den Wind aus den Segeln zu nehmen, doch er hatte sich schnell wieder gefangen. »Frau Lorenz, ich möchte dennoch Näheres über den Start Ihrer gemeinsamen Reise nach einer so kurzen Zeit des Kennenlernens erfahren. Wer von Ihnen beiden hatte die Idee?«

Mia fühlte sich, als schlittere sie über Glatteis. Nichts, was sie sagen konnte, erschien ihr sicher. »Es war meine Idee.«

»Erzählen Sie bitte weiter! Was hat Sie dazu bewogen, mit Herrn Winkler zu fahren?«, ließ Herr Habeck nicht locker.

»In den Tagen, die Finn, ich meine Herr Winkler, und sein Sohn bei mir verbrachten, habe ich von dem Sorgerechtsprozess erfahren, der Finn verständlicherweise sehr zusetzt und ihn meiner Ansicht nach auch verunsicherte. Ich dachte, wenn ich mitkäme, könnte ich die beiden unterstützen und Finn Mut machen, an sich als Vater zu glauben. Denn er ist ein toller Vater! Ich habe selbst noch keine Kinder, aber ich glaube, im Alleingang einen Sohn großzuziehen, ist eine echte Meisterleistung. Noch dazu wirkt Mattheo auf mich ausgeglichen und glücklich.«

Mia spürte Finns Blick auf sich und sah kurz zu ihm. Er schenkte ihr ein dankbares Nicken.

»Sie scheinen wirklich eine beeindruckend altruistische Ader zu haben.« Herr Habecks versteinertes Gesicht strafte seine Worte Lügen. »Hat Herr Winkler Sie während Ihrer Reise je mit seinem Sohn allein gelassen?«

Nun war Mia beinahe froh über Finns Paranoia am Anfang ihrer Reise. »Nie länger als einige Minuten und er war immer in Sichtweite.«

»Wenn Sie gestatten, Herr Vorsitzender, möchte ich hier etwas ergänzen.« Justus wartete auf das Nicken des Richters und wandte sich mit der Andeutung eines Lächelns im Mundwinkel an seinen Gegenspieler. »Frau Lorenz stand die ganze Zeit über im telefonischen Austausch mit mir.«

Leonies Anwalt verzog erneut keine Miene. »Das Wohnmobil, Frau Lorenz, mit dem Finn unterwegs ist, welchen Eindruck machte das auf Sie?«, wechselte er das Thema.

Mia runzelte die Stirn. »Ein alter, geräumiger Camper. Nicht hübsch, aber zweckmäßig. Mit einer guten Ausstattung. Es gibt sogar eine Gasheizung.«

»Er ist also in … einwandfreiem Zustand?«, hakte er nach. »Es gab während der gesamten Zeit keine technischen Probleme?«

»Kaum. Einmal war eine der Gasflaschen leer, ein anderes Mal war die Gasleitung eingefroren und beim Anspringen hat der Motor immer mal wieder Sperenzchen gemacht.«

»Und Finn hat diese Probleme beheben können?«

Mia zögerte kurz.

»Denken Sie daran, dass Sie hier vor Gericht sind und Sie sich zur Wahrheit verpflichtet haben«, erinnerte Herr Habeck sie mit finsterem Blick.

»Dass die Gasflasche leer ist, habe ich entdeckt, aber er hat eine neue geholt.«

»Und sie ausgetauscht?«

Mia musste sich zur Ruhe zwingen. Herr Habecks Kreuzverhör zielte mit Sicherheit darauf ab, sie zu verunsichern und ihr belastende Aussagen zu entlocken. »Nein, das war ich, aber auch nur, weil ich die Initiative ergriffen habe. Die zugefrorene Gasleitung habe auch ich entdeckt und aufgetaut. Aber Herr Winkler war selbst schon auf der Suche nach der Ursache für den Heizungsausfall und wäre mit Sicherheit bald selbst darauf gestoßen. Das Motorproblem hat er übrigens schon einmal von einem Servicemitarbeiter reparieren lassen. Es ist nur erneut aufgetreten.«

»Und nicht noch einmal behoben worden«, schlussfolgerte der Anwalt.

Mia hätte am liebsten die Augen verdreht. »Noch nicht, aber

da Herr Winkler den Camper schon einmal zur Reparatur gegeben hat, weiß ich nicht, was dagegenspricht, dass er es wieder tun wird.«

Sie fing Justus Blick ein. Er war eindeutig: *Gar nicht gut! Kein guter Tonfall.*

»Haben Sie ihn darauf hingewiesen, dass der Motor reparaturbedürftig ist?«

Mia atmete tief ein und bejahte ergeben.

»Und wie hat Herr Winkler darauf reagiert?«

Sie zögerte einen Moment und widerstand dem Drang, Finn anzusehen. Was konnte sie anderes sagen als die Wahrheit? »Er … er hat … es ignoriert.«

»Das würde ich als Pflichtvernachlässigung verstehen, Herr Vorsitzender.« Herr Habeck nickte, sichtlich zufrieden. »Ich habe noch eine weitere Frage, Frau Lorenz«, fuhr er zu ihrem Leidwesen fort. »Haben Sie Finn Winkler in den vergangenen Tagen als einen emotional stabilen Mann erlebt?«

Justus erhob Einspruch, doch der Richter gab ihm nicht statt.

»Nun ja, angesichts dessen, dass er gerade durch eine persönliche Lebenskrise geht, ist es wahrscheinlich normal, dass er hin und wieder sehr emotionale Momente hat.«

»Haben Sie erlebt, dass er auf einen anderen Menschen losgegangen ist?«

Mia warf Justus einen Hilfe suchenden Blick zu, doch dieser schloss nur kurz die Augen und nickte dann leicht.

»Nur einmal«, gestand sie. »Da ist er auf Herrn Schäfer losgegangen.«

»Wann?«

Nahm das denn nie ein Ende?

»Das … das war kurz vor unserem Aufbruch zu Herrn Winklers Geschäftsreise. Herr Schäfer und er hatten eine Meinungsverschiedenheit.«

Leonies Anwalt hob eine Augenbraue. »Interessant. Das lässt mich stutzig werden. Wenn Finn Winkler derart mit seinen

Freunden umgeht, wie wird er dann wohl seinen Sohn im Affekt behandeln?«

Finn schnappte laut nach Luft.

»Dieser Vorwurf ist vollkommen aus der Luft gegriffen«, warf Justus mühsam beherrscht ein und diesmal stimmte der Richter ihm zu.

»Haben Sie beobachtet, dass Herr Winkler Mattheo roh angefasst oder ihn auch nur angeschrien hat?«, durfte Justus Mia fragen.

Sie schüttelte den Kopf. »Nein, nicht einmal, und ich kann mir auch wirklich nicht vorstellen, dass es dazu kommen würde.«

Justus hob die Hände, doch Leonies Anwalt war nicht überzeugt.

»Es ist bei Weitem nicht das erste Mal, dass Herr Winkler im Affekt handgreiflich wurde, wie meine Mandantin bestätigen kann. Aber wenden wir uns meiner letzten Frage zu, Frau Lorenz.«

Sie holte noch einmal tief Luft und wappnete sich.

»Hat Herr Winkler Ihnen gegenüber während ihrer Reise die klare Absicht geäußert, den heutigen Termin wahrnehmen zu wollen oder überhaupt nach Leipzig zurückzukehren?«

Mia zögerte. Dann sagte sie ausweichend: »Nicht direkt.«

»Haben Sie ihn danach gefragt?«

»Ja.«

Damit war Mia entlassen. Doch sie fühlte sich furchtbar.

Als sie den Zeugenstand verließ, warf sie Justus und Finn einen entschuldigenden Blick zu, doch Justus wandte sich schon wieder an den Richter und Finns Blick durchbohrte ein weiteres Mal die Tischplatte.

Mit einem Klicken schloss der Justizangestelle hinter ihr die Tür und sie war allein. Sie hatte nach bestem Wissen und Gewissen getan, was sie konnte. Nun blieb ihr nur zu beten.

Mit einem Mal war sie völlig kraftlos, so kraftlos, als wäre sie einen Marathon gelaufen; fast zu kraftlos, um ein Gebet zu formulieren. Doch sie wusste, Mattheo und Finn brauchten himmlischen Beistand, und so lehnte sie sich an die Wand und flehte Gott noch einmal aus tiefstem Herzen an, dass er tat, was das Beste für Mattheo und Finn war.

»Ach, da bist du! Wollte mal gucken, wann du wiederkommst. Lesen wir weiter?«

Mattheo stand in der offenen Tür zum Zeugenwarteraum und Mia rang sich ein Lächeln ab. »Klar.«

Während sie Mattheo weitere dreißig Minuten lang vorlas, ihm Ideen zum Malen lieferte und ihn beim Spielen beobachtete, war sie innerlich immer noch im Gerichtssaal.

Sie stellte sich vor, wie Leonie aufzählte, was sie Mattheo im Gegensatz zu Finn alles bieten konnte; wie sie beteuerte, damals, als sie ihren Säugling zurückgelassen hatte, krank und nicht zurechnungsfähig gewesen zu sein. Justus hielt mit Sicherheit all die Gutachten der Experten dagegen, die Mattheo, abgesehen natürlich von den kognitiven und motorischen Entwicklungsverzögerungen, die auf die Umstände seiner Geburt zurückzuführen waren, für einen körperlich und sozial-emotional sehr gesunden Jungen erklärt hatten. Das zumindest hatte Justus ihr gestern Abend erzählt.

Vermutlich würde dann wieder die Gegenseite zum Schlag ausholen und Finns unsteter Lebenswandel als schlecht verdienender Gelegenheitsjobber und Künstler würde auf den Präsentierteller gestellt werden …

»Mattheo?«

Mias Blick schoss zur Tür und sie hielt den Atem an.

Dort stand Leonie und hinter ihr, mit Sicherheitsabstand, Finn. Mia versuchte, in ihren Gesichtern zu lesen. Keiner von beiden trug ein triumphierendes Grinsen zur Schau. In Finns gesundem Auge glitzerte es verräterisch. Leonie hatte die Stirn in Falten gelegt, sah fast ein wenig verstimmt aus, aber Mia konnte sich auch täuschen.

»Frau Lorenz, es wäre nett, wenn Sie uns mit Mattheo allein

lassen würden.« Leonie sah sie nicht einmal an und Mia fühlte sich wie eine lästige Fliege verscheucht. »Mattheo, räum bitte auf! Wir wollen mit dir reden.«

»Danke Mia.« Finn legte kurz eine Hand auf ihre Schulter, als sie aufstand. »Für alles.«

Diesmal war sie sich ganz sicher, dass er kurz davorstand, in Tränen auszubrechen.

Sofort spürte sie ihre eigenen Augen feucht werden. Das durfte doch nicht wahr sein!

Sie wagte nicht, Mattheo vor Leonie zum Abschied zu umarmen, also rief sie ihm nur ein leises »Tschüss, Mattheo!« zu. Dann eilte sie aus dem Raum. Sie musste Justus finden.

Doch es schien, als habe er nur auf sie gewartet. Offenbar in Gedanken versunken, stand er in der Halle und fuhr sich mit einem Daumen immer wieder übers Kinn.

»Und?« Mia breitete die Arme aus.

Justus ließ sich einen Moment Zeit, bevor er antwortete: »Ich bin mir noch nicht ganz sicher, was ich von dem Urteil halte.«

»Wie meinst du das denn?«

»Na ja, es gibt eine gute und eine schlechte Seite.«

Mia verdrehte die Augen. »Bitte, Justus, spuck es endlich aus!«

»Die gute Nachricht ist, beide behalten das Sorgerecht.«

Mia stutzte. »Aber … das ist doch wunderbar. Genau, was wir uns alle für Mattheo und Finn gewünscht haben.«

»Ja und nein, denn ein Teil des Sorgerechts, das sogenannte Aufenthaltsbestimmungsrecht, wurde allein Leonie übertragen.«

»Und das heißt?«

»Mattheo wird von jetzt an bei ihr wohnen.«

Die Tränen kehrten zurück, doch Mia versuchte, sie tapfer wegzublinzeln. »Okay, das ist hart, aber … aber gemeinsames Sorgerecht bedeutet, dass Finn Mattheo jederzeit besuchen kann.«

»Jedes zweite Wochenende ist Vater-Sohn-Wochenende. So wurde es festgelegt.«

Mia schnappte nach Luft. »Was? Mehr nicht?«

Justus hob die Schultern. »Mich überrascht das nicht. Es ist eine gängige Regelung.«

»Aber doch nur, wenn man davon absieht, dass Leonie den Großteil von Mattheos Leben verpasst hat.«

Sie erntete ein zustimmendes, müdes Nicken.

»Wie kann es sein«, redete Mia weiter, »dass immer von Kindeswohl und Kindeswille die Rede ist und dann reißt man zwei so aufeinander eingespielte Menschen auseinander?«

»Tja, da haben viele unterschiedliche Aspekte eine Rolle gespielt, nicht zuletzt Leonies von vorne bis hinten professioneller, fürsorglicher und glaubwürdiger Auftritt.« Justus schloss die Augen und schüttelte den Kopf. »Du hättest das Gesicht des Richters sehen sollen, als Finn fünfzehn Minuten nach der festgelegten Zeit einfach so hereingeplatzt kam, mit zerrissenen Hosen, fleckigem Pullover und dazu noch blauem Auge.«

Mia biss sich auf die Unterlippe. Das ging zum Teil auf ihr Konto. Schließlich hatte sie Finn direkt zum Gerichtssaal gelotst.

»Aber er *ist* gekommen. Das muss doch mehr wiegen als solche Äußerlichkeiten.«

»Sollte man meinen, aber der Wind stand ja schon vorher nicht günstig für ihn: keine Festanstellung, Mietschulden, schlechtes Zeitmanagement, kein Kooperationswille, wenn es um Leonie geht. Dazu hat sie ihm nicht altersgerechten Umgang mit Mattheo vorgeworfen, weil er ihn manchmal noch spät am Abend mit zur Arbeit nimmt.« Justus seufzte. »Wenn Finn nur kein solcher Dickkopf wäre! Immer denkt er, er muss alles im Alleingang meistern. Ich wünschte, er hätte mich ernst genommen und öfter um Hilfe gebeten.«

»Aber wozu hat Mattheo denn einen Verfahrensbeistand, wenn der sich nicht für ihn einsetzt? Wenigstens Frau Novak hätte tiefer blicken müssen! Sie muss doch mitbekommen haben, wie sehr Mattheo seinen Vater liebt und ihn braucht.«

»Ich denke, Frau Novak haben wir es zu verdanken, dass Finn überhaupt noch sorgeberechtigt ist.«

»Aber das kann doch nicht sein!«, ereiferte sich Mia weiter. »Finn liebt seinen Sohn. Ja, er macht Fehler, aber er kümmert sich liebevoll um ihn, er hört ihm zu, er versteht ihn, er lacht mit ihm, er … er hat eine tolle Art, Mattheo seine Ängste zu nehmen. Oh Mann!« Mia griff sich an die Stirn. »Ich hab meine Chance vertan. Ich hätte das alles im Zeugenstand erzählen müssen. Wenn der Richter nur gehört hätte, wie Finn …« Sie konnte nicht weitersprechen.

Da hatte Justus sie auch schon in seine Arme gezogen. »Hör auf, Mia! Du hast nichts Falsches gesagt. Du hast glaubwürdig rübergebracht, dass Finn ein verpeilter Mensch, aber ein liebevoller, engagierter Vater ist, wie wir alle, die wir uns für ihn eingesetzt haben. Finn hätte diesen Auftrag, so kurz vor der letzten Anhörung, einfach gar nicht erst annehmen dürfen. Es war riskant, er ist geflohen und hat auf niemanden von uns gehört. So hart es ist, aber nun muss er die Konsequenzen tragen.«

Mia machte sich los und wischte sich entschlossen die Tränen aus den Augen. »Und wir helfen ihm dabei, richtig?«

»Goldrichtig.« Ein Lächeln hob Justus' Mundwinkel, ein flüchtiges nur, doch es gab Mia Hoffnung.

Nur einen Moment später ertönte aus dem Zeugenwarteraum ein Heulen. Die Tür schwang auf und heraus stolperte Leonie, die versuchte, Mattheo vor sich herzuschieben. Der wand sich und schrie dabei immer wieder: »Ich will jetzt aber zu Papa! Zu Papa jetzt!«

Leonie gab sich verzweifelte Mühe, ihn festzuhalten, doch Mattheo riss sich los, rannte zurück zu seinem Vater, der im Türrahmen stand, und schlang die Arme um seine Beine.

Finn brach in Tränen aus, während er über den Kopf des Jungen strich, und Mia weinte mit ihm.

22

Es war pure Folter zu beobachten, wie Vater und Sohn sich weinend aneinanderklammerten, während Leonie versuchte, Mattheo mit gutem Willen und hohlen Versprechungen aus Finns Armen zu lösen.

Irgendwann griff Justus ein und zog sanft, aber bestimmt an Finns Ellbogen. Der sah ihn für einen Augenblick gequält und aus rot geweinten Augen an, dann drückte er einen langen Kuss in Mattheos Wuschelmähne und flüsterte ihm etwas ins Ohr. Danach ließ er los.

Sofort schlangen Leonies Arme sich um Mattheos Taille und wollten ihn fortziehen. Doch er schrie und strampelte so sehr, dass Frau Novak mit einem Mal auf der Bildfläche erschien.

»Frau Schmidt!«, rief sie in einem Ton, der keinen Widerspruch duldete. »Geben Sie mir bitte einen Moment mit Mattheo allein!«

Leonie stand der Ärger ins Gesicht geschrieben, doch sie ließ Mattheo ergeben los und Frau Novak legte ihren Arm um die Schulter des Jungen. »Komm Mattheo, ich möchte mich kurz mit dir unterhalten, ja?«

Nur äußerst zögerlich setzte Mattheo sich in Bewegung und sie zog ihn mit sich in den Zeugenwarteraum. Die Tür ließ sie offen und man hörte eine Weile lang gedämpfte Stimmen.

Dann kehrten sie zurück. Neben seinem Vater stoppte Mattheo und sah mit zitternder Unterlippe zu ihm auf. »Machen wir

Pfannkuchen, wenn-wenn ich wieder zu Hause bin? Bei Mama schmeck-schmecken sie irgendwie komisch.«

Finn schluckte sichtbar. Sein »Na klar« war bloß ein tonloses Krächzen.

»Ich will dich heu-heute Abend anrufen. Bitte rufst du bei Mama an?«

Finn nickte und legte eine Hand auf Mattheos Kopf. »Ich bin stolz auf dich, mein Junge.«

Leonie kam langsam näher, als hätte sie Angst, Mattheo mit einer plötzlichen Bewegung zu verschrecken, und streckte dem Jungen die Hand hin. »Komm, Mattheo, deine Autorennbahn wartet auf dich. Ich hab auch Himbeereis gekauft. Nur für den Fall, dass du Appetit hast.«

Mattheos Blick sprang einige Sekunden lang zwischen seinen Eltern hin und her. Dann nahm er Leonies Hand, doch sein Gang war noch schwerfälliger als sonst, als sie gemeinsam die Halle verließen.

Finns Augen verfolgten jeden Schritt Mattheos. Wie ein geschlagener Krieger stand er da. Kraftlos hingen seine Arme an den Seiten herunter und seine Augen waren voller Schmerz.

Sobald Leonie und sein kleiner Junge aus seinem Blickfeld verschwunden waren, sank Finn auf die Knie und brach in so leidvolles Schluchzen aus, dass Mia es kaum ertragen konnte. Justus kniete sich neben ihn, legte ihm eine Hand auf den Rücken und sprach leise auf ihn ein.

So saßen sie ganze zehn Minuten nebeneinander auf dem Boden und weinten.

Schließlich zog Justus Finn auf die Füße und nickte Mia kurz zu. Es war eine wortlose Verabschiedung. Etwas anderes war im Moment nicht möglich.

Mia blieb allein zurück. Wie betäubt ging sie ein letztes Mal in den Zeugenwarteraum, um ihren Mantel zu holen. Dort fiel ihr Blick auf Mattheos Rucksack und seinen Teddybären, die noch immer am Bücherregal lehnten. Mia hob den Bären auf und drückte ihn an sich.

»Sieht so dein wunderbarer Plan aus, Jesus?«, flüsterte sie in die Stille des Raumes hinein. »Ich versteh dich nicht, Herr. Ich versteh dich einfach nicht.«

Schweren Herzens griff sie auch nach dem Rucksack, wischte sich die Tränen aus den Augen und verließ den Schauplatz dieses bühnenreifen Dramas. Sie wünschte nur, es wäre tatsächlich nur ein Stück und nicht Wirklichkeit gewesen.

Justus hätte sich gerne richtig von Mia verabschiedet, doch Finn stützte sich auf ihn, als habe er jegliche Kraft in den Beinen verloren, und so musste ein Nicken für den Moment ausreichen. Er hoffte, sie konnte in seinem Blick lesen, wie gern er sie in eine Umarmung gezogen oder sie noch zum Mittagessen eingeladen hätte.

Der Weg aus dem Gerichtsgebäude, die Stufen hinunter und zu seinem in einer Nebenstraße geparkten Auto ließ Justus unwillkürlich an die Via Dolorosa denken. Finn hatte Mühe, einen Fuß vor den anderen zu setzen, und stolperte mehr als einmal über eine Stufe oder seine eigenen Füße. Dazu kamen die neugierigen Blicke der Passanten, die sehr genau registrierten, aus welchem Gebäude sie kamen, und sich sicherlich haarsträubende Geschichten zusammenreimten.

Justus war dankbar, als er Finn auf den Beifahrersitz verfrachtet hatte.

Er selbst schwang sich auf den Fahrersitz, startete aber nicht den Motor. Mit einem tiefen Seufzen legte er den Kopf zurück und fühlte, wie auch seine Augen erneut feucht wurden. Die Auswirkungen des Urteils auf seine Erfolgsbilanz waren ihm gleichgültig. Was war eine schlechte Reputation schon verglichen mit dem, was Finn gerade durchmachte?

Er wandte sich seinem Freund zu, der mit geschlossenen Augen stumme Tränen vergoss und immer wieder schluckte. Justus legte eine Hand auf Finns Schulter.

»Sag es ruhig! Los!«, krächzte Finn.

Doch Justus schwieg.

»Ich bin selbst schuld. Das denkst du doch, richtig?«

Justus wartete eine Weile, bevor er leise fragte: »Warum hast du dich nicht gemeldet, als du wusstest, dass du dich verspäten wirst?«

Finn zuckte mit den Schultern. »Ich dachte nicht, dass zehn Minuten so ins Gewicht fallen.« Er sah zu Justus herüber und hob eine Augenbraue. »Du wirst mir doch jetzt nicht erzählen, dass Mattheo immer noch bei mir leben würde, wenn ich vorher ein *Verspäte mich leider* geschickt hätte.«

Justus seufzte: »Ehrlich gesagt, Finn, bin ich stolz auf dich. Du bist gekommen. Ich gebe zu, dass ich es bezweifelt habe. Aber du bist ein guter Vater, egal, was Leonie denkt. Deshalb bist du zur Anhörung erschienen.«

»Ach«, Finn schüttelte Justus' Hand ab. »Ich bin losgefahren, weil mein eigener Sohn schlauer ist als ich. Ich hab es zu spät begriffen. Ich bin so feige. Schau nur, was ich angerichtet hab! Ein guter Vater hätte ... er hätte ...« Weiter kam er nicht, denn die Tränen erstickten seine Worte. »Justus!« Er kämpfte um jeden Atemzug. »Ich ... verdien ... das.«

»Nein, das ist doch Unsinn!« Justus zog ihn in seine Arme und hielt ihn fest.

»Doch. Das stimmt. Ich hab ... mich mit diesen Typen ... auf dem Parkplatz ... angelegt ... und gar nicht gemerkt, dass Mattheo sich in die Hose gemacht hat.« Er schluchzte. »Du hättest ihn sehen sollen. Er ... hat geweint. Es war ihm so peinlich.«

»Du hast ihn verteidigt, Finn. Das hätte jeder gemacht.«

Er spürte wie Finn den Kopf schüttelte. »Du nicht. Und der Richter offensichtlich auch nicht.«

»Hör auf damit!« Justus sagte es leise, aber bestimmt. »Es hat keinen Zweck, dir jetzt solche Vorwürfe zu machen. Jeder Mensch hat Stärken und Schwächen. Aber das macht dich noch lange nicht zu einem schlechten Vater.«

Sie saßen noch eine ganze Weile so beisammen, bis Finn fürs Erste keine Tränen mehr zu haben schien. Mit verquollenem Gesicht entzog er sich Justus' Umarmung und putzte sich die Nase mit einem Taschentuch, das dieser ihm hinhielt.

»Ich will nicht nach Hause«, brachte Finn plötzlich hervor.

»Du kannst bei mir wohnen, solange du willst.«

»Okay.«

Justus drehte den Schlüssel im Zündschloss und fädelte sich in den Verkehr ein.

»Denkst du, ich kann Mattheo morgen besuchen?«

Justus holte tief Luft. »Ruf ihn doch erst einmal heute Abend an, so wie ihr es verabredet habt, und dann gib Mattheo lieber Zeit, um sich einzugewöhnen! Du weißt, was der Richter angeordnet hat: jedes zweite Wochenende.«

Finn explodierte. »Der hat doch keine Ahnung, dieser Fettwanst! Sitzt dort auf seinem Thron und fuchtelt mit einem lächerlichen Hammer herum!«

»Trotzdem sollte man seine Anweisungen peinlich genau befolgen.«

»Elende Juristen!«, fauchte Finn, aber es klang schon weit weniger kämpferisch. »Gut, dann werde ich die nächste Woche einfach verschlafen.«

Da hatte er die Rechnung ohne Justus gemacht. Denn dieser hatte keineswegs vor, seinem Freund dabei zuzusehen, wie er in einer Depression versank. Er würde ihn arbeiten und einkaufen schicken und ihm alle möglichen Aufgaben geben, die ihm nur einfielen.

Eine verlorene Schlacht bedeutete schließlich lange noch nicht, dass es Zeit war aufzugeben.

Mia nahm ein Taxi zurück nach Goppeln. Sie brauchte die Abgeschiedenheit des Rücksitzes, um dort ungehindert ihren Gedanken nachzuhängen.

Bei ihrer Ankunft empfing sie ein leeres Haus. Kein Mattheo, kein Finn und auch kein Justus. Nicht einmal Tiffany war zu sehen. Wahrscheinlich war es Emil zu anstrengend geworden, ständig hier heraufzufahren, um sie zu füttern, und er hatte sie kurzerhand zu sich genommen. Mia vermisste die alte Katze in diesem Augenblick schrecklich.

Als sie wenig später lustlos die kläglichen, noch genießbaren Reste verzehrte, die ihr Kühlschrank hergab, hörte sie plötzlich, wie ein Auto den Feldweg heraufkam und dann in ihre Einfahrt einbog. Der Motor wurde abgestellt, eine Tür zugeworfen und dann knirschten Schritte auf dem Kies. Bekannte Schritte.

Bevor Emil klingeln konnte, zog Mia schon die Haustür auf.

»Woher wusstest du, dass ich zurück bin?«

»Silke hat ein Taxi hier rausfahren sehen und da hab ich eins uns eins zusammengezählt und gedacht, ich komme vorbei und sehe nach, wie es dir geht.«

Er schenkte ihr ein breites Lächeln, das Mia dazu veranlasste, etwas zu tun, das sie schon seit vielen Jahren nicht mehr getan hatte: Sie warf sich weinend in die Arme ihres Bruders.

Der wusste kaum, wie ihm geschah, doch er streichelte, wie früher, als sie noch Kinder gewesen waren, ihren Rücken und ließ sie schluchzen, bis keine Tränen mehr kamen. Genau das brauchte Mia in diesem Moment. Sein einfaches Für-sie-da-Sein machte ihr Mut und so schüttete sie ihrem Bruder ihr bis zum Rand gefülltes Herz aus. Aufmerksam hörte Emil ihr zu.

Als sie ausgeredet hatte und sich mit seinem Taschentuch die Nase putzte, räusperte er sich. Sein Blick war mitfühlend.

»Weißt du was, Mia?«

Erwartungsvoll sah sie ihn an.

»Was du für diesen Mann und sein Kind getan hast, war wirklich selbstlos. Ich glaube nicht, dass ich so viel Herz hätte zeigen können.« Seine Stimme wirkte zerbrechlich, als er weitersprach.

»Ich hätte es dir schon viel eher sagen müssen: Ich bin wirklich mächtig stolz auf dich, Mia. Schon immer gewesen.«

Frische Tränen schossen in ihre Augen. »Ich wünschte nur, ich wäre klüger gewesen, dann wäre das alles mit Vincent nicht passiert und ich würde deinen Stolz auch verdienen.«

»Unsinn!« Er zog sie noch einmal in seine Arme. »Du verdienst ihn, Mimi. Ja, du bist auf die Nase gefallen, aber schau dich jetzt an! Du bist eine Kämpferin, du setzt dich für andere ein und stellst dich mutig dem, was Gott dir vor die Füße legt. Ich bin der, der sich miserabel fühlen sollte. Du warst ehrlich und ich nur selbstgerecht.« Er ließ sie los und senkte schuldbewusst den Blick. »Ich muss dir etwas gestehen, Mia.«

Sie hielt den Atem an.

»Ich habe Vincent nach deiner Rückkehr Drohbriefe geschrieben und ihn erpresst.«

»Du hast *was*?« Mia starrte Emil fassungslos an.

»Ich war so wütend. Ich wollte Gerechtigkeit.« Immer noch konnte er sie nicht ansehen. »Und es fühlte sich damals gerecht an, ihm ein paar Tausender abzuknöpfen. Ich wollte, dass er bezahlt. Aber jetzt fühle ich mich furchtbar.«

Ungläubig schüttelte Mia den Kopf. »Warst du dort? In … in Berlin?«

Er nickte.

»In seinem Haus?«

»Ja.«

Mia war sprachlos. »A-aber … Emil …« Von keinem hätte sie ein solches Geständnis weniger erwartet als von ihrem so verantwortungsbewussten Bruder.

»Was hast du mit dem Geld angestellt?«

Seine Kiefer mahlten. »Ich habe es Mama und Papa gegeben, als Entschädigung für den Ausbau deines Häuschens.«

Mia blieb der Mund offen stehen. »Und sie haben es angenommen?«

Er nickte. »Kannst du mir das jemals verzeihen?« Als sie schwieg, seufzte er. »Mia, als du aus Hamburg zurückkamst, da hab ich dich nicht wiedererkannt. Du warst wie eine leere Hülle.

Und es hat mich einfach«, er suchte nach Worten, »fertiggemacht, dich so zu sehen. Ich war so stinkwütend auf diesen Vincent. Und weil ich keine Möglichkeit gesehen habe, ihn auf legalem Weg zur Rechenschaft zu ziehen, so wie er es verdient hätte, hab ich mich auf sein Niveau herabbegeben. Mir fiel nichts Besseres ein, um dir zu helfen.«

Mias Herz wurde weit. Was er ihr da erzählte, war zwar ungeheuerlich und dennoch berührten seine Worte sie. Sie war sich sicher gewesen, dass Emil nichts als eine Versagerin und einen Schwächling in ihr sah, doch in Wirklichkeit hatte ihr Schmerz ihn getroffen. So sehr, dass er nicht hatte schweigen können. In ihrer Kindheit hatte er sich immer für sie eingesetzt; wenn die Jungen aus der Nachbarschaft sie ärgerten, wenn Papa einmal zu Unrecht mit ihr schimpfte oder jemand sie übervorteilen wollte. Beinahe hatte sie geglaubt, diese Bruderliebe verloren zu haben, doch wie es aussah, hatte sie sich getäuscht. Was sie allerdings fast noch mehr für Emil einnahm, war die Tatsache, dass auch er nicht fehlerfrei war. Zuvor hatte es den Anschein gehabt, als schwebe er irgendwo engelsgleich über den Wolken. Sein Geständnis jedoch brachte sie wieder auf Augenhöhe.

»Emil. Schau mich an!«, flüsterte sie.

Zerknirscht hob er den Blick.

»Danke, dass du so ehrlich zu mir warst. Irgendwie ... hab ich gerade das Gefühl, dass ich meinen Bruder zurückbekommen habe. Ich hab dich lieb.«

Sein Lächeln war wehmütig. »Ich hab dich auch lieb, Mimi. Es tut mir so leid.« Er zog die Nase hoch. »Übrigens wartet Tiffany im Auto. Darf ich sie reinbringen, bevor sie alle meine Sitze zerfetzt?«

Mia lächelte überrascht. »Na klar! Sie hat mir schon gefehlt, die alte Dame.«

Tiffany war weit davon entfernt, Autositze zu zerfetzen. Als Emil sie in Mias ausgestreckte Arme legte, öffnete sie nur kurz ein Auge und schmiegte sich dann wieder schlaftrunken an ihr Frauchen.

»Na, wenn das kein glückliches Wiedersehen ist.« Emil grinste, dann umarmte er Mia ein letztes Mal, setzte sich in seinen Volvo und fuhr davon.

Als Mia die Tür schloss, fühlte sie trotz der Kälte in ihrer Wohnung eine neue Wärme in sich. Ihr Bruder war auf ihrer Seite. Anstelle von Verzweiflung war da neue Hoffnung. Teil für Teil schien Gott ihr Lebenspuzzle, das sie selbst mitzerstört hatte, wieder neu zusammenzusetzen. Und das, was sie vom kompletten Bild jetzt schon erahnte, gefiel ihr.

Ihr Blick blieb an der halb fertigen Weihnachtsdekoration ihrer Wohnung hängen. Wenn es Hoffnung für sie gab, warum dann nicht auch für Finn und Mattheo? War es nicht derselbe kraftvolle, liebende Gott, der auch ihre Leben in der Hand hielt?

Ein Lächeln trat auf ihr Gesicht, als sie den Engel mit den zerknitterten Flügeln am Küchenfenster betrachtete. Er erinnerte sie in mehr als einer Hinsicht an Mattheo. Plötzlich voller Energie begann sie weiterzuführen, was Finn, Mattheo und sie begonnen hatten.

Gott, ich bin wirklich gespannt, was du mit dieser Familie und auch mit mir noch vorhast. Ich glaube fest, dass deiner Kreativität keine Grenzen gesetzt sind, betete sie stumm. *Bitte zeig mir, wo ich helfen kann, deinen Plan in die Tat umzusetzen! Ich hab zwar nur kleine Hände, aber sie gehören dir.*

Als jede Holzfigur und jeder Glitzerfaden schließlich ihren Platz gefunden hatten, betrachtete Mia ihr Werk, wobei Tiffany an ihrem Bein klebte.

»Na, was sagst du?«, fragte Mia sie und stellte sich vor, wie die Katze ihr antworten würde, dass sie noch nie so viel Klimbim auf einem Haufen gesehen hatte. Sie lachte. Dann kniff sie die Augen zusammen. »Tiffany, mir kommt da eine Idee.«

Sie nahm ihr Handy, hob das Tier auf ihren Arm und schoss ein Selfie von ihnen beiden im Weihnachtsland.

Das würde ihr erstes bestes Bild des Tages werden. Ihr fehlte nur noch ein leeres Buch und dann würde sie bald wie Mattheo darüber staunen können, wie dankbar sie für jeden einzelnen Tag ihres Lebens sein konnte. Ganz egal, was der nächste Morgen brachte.

Goppeln
22. Dezember

Es war der Samstag vorm vierten Advent, als Mia mit einer Glasschüssel voll Weihnachtstiramisu unter dem Arm auf Emils Haustür zuhielt. In den letzten Tagen hatte es fast ununterbrochen geschneit und alles war unter einer dicken glitzernden Decke begraben.

Mia sah zum Wintergarten hinauf und entdeckte Emil, der ihren Eltern gerade Wein einschenkte. Sie verlangsamte ihre Schritte und beobachtete die zwei einen Augenblick lang. Sie tranken, tauschten kritische Blicke und dann nickten sie zufrieden. Dieser Wein entsprach offenbar ganz ihrem Geschmack. Genau so kannte Mia die beiden. Schwarz und Weiß. Bei ihnen war alles immer sauber getrennt. Richtig von falsch, gut von böse und Mia vom Rest der Familie. Aber seit Emils Geständnis vor ein paar Tagen war dieses Bild in Schieflage geraten, denn sie waren keineswegs die Heiligen, für die sie sich ausgaben. Sie waren einfach Menschen wie Mia, die versuchten, das Richtige zu tun, sich aber ab und an doch für das Falsche entschieden.

Mia drückte auf den Klingelknopf.

Wie schon beim letzten Mal öffnete ihre Nichte Alma.

»Tante Mia ist da!«, rief sie wieder mit glockenheller Stimme.

»Hallo, Süße«, sagte Mia, bevor das Mädchen davonlaufen konnte. »Du hast aber ein tolles Kleid an.«

Überrascht sah sie Mia an, so als hätte sie nicht gedacht, dass ihre Tante sprechen könne, drehte sich dann jedoch einmal für sie. »Ganz neu und Mama hat noch die rote Schleife drangenäht«, zwitscherte sie stolz und präsentierte dann eine monströse Schleife an ihrem Rücken, die sie wie ein Geschenk aussehen ließ.

»Wunderschön!« Mia lächelte und zog sich die Schuhe aus.

»Tante Mia, darf ich heute neben dir sitzen?«, fragte Alma nun zu Mias Überraschung und schob ihre kleine Hand in ihre.

»Natürlich, gerne«, antwortete Mia erfreut und sie gingen miteinander hinauf.

Alles war wie immer. Ella und Silke hatten die Befehlsgewalt, Emil und Hannes lobten ihre Frauen pflichtbewusst für das gute Essen und ihre Eltern lenkten das Tischgespräch in die von ihnen bevorzugten Bahnen.

Nichts hatte sich verändert und doch alles. Mia und ihr Blick auf diese Familie waren verändert. Und sie konnte nicht genau sagen, woran es lag, aber sie musste die ganze Zeit lächeln.

Nur Sekunden, nachdem die Kinder den Tisch verlassen hatten, um noch einmal mit den alten Lieblingsspielzeugen zu spielen, bevor in wenigen Tagen zweifelsohne neue unterm Baum liegen würden, wandte sich ihre Mutter mit gewohnt besorgtem Blick an Mia. »Du bist wieder einmal sehr still heute Abend.«

Diesen Satz hatte Mia im vergangenen Jahr so oft zu hören bekommen, dass sie aufgehört hatte zu zählen. »Es geht mir gut«, antwortete sie wahrheitsgemäß und schenkte ihren Eltern ein Lächeln.

Ihr Vater sah sie mit gerunzelter Stirn an. »Emil hat erzählt, was dir in den letzten Tagen mit diesem Finn und seinem Kind passiert ist. Gut, dass du heil wieder zurückgekommen bist. Das war wirklich unvorsichtig von dir.«

Naives-Opfer-Schublade auf, Mia rein. Doch damit war jetzt Schluss.

»Mir ist das nicht ›passiert‹, Papa«, sagte Mia mit fester Stimme. »Ich habe mich bewusst dafür entschieden, mit den beiden unterwegs zu sein. Und ich würde es wieder genauso machen.«

»Ich finde, ehrlich gesagt, dein Vater hat recht«, bemerkte ihre Mutter. »Du hast viel Glück gehabt. Es hätte wer weiß was passieren können. Hast du denn aus diesem Zwischenfall nichts gelernt?«

Mia holte tief Luft.»Oh doch. Ich habe sehr viel daraus gelernt. Ich habe gelernt, dass Gott die Dinge, die wir wirklich bereuen, vergibt und einen Neuanfang schenkt.« Das war Mias Moment und sie wollte den anderen signalisieren, dass sie nicht unterbrochen werden wollte. Darum erhob sie sich, als halte sie eine Festrede.»Ich habe außerdem gelernt, dass ich mehr auf das hören muss, was er von mir will, als darauf, was andere Stimmen mir einreden wollen. Ich habe gelernt, dass die Angst mich kleinhält und mich lähmt, deshalb habe ich mich entschlossen, mutig zu sein und das zu tun, was mir auf dem Herzen liegt. Und deshalb habe ich auch gekündigt« – ihre Mutter schnappte nach Luft, doch Mia redete weiter, bevor sie einhaken konnte –»und habe in den letzten Tagen mehrere Schulen besucht und gefragt, ob sie sich vorstellen könnten, mich für einige Stunden in der Woche als Theaterpädagogin zu beschäftigen, damit ich Kurse für Kinder geben und das Personal schulen kann. Es ist bisher alles nur eine Überlegung, aber wenn genügend Interesse besteht, dann werde ich mich selbstständig machen.«

Jetzt hielt Mias Mutter das Schweigen nicht mehr aus.»Aber Mia! Der Job im Buchladen war doch wie auf dich zugeschnitten. *Selbstständigkeit.* Du weißt doch gar nicht, was das bedeutet.«

»Was da an Bürokratie auf dich zukommt«, unterstützte Mias Vater sie kopfschüttelnd.

»Du überschätzt dich, Liebes.« Die Stimme ihrer Mutter triefte vor schlecht kaschiertem Mitleid.

»Mama, es ist das, was ich tun will, und das, was mir Freude macht.«

Emils Stuhl kratzte geräuschvoll über den Boden, als er ihn zurückschob, um ebenfalls aufzustehen.»Mia hat meine vollste Unterstützung. Wir alle«, er blickte in die Runde,»haben Mia kleingehalten und unterschätzt. Aber in Wahrheit ist sie ein Feuerwerk. Kein bisschen schwach und hilflos.«

Mia sah ihn dankbar an. Seine Worte berührten sie.

»Wir sind ihre Familie«, fuhr er leidenschaftlich fort. »Wir sollten sie alle anfeuern, wo wir nur können, anstatt ihr ständig ihr Versagen zu prognostizieren.«

Das saß. Ihre Eltern starrten Emil an, als sei er ein Fremder. Er selbst war sichtlich zufrieden, machte eine Geste, die Mia zum Weitersprechen animieren sollte, und setzte sich wieder.

Mit diesem frischen Wind im Rücken fuhr Mia fort: »Und noch etwas. Ich habe auch gelernt, dass nicht nur ich Fehler mache, sondern auch ihr.« Liebevoll sah sie ihre Eltern an. »Emil hat mir von Vincents Geld erzählt, das er euch gegeben hat. Versteht mich nicht falsch; es war nett von euch, mir dieses Häuschen auszubauen und nur eine winzige Miete von mir zu verlangen, aber es war nicht in Ordnung, dieses erpresste Geld anzunehmen, und das wisst ihr auch.«

Ihre Eltern tauschten einen unbehaglichen Blick und dann senkten sie die Köpfe.

»Ich möchte dieses Geld haben.«

Ihre Blicke schnellten synchron wieder nach oben.

»Und ich möchte es Vincent zurückgeben.«

»Du schuldest diesem Mann nichts, Mia«, brachte ihr Vater wütend hervor, doch Mia schüttelte den Kopf.

»Im Moment schulde ich ihm jeden Cent, den Emil von ihm bekommen hat. Wisst ihr, ich habe mich vor Langem schon entschieden, ihm zu vergeben. Das heißt nicht, dass ich irgendetwas beschönige. Aber ich will nicht mit Hass in meinem Herzen herumlaufen. Und ich empfehle euch, dasselbe zu tun. Deshalb: Gebt mir das Geld, lasst es mich zurückgeben und dann lasst uns Vincent und die Vergangenheit loslassen. Ein für alle Mal.«

Mias Wangen waren bei dieser Ansprache ganz warm geworden und ihr Herz schlug wie wild gegen ihre Rippen, aber sie fühlte, sie hatte das Richtige getan. Seufzend ließ sie sich wieder am Tisch nieder und trank ihr Wasserglas mit nur wenigen Schlucken leer.

Keiner am Tisch sagte ein Wort, doch als sie zu Emil hinüber-
sah, erntete sie ein ermutigendes Lächeln und ein Augenzwinkern. Oh, es tat so gut, in dieser Runde wieder einen Verbündeten
zu haben.

Frau Steinkes Standuhr zeigte an, dass es schon weit nach 11 Uhr
war, und Mia putzte sich gerade die Zähne, als es klingelte. Das
hatte länger gedauert als erwartet.

Ihre Eltern machten betretene Gesichter, als Mia ihnen die
Tür öffnete, und zum ersten Mal seit Langem schienen ihnen die
Worte zu fehlen.

»Dürfen wir ... kurz reinkommen?«, fragte ihr Vater, seine
Stimme eine Nuance höher als sonst.

»Natürlich.« Mia ließ sie ins Haus und lud sie ein, sich doch ins
Wohnzimmer zu setzen, was sie allerdings einstimmig ablehnten.

Kaum hatte Mia die Tür hinter ihnen zugemacht, da zog ihr
Vater auch schon ein pralles Päckchen unter seiner Jacke hervor,
das von einem Gummiband zusammengehalten wurde. »Hier.«
Er reichte es ihr. »Zehntausend. So, wie wir sie bekommen haben.«

»Zehntausend!« Mia starrte das Päckchen mit großen Augen
an.

»Wir haben das Geld nicht angerührt. Keinen Cent«, beteuerte
ihre Mutter. Dann legte sie die Stirn in Kummerfalten und schüttelte den Kopf. »Was für eine dumme Idee von Emil ...«

Mias Vater stieß sie nicht gerade sanft in die Seite. »Wir haben
es gewusst und ihn nicht aufgehalten«, erinnerte er sie.

»Und dann hat er uns das Geld in die Hand gedrückt«, der
Blick ihrer Mutter ruhte unglücklich auf dem Päckchen, »und wir
wussten nicht, was wir damit anfangen sollten.«

»Ihr hättet es selbst zurückgeben können«, bemerkte Mia mit
sanfter Stimme.

»Dazu … dazu hat uns wohl die Größe gefehlt«, murmelte ihre Mutter. Ganz kurz zuckte ihr Blick hinauf zu Mias Augen. Zum ersten Mal, seit Mias Vater sie vorhin durch die Tür geschoben hatte. »Du hast uns heute beschämt«, sagte sie und Mia knetete das Päckchen in ihren Händen. »Ich hätte das vermutlich nicht vor der ganzen Familie erzählen sollen.«

»Wir haben auch nie Rücksicht darauf genommen«, erwiderte ihr Vater postwendend und griff nach der Hand seiner Frau. »Deine Mutter und ich haben uns … intensiv über all das unterhalten, was du heute Abend gesagt hast, und … wir sehen ein, wir waren wohl nicht immer die besten Eltern. Besonders nicht in den letzten Monaten.«

»Auch wenn wir es immer gut gemeint haben«, fügte ihre Mutter eilig hinzu. Ihr mütterlich beleidigter Blick ließ Mia die Hand ausstrecken und auf ihren Arm legen. »Daran hab ich nie gezweifelt, Mama. Ich wünsch mir nur so sehr, einfach Mia sein zu dürfen. Mit allen Macken und Fehlern.«

»Wir werden uns Mühe geben, nicht, Elisabeth?«, flüsterte Mias Vater.

Ihre Mutter nickte nur. Dann griff sie in ihre Handtasche und förderte einen weiteren, jedoch viel dünneren Umschlag zutage. »Würdest du den hier bitte dem Geld beilegen? Ich hab ihn offen gelassen. Nur für den Fall …« Sie reichte ihn Mia und verzog dabei das Gesicht. »Eigentlich wollte ich diesem Unmenschen kein einziges nettes Wort schreiben, aber ich denke, es ist gut, wenn er das liest.«

Noch während sie das sagte, wanderte Mias Blick über den Briefumschlag in ihrer Hand hinaus und fiel auf den bunten Rucksack mit dem daran gebundenen Lebkuchenherz, der am Schuhregal lehnte.

Aber ich denke, es ist gut, wenn er das liest …

Der Gedanke traf sie wie ein Blitz und im selben Moment erwachte auch schon ihr Tatendrang.

Sie eilte in die Küche, kramte einen Klebestift aus der Schublade neben der Spüle und verschloss den Brief dann vor den Augen ihrer Eltern. Das war eine Sache zwischen Vincent und ihnen. Mia hatte absolut kein Interesse daran. Denn sie hatte einen ganz anderen Kampf auszufechten und der duldete keinen Aufschub.

Zum Glück drängte ihre Mutter ihren Vater nun auch schon zum Aufbruch, und noch bevor dieser draußen den Motor starten konnte, hatte Mia drinnen bereits ihren Koffer vom Schrank geholt. Im nächsten Moment hielt sie inne, schnappte sich ihr Handy, wählte und klemmte es sich zwischen Schulter und Ohr. Sie stellte sich auf eine ziemlich lange Wartezeit ein. Es klingelte. Einmal, zweimal…

»Hallo?«

Mia zuckte zusammen. Es klang, als hätte sie ihn direkt aus dem Schlaf gerissen.

»Hi, Finn. Hier ist Mia.«

23

Leipzig
23. Dezember

Der Türöffner summte und Mia trat ein. Während sie die Treppe in den dritten Stock hinaufstieg, fragte sie sich nervös, was sie wohl oben angekommen erwarten würde. Dass Finn vorübergehend bei Justus wohnte, konnte schließlich sowohl Gutes als auch Schlechtes bedeuten.

Die Wohnungstür war nur angelehnt und Mia klopfte zweimal, bevor sie eintrat. »Hallo?«

»Einfach reinkommen. Ich bin in der Küche.« Das war Finns Stimme.

Mia zog Jacke und Schuhe aus und folgte dem unverkennbaren Duft von Kaffee durch einen hellen Flur, vorbei an einem gemütlichen Wohnzimmer bis zur weit offen stehenden Küchentür, vor der Mia abrupt stoppte. Ganz im Gegensatz zum Rest der Wohnung herrschte dort drinnen heilloses Chaos. Töpfe und Pfannen standen auf dem Boden verstreut, der Tisch war übersät mit Eierschalen, Mehlpfützen und anderem Bioabfall, links und rechts des Kochfeldes türmten sich Dosen und Flaschen. Und mitten in diesem Durcheinander brutzelte Finn irgendetwas Duftendes in der Pfanne.

Jetzt wirbelte er herum und grinste breit. »Pfannkuchen sind in einer Minute fertig.«

»Hallo, Finn«, begrüßte Mia ihn verhalten und fragte dann mit einem schnellen Rundumblick: »Wo ist denn Justus?«

Finn wandte sich wieder seiner Pfanne zu. »Brötchen holen. Er denkt, ich schlafe noch, aber er weiß ja auch nicht, dass du kommst.«

Mia lehnte sich neben Finn gegen die Anrichte und musterte ihn. Sein Gesicht trug noch immer die Spuren seiner turbulenten Rückfahrt nach Leipzig. Dazu zog sich ein Mehlstreifen über seine rechte Wange.

»Wie geht es dir?«, fragte sie nach einer Weile leise.

»Es geht.« Mit konzentrierter Miene wendete er den ersten Pfannkuchen.

Mia wartete, bis sie sicher war, dass er nicht mehr sagen würde, und begann dann, Ordnung in sein Chaos zu bringen, den Biomüll zu beseitigen, die Töpfe und Pfannen ineinanderzustapeln und in die richtigen Schränke zu räumen, und als sie damit fertig war, deckte sie den Tisch. In der Zwischenzeit hatte Finn einen regelrechten Turm an Pfannkuchen produziert und stellte diesen mit großer Geste in die Tischmitte. Dann stemmte er die Hände in die Hüften und starrte sein Werk mit leerem Blick an. Auf einmal wirkte er ganz verloren in Justus' großer Küche.

»Wo ist denn euer Bäcker? Am anderen Ende der Stadt?«, wollte Mia mit einem Blick auf die Uhr wissen.

Finns Miene bröckelte. Plötzlich schluckte er. »Entschuldige.« Er fuhr sich mit dem Handrücken über die Nase.

Mia trat näher und strich ihm über den Rücken. »Ist schon gut, Finn. Mir musst du nichts vorspielen.«

Seiner Kehle entfuhr ein trockenes Schluchzen. »Es ist nur … dich zu sehen … Das erinnert mich an … so vieles.« Mit schmerzverzerrtem Gesicht lächelte er sie an. »Weißt du, ich hab ihn seit der Verhandlung nicht einmal gesehen. Er ruft mich nur jeden Abend an, um ›Gute Nach‹« zu sagen. Ich weiß nicht, wo er gerade ist, was er macht, ob er lacht oder traurig ist …« Er schüttelte den Kopf und atmete schwer. Nach einer Weile sah er Mia wieder an. »Denkst du, ich bin ein Idiot, weil ich mit ihm weggelaufen bin? Wäre er noch hier bei mir, wenn ich dageblieben wäre?«

Mias Herz wurde schwer. Im Stillen hatte sie ihm bereits unzählige Strafpredigten gehalten, aber jetzt war mit Sicherheit nicht der richtige Zeitpunkt dafür. »Es bringt nichts, dich mit solchen Fragen fertigzumachen«, flüsterte sie.

»Er fehlt mir einfach so sehr.« Finn presste die Lider aufeinander. »Ich weiß gar nicht, wer ich ohne ihn überhaupt noch bin. Es fühlt sich alles so sinnlos an, mein ganzes Leben erscheint mir so sinnlos ohne ihn.«

Ein Schlüssel wurde im Schloss gedreht und kurz darauf tönte Justus' »Ich bin wieder da!« durch die Wohnung.

Als er die Küche betrat, erstarrte er. »Mia?«

Sie lächelte und hob die offenen Handflächen. »Überraschung!«, flüsterte sie mit Rücksicht auf Finns offenkundigen Schmerz.

Justus legte die Brötchen auf den Tisch und meinte mit Blick auf die Pfannkuchen: »Da stand ich wohl ganz umsonst in dieser Schlange. Und ich dachte, du schläfst noch.« Freundschaftlich boxte er Finn in die Seite und dieser rang sich ein schiefes Grinsen ab.

»Tut mir leid.«

Erstaunt bemerkte Mia, wie sich die Schwere, die nur kurz zuvor noch fast greifbar den Raum erfüllt hatte, immer mehr verzog. Justus schien genau zu wissen, was er tun und sagen musste. Aber er lenkte Finn nicht nur ab. Viel eher erschienen die beiden Mia wie ein eingespieltes Team.

Als der Pfannkuchenberg eine halbe Stunde später auf einige wenige Teigfladen zusammengeschrumpft war, klingelte es an der Tür und Finn zog sich mit dem Pastor und seiner Frau, die zu Besuch gekommen waren, zu einem Gespräch ins Wohnzimmer zurück. Justus begann, den Tisch abzuräumen, und Mia half ihm.

»Wie lange bleibst du?«, wollte er nach einer Weile unvermittelt wissen.

»Ich bin eigentlich nur auf der Durchreise und muss dann auch gleich weiter.«

»Okay.« In seine Augen trat ein sehnsüchtiger Ausdruck. »Kann ich dich irgendwohin begleiten? Zum Bahnhof oder wenigstens zur Straßenbahn?«

Mias Herz vollführte einen kleinen Purzelbaum. Während der vergangenen Tage hatten sie weder telefoniert noch geschrieben. Sie hatte sich fast schon gefragt, ob sie sich den Abend vor der Gerichtsverhandlung nur eingebildet hatte, doch jetzt verstand sie die Funkstille. Er hielt sich zurück und überließ es ihr, den nächsten Schritt zu tun.

»Kommt drauf an. Wie weit ist es von hier aus bis zu Leonies Wohnung?«

Er kniff die Augen zusammen. »Was willst du dort?«

»Ich habe da etwas zu erledigen.«

Schmunzelnd kam Justus näher und Mias Puls beschleunigte sich. »Aha. Etwas zu erledigen.« Er blieb erst stehen, als sie nur noch etwa eine Armlänge trennte.

Sie nickte und musste sich räuspern. »Genau. Ich muss ihr etwas geben.«

Justus legte den Kopf schräg und steckte die Hände in seine Hosentaschen. »Dann komme ich mit. Ich meine, nicht hinein … nur bis vors Haus. Wenn wir laufen, brauchen wir«, er überlegte kurz, dann grinste er, »mindestens neunzig Minuten.«

Mia lächelte zurück. »Klingt perfekt.«

Auf dem Weg begann Mia, Justus zu löchern. Sie wollte alles über ihn wissen. So erfuhr sie, dass Justus zwei kleine Brüder hatte. Er war in Kleinrückerswalde, einem Stadtteil von Annaberg-Buchholz, aufgewachsen, hatte Finn in der Gemeinde seiner Eltern kennengelernt und sein Abitur am Landkreisgymnasium in Annaberg abgelegt. Seine erste Freundin, ein Mädchen aus seiner

Klasse namens Susanne, hatte die Beziehung nach nur vier Monaten beendet, als sie Deutschland für ein Auslandsjahr verlassen hatte. Kurz darauf war Justus nach Leipzig gezogen, um Jura zu studieren. Finn und er hatten in den ersten Monaten eine WG gehabt und Justus brachte Mia mit einigen Anekdoten über diese gemeinsame Zeit zum Lachen. Seine spätere Frau Eva hatte er auf der Geburtstagsfeier eines Kommilitonen kennengelernt und es hatte nur zwei Dates gebraucht, bis die beiden sich ihrer Sache sicher gewesen waren. Zwei Jahre später hatten sie geheiratet. Nach ihrem Tod hatte Justus eine Zeit lang zu viel Alkohol getrunken, doch dann hatte er eines Nachts einen furchtbaren Traum gehabt: Das Gewicht eines Bierkastens hatte ihn über den Rand einer Klippe gezogen. Danach hatte ihn jedes Mal regelrecht die Angst gepackt, wenn er eine Flasche auch nur angerührt hatte. Er hatte nichts fürs Fliegen übrig, joggte jeden Tag, trank oft zu viel Kaffee und liebte das Meer.

Als Mias und Justus' Hände sich zum ersten Mal versehentlich berührten, gingen sie gerade an der Universitätsbibliothek vorbei und beide gaben vor, es nicht bemerkt zu haben. Zum zweiten Mal passierte es, als sie in den Clara-Zetkin-Park einbogen. Diesmal folgte ein kurzer Blickkontakt. Beim dritten Mal überquerten sie gerade die Elster auf der Klingerbrücke und Mia war fast ein wenig erleichtert, als er endlich nach ihrer Hand griff und sie festhielt.

»Ist das okay?« Er sah sie fragend an.

Mia horchte in sich hinein. Ihr Herz klopfte zum Zerspringen. Aber da war noch mehr.

»Ich denke schon.« Dann blieb sie plötzlich stehen. »Justus, warte!« Sie zog ihr Handy aus der Tasche. »Hast du etwas dagegen, wenn ich ein Foto mache?«

Zuerst sah er ein wenig verwirrt aus, doch mit einem Mal begann er zu grinsen. »Sag bloß, dein bester Moment heute ist mit mir.«

»Vielleicht.« Sie grinste frech. »Das werden wir wohl erst heute Abend wissen.«

Er lachte und zog sie an seine Seite. Sie lächelten in die Kamera und Mia machte das Foto.

Viel zu schnell für ihren Geschmack erreichten sie die Hahnemannstraße.

»Das ist es.« Justus deutete auf die Haustür mit der Nummer 25a. »Schmidt und Sokolow. Zweiter Stock.« Er stieß Luft aus. »Was auch immer du da drinnen vorhast, ich bete dafür, dass es gelingt.« Er ließ ihre Hand los und reichte ihr ihre Tasche, die er bisher für sie getragen hatte. »Hier hast du deine Ziegelsteine.« Er rieb sich die Hände. Mit einem Mal sah er beinahe nervös aus. »Was machst du morgen Abend?«

»Keine Ahnung. Ich habe nichts geplant.«

Er runzelte die Stirn. »Wirklich? Heiligabend und du hast nichts geplant?«

Mia hob die Schultern. »Meine Eltern haben mich natürlich pflichtschuldig eingeladen, weil sie wissen, ich bin allein. Aber ...« Mia seufzte. »Die beiden feiern Heiligabend schon seit Jahren zu zweit. Seit ich zum Studium nach Hamburg gezogen bin. Sie haben ein richtiges minütlich getaktetes Ritual daraus gemacht und ehrlich gesagt glaube ich, dass ich mich den ganzen Abend wie ein Eindringling fühlen würde. Also ...«

»Hm.« Er nickte. »Dann bist du hiermit herzlich eingeladen, Weihnachten mit Finn und mir zu feiern. Es werden noch ein paar Leute aus unserer Gemeinde dazukommen. Und ... ich«, nun nahm sein Blick einen zärtlichen Ausdruck an, »würde mich wirklich freuen, dich dabeizuhaben.«

»Ich überlege es mir, ja?« Mia lächelte. »Danke übrigens, dass du nicht gefragt hast, was genau ich da drinnen vorhabe.« Sie blickte zu den Fenstern im zweiten Stock hinauf.

»Das brauche ich nicht. Ich habe dich in den letzten Wochen als eine sehr kluge Frau mit exzellentem Gespür für andere Menschen kennengelernt.« Er schmunzelte. »Ich vertraue dir.« Mit diesen Worten wandte er sich ab und schlenderte leise pfeifend davon.

Und ich glaube, ich vertraue dir, dachte Mia.

»Wer hat Sie geschickt? Finn oder Justus?«, begrüßte Leonie sie mit argwöhnischem Blick.

Mia hätte Finns Ex-Frau beinahe nicht wiedererkannt. Ihre Feuerhaare waren zu einem unordentlichen Pferdeschwanz zusammengebunden, ihr Gesicht war ungeschminkt und unter ihren Augen zeichneten sich dunkle Ringe ab. Überhaupt machte sie in ihrer Jogginghose und ihrem blauen Strickpulli den Eindruck, als sei sie eben erst aufgestanden. Nur ihre Augen wirkten hellwach und funkelten bedrohlich.

»Mich hat keiner geschickt.«

»Was wollen Sie dann hier?«

Mia zeigte auf ihre Tasche. »Ich habe da etwas für Sie. Etwas, das Mattheo im Gericht vergessen hat.«

»Danke. Ich gebe es ihm.« Sie streckte die Hand aus.

Doch so leicht ließ Mia sich nicht abwimmeln. *Für Mattheo.* »Kann ich kurz reinkommen?«

Leonie zog eine Augenbraue hoch. »Das halte ich für keine gute Idee.«

»Bitte. Mattheo zuliebe. Ich bleibe auch nicht lang.«

Leonies Blick durchbohrte sie. »Ich will nicht, dass Sie mit ihm sprechen. Er ist im Wohnzimmer und schaut *Bob der Baumeister.* Sollten Sie auch nur in seine Richtung sehen, schmeiße ich Sie raus.«

Mia nickte. Leonie war Furcht einflößend. *Herr, hilf mir!*

Sie folgte Leonie in den Flur. Unweigerlich fielen ihr dabei die vielen Kartons auf, die dort gestapelt waren. »Ziehen Sie um?«, fragte sie so beiläufig wie möglich.

»Ja«, erwiderte Leonie. »Keiner kann mir vorschreiben, wo ich zu leben habe.« Sie hielt die Küchentür auf und wartete ungeduldig, bis Mia ihre Schuhe ausgezogen hatte.

Diese wunderte es nicht, dass ihr weder Tee noch Kaffee angeboten wurde. Nachdem sie sich beide steif auf den Stühlen am

Esstisch niedergelassen hatten, verschränkte Leonie die Arme vor der Brust. »So«, sagte sie. »Ich gebe Ihnen zehn Minuten. Warum sind Sie wirklich hier?«

Mia öffnete ihre Tasche und zog zuerst Mattheos Teddybären heraus, dann folgte sein Rucksack, an dem noch immer das Lebkuchenherz vom Annaberger Weihnachtsmarkt baumelte. Sie zog den Reißverschluss auf und stapelte Mattheos Fotobücher, eins nach dem anderen, auf dem Tisch.

»Was ist das?«, fragte Leonie mit Blick auf die Bücher.

Mia schlug eines der Alben wahllos in der Mitte auf. »Das sind Mattheos Fotoalben. Wissen Sie, er hat da eine Tradition …«

Leonie beugte sich vor und betrachtete das Bild, das einen etwas jüngeren Mattheo zeigte, der stolz eine Handvoll bunter Steine in die Kamera hielt. Die Bildunterschrift lautete: *Papa hat mir gezeigt, wie man Steine bemalt. Jetzt sind sie richtig schön.*

Mia wartete, bis Leonie das alles aufgenommen hatte. »Sie wissen ja, wie viele Bilder er am Tag mit seiner Kamera schießt.« Sie schmunzelte. »Jeden Abend sucht er sich das Bild vom schönsten Moment des Tages aus und klebt es dann ein. Und das, was darunter steht, das ist sein Wortlaut. Er diktiert es.«

Leonie schwieg. Ihr Blick war noch immer auf das Bild des lächelnden Mattheo gerichtet. Langsam spürte Mia, wie sie unruhig wurde. Sie hatte sich auf eine Diskussion, vielleicht sogar einen Schlagabtausch eingestellt, aber nicht auf Schweigen. Was sollte sie sagen?

Bevor sie die richtigen Worte fand, rührte sich Leonie. Sie nahm das Album in die Hand und begann, darin zu blättern. Mia sah ihr schweigend dabei zu. Solange Leonie sich die Bilder ansah, brauchte sie gar nichts zu sagen, denn sie sprachen für sich.

Irgendwann klappte Leonie das Fotobuch zu, griff nach dem Teddybären und roch daran. Dann lehnte sie sich zurück. Ihr Blick ruhte nach wie vor auf den Alben. Dabei nagte sie an ihrer Unterlippe und spielte mit dem silbernen Ring am linken Mittelfinger.

»Geht es Ihnen gut?«, fragte Mia nach einer Weile leise und es schien, als falle Leonie erst jetzt wieder ein, dass sie eine Besucherin hatte. Mit gerunzelter Stirn sah sie Mia an. »Und das macht er jeden Tag? Sind Sie sicher?«

Mia nickte. »Manchmal denkt er an nichts anderes.«

Leonie kniff die Augen zusammen. »Stimmt es wirklich, dass Sie Finn und Mattheo vor diesem … Ausflug nicht kannten?«

»Ja, ich würde doch nicht vor Gericht lügen! Ihr Wohnmobil ist quasi vor meiner Haustür liegen geblieben. Und nur ein paar Tage später war ich plötzlich mit ihnen unterwegs.« Mia schüttelte bei der Erinnerung daran lächelnd den Kopf.

»Warum haben Sie das wirklich gemacht?«

»Weil ich wusste, ich würde mich für immer ärgern, wenn ich es nicht täte«, antwortete Mia, ohne zu zögern.

»Sind Sie deshalb auch heute hier?«

»Ich glaube schon. Diese Alben sind Mattheo so wichtig. Sie sind voller Erinnerungen. Und auch wenn er jetzt bei Ihnen wohnt, sollte er sie doch behalten dürfen, oder nicht?«

Leonie starrte Mia an. So intensiv, dass diese sich schon in hohem Bogen aus der Wohnung fliegen sah, doch plötzlich änderte sich ihr Gesichtsausdruck. Überrascht stellte Mia fest, dass Leonie mit den Tränen kämpfte.

»Ist wirklich alles in Ordnung mit Ihnen, Frau Schmidt?«, fragte sie besorgt.

»Ja, natürlich.« Doch Leonies Stimme versagte. Sie atmete tief ein und aus, um die Tränen zurückzudrängen. »Es ist nur so: Mattheo spricht nicht mehr. Das heißt, er spricht schon, aber nur solche Worte wie Ja und Nein oder Bitte. Und natürlich am Telefon mit seinem Vater.« Sie presste eine Hand vor ihren Mund und Mia musste sich zusammenreißen, um nicht ebenfalls zu weinen.

»Bilder schießt er überhaupt keine mehr. Ich habe schon versucht, ihn dazu zu animieren, aber er schüttelt immer nur den Kopf. Zuerst dachte ich, das wird sich schon geben. Aber jetzt sind es fünf Tage und es wird eher schlimmer als besser. Morgens muss ich ihn richtig wach rütteln und manchmal, wenn ich denke, er spielt, und ich komme, um nach ihm zu sehen, sitzt er einfach nur auf dem Fußboden und starrt Löcher in die Luft. Stundenlang. Ich könnte es nicht ertragen, wenn das so bleibt.«

Mias Herz zog sich zusammen. »Haben Sie schon eine ärztliche Meinung eingeholt?«, fragte sie, obwohl man kein Psychologe sein musste, um die Ursache für Mattheos Verhalten zu ergründen.

Leonie schüttelte den Kopf. »Nein, aber ich habe einen Termin ausgemacht.«

Sie schwiegen eine Weile.

»Meinen Sie, es könnte helfen, die Alben mit Mattheo anzusehen?«, fragte Leonie schließlich.

»Sie können es versuchen.«

Leonie nickte. »Okay.«

Mia erhob sich. Ihr Werk war getan. Zwar wollte sie nichts lieber, als sich zu Mattheo zu schleichen, doch damit hätte sie Leonies Vertrauen enttäuscht.

Gerade als sie im Flur in ihren Mantel schlüpfte, öffnete sich auf einmal die Wohnzimmertür und nur einen Augenblick später hatten sich auch schon zwei dünne Ärmchen um ihre Hüfte geschlungen. Mattheos Griff war genauso fest wie damals im Sessellift.

»Hey, Mattheo«, sagte Mia leise, und während sie über seine Locken strich, fing sie Leonies Blick ein. Schmerz und Eifersucht kämpften darin miteinander. Mia konnte nur erahnen, wie es sich für eine Mutter anfühlen musste, wenn ihr Sohn sie aus seiner Welt ausschloss. Wahrscheinlich genauso, wie es sich für einen Sohn anfühlte, von seiner Mutter verlassen zu werden. Ob Leonie diesen Zusammenhang auch herstellte?

Mia deutete mit dem Finger in Richtung Küchentisch, wo die Alben lagen, und Leonie nickte. Dann verschwand sie und kehrte mit einem der Fotobücher und Mattheos Teddy unter dem Arm zurück.

»Mattheo«, sagte sie mit zerbrechlicher Stimme. »Schau mal, wen Tante Mia mitgebracht hat.«

Erst reagierte er gar nicht, doch bald siegte die Neugier. Als er seinen Bären erkannte, streckte er den Arm aus. Leonie reichte ihm das Stofftier und er presste es so fest an sich, dass dem kleinen Teddy Hören und Sehen vergehen mussten.

Zögerlich kam Leonie nun näher und kniete sich neben ihren Sohn auf den Boden. »Und schau mal, was ich hier habe«, flüsterte sie. »Dein Album. Wollen wir uns das mal zusammen anschauen?«

Sie schlug es auf und hielt es so, dass Mattheo es sehen konnte. Doch er rührte sich nicht. Mia erkannte das Bild und schmunzelte in sich hinein. Wie gut, dass Leonie gerade dieses Album ausgewählt hatte. »Da waren wir auf dem Fichtelberg, Mattheo, stimmt's?«

Er nickte. Noch immer hielt er Mia mit einem Arm umklammert.

»Und was haben wir da gemacht?«, fragte Mia.

Mattheo flüsterte etwas.

»Was?«, fragte Mia nach.

»Schneeballschlacht«, flüsterte er noch einmal, diesmal hörbar.

»Genau!« Mia lachte. »Da haben wir den Papa eingeseift. Erinnerst du dich? Von zwei Seiten haben wir ihn eingekreist.«

Ein flüchtiges Lächeln erschien auf Mattheos Gesicht. »Papa«, wiederholte er.

Mia beobachtete Leonies Gesicht. Sie führte einen sichtbaren stummen Kampf gegen die Tränen und Mia hätte eine Menge darum gegeben, ihre Gedanken in diesem Moment lesen zu können.

Leonie blätterte um. »Und was habt ihr da gemacht?«

Mia löste Mattheos Arm vorsichtig von ihrer Hüfte und gemeinsam hockten sie sich neben Leonie auf den Fußboden.

Mattheo fuhr mit dem Finger über das Bild, sagte aber nichts.

»Seid ihr da auf einen Turm gestiegen?«, fragte Leonie nach.

Mattheo nickte.

»Und wo war das?«

Er hob die Schultern. »Meine Füße waren da ganz kalt«, erinnerte er sich plötzlich. »Und dann haben wir Sterne angeguckt.« Leonie warf Mia einen ungläubigen Blick zu. »Sterne? Weihnachtssterne?«

Er schüttelte den Kopf. »Am Himmel, die Gott gemalt hat. Kassilopeida.«

Auf der nächsten Seite klebten mehrere Bilder und Mattheos Gesicht leuchtete auf. »Da ist Papa hingefallen. Und das-das war der große Hirsch. Der größeste von allen.«

Leonie hing an seinen Lippen. Munter erzählte der Kleine nun weiter. Mia kannte die Geschichten. Und ganz langsam, ohne dass Mattheo es bemerkte, rutschte sie rückwärts. Leonie bekam es mit und warf ihr einen emotionsgeladenen Blick zu. Es war schwer zu ergründen, was sie dachte, aber das war auch nicht Mias Aufgabe. Geräuschlos erhob sie sich.

Als sie einen letzten Blick durch den schmalen Türspalt warf, saßen Mattheo und Leonie noch immer auf dem Boden. Sie hatte den Arm um ihn gelegt und er plapperte wie ein Wasserfall.

24

Eine Streichorchester-Version von *Winter Wonderland* dudelte aus dem Radio und eine geöffnete Tüte gebrannte Mandeln, die Mia auf dem Weihnachtsmarkt erstanden hatte, verbreitete einen herrlichen Duft im Hotelzimmer.

Mia stand vor dem Fenster und blickte hinaus auf das im Dunkeln liegende Berlin. Dicke Regentropfen platschten gegen die Scheibe und es fühlte sich eher wie ein trister Oktoberabend als der 23. Dezember an. Aber schließlich war sie nicht hier, um sich Weihnachtsstimmung abzuholen. Nein. Mias Blick ruhte auf dem angestrahlten Gebäude, das sich direkt hinter ihrem Hotel erhob und dessen Architektur wohl an eine Burg oder ein Schloss erinnern sollte. Das *Stage Theater des Westens*. Vermutlich betreute Vincent in diesem Moment die Abendvorstellung. *Der Zauberer von Oz* wurde gespielt. Mia hatte die Werbung im Vorbeilaufen auf den Plakaten vor dem Eingang gesehen und kurz überlegt, ob sie sich eine Karte kaufen sollte. Doch dann hatte sie sich dagegen entschieden.

Nun zog sie entschlossen die Vorhänge zu und setzte sich im Schneidersitz neben die Fotos, die auf dem Bett ausgebreitet lagen. Da war zuallererst das Bild vom Annaberger Weihnachtsmarkt, auf dem Mattheo sich lächelnd an sie lehnte. Das zweite Bild zeigte Finn und Mia auf dem Baumwipfelpfad. Als sie zum dritten Bild kam, schmunzelte Mia. Tiffany und sie und ein Haufen Weihnachtsunsinn im Hintergrund. Was sie daran am meisten amüsierte, war Tiffanys absolut desinteressierter Blick, während Mia selbst über beide Ohren grinste.

Am allerliebsten jedoch mochte Mia das vierte Bild von Justus und ihr auf der Klingerbrücke. Als sie es sich am Abend nach ihrer Rückkehr aus Leipzig noch einmal angesehen hatte, war ihr etwas Überraschendes aufgefallen: Justus lächelte nicht wie sie in die Kamera. Nein, sein Blick war auf *sie* gerichtet. Und was dieser Blick versprach … Ein Kribbeln lief durch Mias Körper. Unter all den neuen Puzzleteilen bestaunte sie dieses ganz besonders: Justus Schäfer. Sie erinnerte sich daran, wie sie seinen Namen bei Google eingegeben hatte, und dankte Gott im Stillen dafür, dass er sie so neugierig erschaffen hatte.

Schmunzelnd klebte sie die Fotos der Reihenfolge nach in das leere Album ein, das sie gekauft hatte, und notierte sich dazu ihre Erinnerungen. Als sie fertig war, klappte sie es zu und ihr Blick verweilte auf dem einzigen Foto, das nun noch auf der Bettdecke lag. Es war ein zweiter Abzug des Bildes von Justus und ihr. Mit ihm hatte Mia etwas Besonderes vor. Sie nahm ein leeres weißes Blatt und einen Stift zur Hand. Dann hielt sie inne. »Jesus, was soll ich schreiben?«, flüsterte sie. Und nach einer Weile begann sie mit: *Lieber Vincent …*

Berlin
24. Dezember

Als die Rezeptionistin hörte, dass sie eine Freundin von Vincent Procházka war und ihn in einer wichtigen Angelegenheit sprechen musste, schickte sie Mia direkt in den Vorstellungssaal, wo die Vorbereitungen für die Heiligabendaufführung in vollem Gange waren.

Unbemerkt setzte Mia sich auf einen Platz in der hintersten Reihe und beobachtete das geschäftige Treiben auf der Bühne. Sie war in Gelb- und Grüntönen erleuchtet und ganz in Rot gekleidete Tänzerinnen, die riesige Mohnblumen in den Händen hielten, schwebten im Rhythmus der Musik übers Parkett.

Mias Blick wanderte weiter und blieb an einem Mann hängen, der vor der Bühne stand, den Rücken ihr zugewandt, und sich ausladend gestikulierend mit einem anderen Mann unterhielt. Unwillkürlich beschleunigte sich Mias Herzschlag und sie unterdrückte den Impuls, aufzuspringen und das Theater unverrichteter Dinge zu verlassen. Nein, sie würde nicht flüchten. Sie würde sich Vincent stellen.

Eine geschlagene Stunde lang wartete Mia mit zitternden Knien auf ihrem Stuhl, bis endlich eine zehnminütige Pause angekündigt wurde. Jetzt oder nie. Mia sprang auf. Mit Beinen, die sich wie eine eigenartige Gummimasse anfühlten, betrat sie den Seitengang und hielt auf die Bühne zu. Dabei behielt sie Vincent die ganze Zeit im Auge.

Als er sich zum ersten Mal umdrehte und ihre Blicke sich kreuzten, schien er sie nicht zu erkennen. Doch nur einen Moment später sah er wieder zu ihr hin und plötzlich weiteten sich seine Augen. Sofort unterbrach er sein Gespräch.

Eine Welle von Erinnerungen überrollte Mia, als er auf sie zueilte, und sie musste sich zwingen, tief ein- und auszuatmen. Es tat schlimmer weh, als sie befürchtet hatte. Dennoch hielt sie seinem Blick stand und drosselte das Tempo ihrer Schritte nicht.

»Mia. Das nenne ich mal eine gelungene Überraschung!«

Vincents Gesicht war so markant und attraktiv wie eh und je, doch für Mia hatte es seinen Reiz verloren. Die Unaufrichtigkeit in seinem Lächeln, die Lügen auf seiner Zunge und die Zweideutigkeit in seinen Augen nahmen ihm alle Schönheit.

»Hallo, Vincent.« Sie gab sich keine Mühe zu lächeln.

Erst schien es, als wolle er sie umarmen, aber ihr distanzierter Blick hielt ihn auf Abstand.

»So eine Überraschung«, wiederholte er zerstreut und schob

die Hände in die Hosentaschen. »Was führt dich nach Berlin? Ich dachte, du hasst diese Stadt.«

»Und ich dachte, du würdest mich eines Tages heiraten«, konterte Mia.

Ein gehetzter Ausdruck trat in seine Augen. »Komm mit in mein Büro, da können wir reden. Ich freue mich so, dich zu sehen.«

Er streckte den Arm nach ihrer Hand aus, doch Mia zuckte zurück und hob das Kinn. »Es gibt nicht viel zu reden und ich bleibe auch nicht lange. Ich wollte dir nur das hier geben.« Sie griff in ihre Tasche und zog die zwei Briefumschläge sowie das braune Päckchen hervor, das ihre Eltern ihr mitgegeben hatten. Vincent erkannte es sofort. Sie sah es an seinem erschütterten Blick.

»Du sollst wissen, dass das hinter meinem Rücken passiert ist.« Sie hielt ihm Geld und Briefe entgegen.

Wortlos nahm Vincent alles an sich. Immer wieder öffnete er dabei den Mund, als wolle er etwas sagen, doch es kam nichts heraus.

Mia nutzte seine Sprachlosigkeit. »Du hast dich hier gut eingelebt.« Sie ließ ihren Blick durch den Raum schweifen. »Freut mich für dich.«

»Und wie geht es dir?«

»Gut.« Zum ersten Mal lächelte sie. »Das war anfangs nicht so, aber Gott hat mich liebevoll geführt und jetzt geht es mir wirklich gut.«

Er fuhr sich über seinen Dreitagebart. »Es hat mir leidgetan, als ich gehört habe, dass du in Hamburg gekündigt hast.«

»Wie hätte ich nach alldem dortbleiben können?«

Er nickte. »Ich weiß, du wirst mir nicht glauben, aber ich muss wirklich ständig an dich denken. Ich … hab dich geliebt … und lieb dich immer noch. Ich mach mir Sorgen um dich.«

»Damit kannst du jetzt aufhören«, sagte Mia bestimmt. »Sorg dich um deine Frau und deine beiden Töchter und lass nicht zu, dass du sie noch einmal so belügst! Vielleicht buchst du von dem

Geld einen Urlaub, nur für dich und Carla, und entscheidest dich dazu, ihr Mann zu sein und nur ihr Mann.«

Vincents Stirn war gerunzelt, sein Blick traurig. »Es tut mir so leid.«

»Ich vergebe dir, Vincent. Die Lügen ... einfach alles. Frohe Weihnachten.« Mit diesen Worten wandte Mia sich ab und ging, so langsam und aufrecht sie konnte, aus dem Saal. Zwar spürte sie Vincents Blick in ihrem Rücken, doch sie fühlte sich befreit. Es erschien ihr beinahe, als beginne nun der erste Tag ihres neuen Lebens, der erste Tag, der nicht mehr unter dem Vorzeichen *Vergangenheit* stand.

»Mia! Warte!«, rief Vincent ihr nach, doch sie blickte nicht einmal zurück. Sollte er doch rufen, Mia würde nie mehr auf ihn hören. Die einzige Stimme, der sie noch folgen wollte, war die ihres guten Hirten, der ihr verkorkstes, verpfuschtes Leben gesehen und liebevoll die Hand nach ihr ausgestreckt hatte, um sie hinaus aus ihrem Gefängnis in die Freiheit zu führen.

Mia lächelte und ihr Herz flüsterte: *Danke für Weihnachten, Jesus. Danke, dass du dich auf den Weg gemacht hast, um mich und all die anderen verlorenen Schafe zu suchen.*

Sie warf einen Blick auf ihr Handy. Kurz nach 10 Uhr. Höchste Zeit für einen kleinen Weihnachtseinkauf. Und dann? Ihr Herz hüpfte. Sie wusste genau, wo sie den Weihnachtsabend verbringen wollte.

Epilog

Februar

»Ich nehm das von dir und dem Schneemann.« Mattheo hielt eines der vier druckfrischen Fotos vor Finns Gesicht, so nahe, dass dieser kaum noch die Straße dahinter erkennen konnte.

»Okay. Obwohl ich da so eine komische Grimasse schneide?«, fragte Finn.

»Na gut, dann doch lie-lieber das mit dem Schneeball auf deinem Kopf.« Mattheo bekam einen Lachanfall und Finn warf ihm einen liebevollen Seitenblick zu. Es war das erste Mal seit der Anhörung, dass sie eine ganze Woche miteinander verbracht hatten, und Finn hatte jeden Tag in vollen Zügen genossen.

Sein Großer war am Montagmorgen beunruhigend verschlossen in den Toyota eingestiegen und hatte während der ersten Stunden wie ein Klettverschluss an Finns Arm geklebt. Aber schon einige Stunden später, beim Schneemannbauen im Park, war er aufgetaut und der alte Mattheo war zum Vorschein gekommen.

Nun war es Freitagabend und diese wundervolle Woche um. Punkt 18 Uhr würde er Mattheo abliefern, hatte er versprochen, und wenn sie sich sputeten, würden sie genau pünktlich an Leonies Tür klingeln. Das war Finn immens wichtig. Nicht, weil er ihren Pünktlichkeitswahn teilte, sondern weil er ihr zeigen wollte, dass er ihre Vereinbarungen ernst nahm.

Der Kleine lachte noch immer über das Bild in seiner Hand. Als sie allerdings in die Hahnemannstraße einbogen, verstummte er.

Direkt vorm Hauseingang der Nummer 25a parkte ein blauer Möbelwagen.

»Bekommt ihr neue Nachbarn?«, wollte Finn wissen.

Mattheo hob die Schultern und Finn manövrierte den Toyota auf einen der wenigen freien Stellplätze.

»Warum kann-kann ich nicht immer bei dir schlafen?«, fragte Mattheo leise, während er sich abschnallte.

Finn wuschelte ihm durchs Haar. »Das haben wir doch besprochen, Großer. Du wohnst jetzt bei Mama. Erst hast du bei mir gewohnt und jetzt wohnst du bei ihr. So ist sie nicht traurig.« Finn gab sich Mühe, es so klingen zu lassen, als mache es Sinn für ihn.

»Aber ich bin traurig.« Mattheo blickte hinunter auf die Bilder in seiner Hand.

»Ich auch, Matthi.« Finn kniff ihn sanft in die Wange. »Aber hör mal, auch wenn wir zwei uns nicht so oft sehen, wir halten zusammen, ja? Und nicht vergessen …«

»Papa liebt dich«, vollendete Mattheo den Satz, den er in den letzten Wochen so oft von Finn gehört hatte.

»Ganz genau.«

Sie stiegen aus. Finn holte noch schnell Mattheos Rucksack von der Rückbank und konnte seinen Sohn dann gerade noch zur Seite ziehen, bevor zwei unachtsame Muskelpakete, die schnaufend eine Couch in den Möbelwagen hievten, ihn umstoßen konnten.

»Papa, was-was machen die denn mit Mamas Sofa?«, fragte Mattheo unschuldig und Finn kniff die Augen zusammen, sah genauer hin. Unverkennbar, es war Leonies Couch, die hier verladen wurde.

»Ich hab … keine Ahnung«, stammelte er und folgte Mattheo, der ungeduldig an seiner Hand zog, verstört die Treppe hinauf.

»Ah, da seid ihr ja.« Leonie wartete schon in der Wohnungstür.

»Pünktlich wie die Maurer. Hattet ihr einen schönen Tag?« Sie beugte sich zu Mattheo hinunter und küsste ihn auf die Stirn.

»Ja. Ich muss gleich die Bilder einkleben.« Geschäftig zwängte er sich an seiner Mutter vorbei, doch dann blieb er plötzlich stehen und drehte sich mit gerunzelter Stirn zu Finn um. »Du bleibst doch noch da, oder?«

Finn sah Leonie fragend an. Diese überlegte kurz und nickte dann. »Meinetwegen, komm rein!«

Mattheo verschwand, aber Finn rührte sich nicht. »Du ziehst um?« Seine Stimme zitterte.

Leonie machte große Augen. »Ach so. Wegen des Transporters. Nein, es ist nicht so, wie du denkst.«

»Wie ist es dann?«

Die beiden Umzugshelfer kamen lachend die Treppe herauf und Finn machte ihnen widerwillig Platz.

»Die Sessel auch?«, fragte einer.

»Nein«, antwortete Leonie. »Aber den Schreibtisch aus dem Zimmer geradeaus und den Schreibtischstuhl dazu.«

»Alles klar.« Die Männer setzten sich wieder in Bewegung.

Leonie lehnte sich gegen den Türrahmen und seufzte. »Andrej kann nicht länger von hier aus arbeiten. Seine Firma braucht ihn. Erst war es so geplant, dass wir alle nach Düsseldorf ziehen, aber das kann ich Mattheo nicht antun.«

Wie auf Kommando kam der Kleine aus seinem Zimmer gelaufen und warf einen prüfenden Blick in Richtung Tür. »Papa, hilfst du mir kleben?« Dann verschwand er in der Küche.

Finn trat ein und zog sich die Schuhe aus. »Wo ist Andrej jetzt?«

»Schon in Düsseldorf. Unsere alte Wohnung war noch frei.«

Sie gesellten sich zu Mattheo in die Küche und halfen ihm dabei, sein Lieblingsbild aufzukleben.

Als er begann, den Rest der Seite mit Schneemännern zu verzieren, nahm Finn Leonie beiseite. »Und wie wollt ihr das in Zukunft handhaben? Du und Andrej?«

Leonie hob die Schultern und schüttelte leicht den Kopf. »Ich weiß nicht einmal, ob es noch ein *Andrej und ich* gibt.« Und kaum hörbar flüsterte sie mit bedeutungsvollem Blick weiter: »Er wird einfach nicht warm mit Mattheo.«

Sie beobachteten ihren Sohn. Während er zeichnete, murmelte er vor sich hin: »Du brauchst noch ... einen Hut ... und einen Schal ... Arme ...«

Plötzlich rutschte Leonie ganz nah an Finns Seite, und als er in ihre grünen Augen sah, glitzerten zu seiner Überraschung Tränen darin. Eindringlich wisperte sie: »Ich liebe diesen Jungen, Finn. Ich liebe ihn so sehr, dass es wehtut. Für ihn würde ich alle Andrejs der Welt hergeben. Wenn ich daran denke, dass ich ihn damals im Stich gelassen habe ...« Sie brach ab und atmete tief ein. »Ich hab mich nie dafür entschuldigt, hab immer nach Ausreden gesucht. Aber die Wahrheit ist, dass ich wie ein Elefant im Porzellanladen herumgetrampelt bin. Denkst du, du kannst mir das irgendwann vergeben?«

Finn starrte sie an, konnte kaum fassen, was sie da sagte. So viele Jahre lang hatte er auf genau diese Einsicht gewartet. Er konnte nicht sprechen, er nickte nur.